ZHONGGUO XIAOSHUO
100 QIANG

中国小说100强（1978—2022）

风过耳

刘心武　著

北京联合出版公司
Beijing United Publishing Co.,Ltd.

图书在版编目（CIP）数据

风过耳 / 刘心武著. -- 北京：北京联合出版公司，2023.9
（中国小说100强）
ISBN 978-7-5596-7017-5

Ⅰ.①风… Ⅱ.①刘… Ⅲ.①长篇小说－中国－当代 Ⅳ.①I247.5

中国国家版本馆CIP数据核字(2023)第111282号

风过耳

作　　者：刘心武
出 品 人：赵红仕
出版监制：张晓冬　范晓潮
责任编辑：龚　将
特约编辑：和庚方　张　颖
封面设计：武　一

北京联合出版公司出版
（北京市西城区德外大街83号楼9层　100088）
北京兴星伟业印刷有限公司印刷　新华书店经销
字数183千字　650毫米×920毫米　1/16　18.5印张
2023年9月第1版　2023年9月第1次印刷
ISBN 978-7-5596-7017-5
定价：58.00元

版权所有，侵权必究
未经书面许可，不得以任何方式转载、复制、翻印本书部分或全部内容。
本书若有质量问题，请与本公司图书销售中心联系调换。
电话：010-65868687

中国小说100强（1978—2022）丛书

编委会

丛书总策划

  张　明　　著名出版人
  张　英　　资深媒体人

编委主任

  吴义勤　　中国作协副主席
  　　　　　中国小说学会会长

编　委

  吴义勤　　中国作协副主席、中国小说学会会长
  宗仁发　　《作家》杂志主编
  谢有顺　　中山大学教授、中国小说学会副会长
  顾建平　　《小说选刊》副主编
  张　英　　资深媒体人
  文　欢　　作家、出版人

总　序

"中国小说100强"（1978—2022）是资深出版人张明先生和腾讯读书知名记者张英先生共同策划发起的一套大型文学丛书。他们邀请我和宗仁发、谢有顺、顾建平、文欢一起组成编委会，并特邀徐晨亮参与，经过认真研讨和多轮投票最终评定了100人的入选小说家目录。由于编委们大多都是长期在中国文学现场与中国文学一路同行的一线编辑、出版家、评论家和文学记者，可以说都是最专业的文学读者，因此，本套书对专业性的追求是理所当然的，编委们的个人趣味、审美爱好虽有不同，但对作家和文学本身的尊重、对小说艺术的尊重、对文学史和阅读史的尊重，决定了丛书编选的原则、方向和基本逻辑。

从文学史的角度来说，1978年以后开启的新时期文学是中国当代文学的黄金时代，不仅涌现了一批至今享誉世界的优秀作家，而且创造了许多脍炙人口的文学经典，并某种程度上改写了20世纪中国文学史的版图。而在中国新时期文学的经典家族中，小说和小说家无疑是艺术成就最高、影响力最大的部分。"中国小说100强"(1978—2022)就是试图将这个时期的具有经典性的小说家和中国小说的经典之作完整、系统地筛选和呈现出来,并以此构成对新时期文学史的某种回顾与重读、观察与评判。呈现在读者面前的这套丛书是对1978—2022年间中国当代小说发展历程的一次全面、系统的整体性回顾与检阅,是中国当代文学经典化的重要成果,从特定的角度集中展示了中国新时期文学在小说创作方面的巨大成就。需要说明的是,与1978—2022年新时期文学繁荣兴盛的局面相比,100位作家和100本书还远远不能涵盖中国当代小说的全貌,很多堪称经典的小说也许因为各种原因并未能进入。莫言、苏童、余华等作家本来都在编委投票评定的名单里,但因为他们已与某些出版社签下了专有出版合同,不允许其他出版社另出小说集,因而只能因不可抗原因而割爱,遗珠之憾实难避免,而且文学的审美本身也是多元的,我们的判断、评价、选择也许与有些读者的认知和判断是冲突的,但我们绝无把自己的标准强加于别人的意思。我们呈现的只是我们观察中国这个时期当代小说的一个角度、一种标准,我们坚持文学性、学术性、专业性、民间性,注重作家个体的生活体验、叙事能力和艺术功力,我们突破代际局限,老、中、青小说家都平等对待,王蒙、冯骥才、梁晓声、铁凝、阿来等名家名作蔚为大观,徐则臣、阿乙、弋舟、鲁敏、林森等新人新作也是目不暇接,我们特别关注文学的新生力量,尤其是近10年作品多次获国家大奖、市场人气爆棚的新生代小说家,我们秉持包容、开放、多元的审美立场,无论是专注用现实题材传达个人迥异驳杂人生经验、用心用情书写和表现时代精神的现实主义作家,还是执着于艺术探索和个体风格的实验性作家,在丛书里都是一视同仁。我们坚信我们是忠实于自己的艺术理想、艺术原则和艺术良心的,但我们并不认为自己的角度和标准是唯一的,我们期待并尊重各种各样的观察角度和文学判断。

当然,编选和出版"中国小说100强"(1978—2022)这套大型丛书,除了上述对文学史、小说史成就的整体呈现这一追求之外，我们还有更深远、更宏大的学术目标，那就是全力推进中国当代文学"经典化"的历程和"全民阅读·书香中国"建设。

从1949年发端的中国当代文学已经有了70多年的发展历程，但对这70多年文学的评价一直存在巨大的分歧，"极端的否定"与"极端的肯定"常常让我们看不到当代文学的真相。有人认为中国当代文学达到了前所未有的高度和水平。王蒙先生在法兰克福书展上就说：中国当代文学现在是有史以来最繁荣的时期。余秋雨、刘再复甚至认为中国当代文学的成就远远超过了现代文学。也有人极端否定中国当代文学，认为中国当代文学都是垃圾。他们认为现代文学要远远超过当代文学，中国当代文学连与现代文学比较的资格都没有。比如说，相对于鲁（迅）、郭（沫若）、茅（盾）、巴（金）、老（舍）、曹（禺）这样大师级的人物，中国当代作家都是渺小的侏儒，根本不能相提并论，两者比较就是对大师的亵渎。应该说，与对中国当代文学的肯定之声相比，对当代文学的否定和轻视显然更成气候、更为普遍也更有市场。尽管否定者各自的角度和出发点不同，但中国当代作家、作品与中外文学大师、文学经典之间不可比拟的巨大距离却是唱衰中国当代文学者的主要论据。这种判断通常沿着两个逻辑展开：一是对中外文学大师精神价值、道德价值和人格价值的夸大与拔高，对文学大师的不证自明的宗教化、神性化的崇拜。二是对文学经典的神秘化、神圣化、绝对化、空洞化的理解与阐释。在此，我们看到了一个非常有趣的悖论：当谈论经典作家和文学大师时我们总是仰视而崇拜，他们的局限我们要么视而不见要么宽容原谅，但当我们谈论身边作家和身边作品时，我们总是专注于其弱点和局限，反而对其优点视而不见。问题还不在于这种姿态本身的厚此薄彼与伦理偏见，而是这种姿态背后所蕴含的"当代虚无主义"。这种"虚无主义"的最大后果就是对当代作家作品"经典化"的阻滞，对当代文学经典化历程的阻隔与拖延。一方面，我们视当下作家作品为"无物"，拒绝对其进行"经典化"的工作，另一方面又以早就完全"经典化"了的大师和经典来作为贬低当下泥沙俱下的文学现实的依据。这种不在同一个层面上的比较，不仅毫无意义，而且只能使得文学评价上的不公正以及各种偏激的怪论愈演愈烈。

其实，说中国当代文学如何不堪或如何优秀都没有说服力。关键是要进行"经典化"的工作，只有"经典化"的工作完成了才有可能比较客观地对当代的作家作品形成文学史的判断。对当代的"经典化"不是对过往经典、大师的否定，也不是对当代文学唱赞歌，而是要建立一个既立足文学史又与时俱进并与当代文学发展同步的认识评价体系和筛选体系。当然，我们也要承认，"经典化"问题是一个非常复杂的问题，并不是凭热情和冲动一下子就能完成的，但我们至少应该完成认识论上的"转变"并真正启动这样一个"过程"。

现在媒体上流行一些对于中国当代文学经典化冷嘲热讽的稀奇古怪的言论，其核心一是否定中国当代文学有经典、有大师，其二是否定批评界、学术界有关"经典化"的主张，认为在一个无经典的时代，"经典"是怎么"化"也"化"不出来的，"经典化"是一个实实在在的"伪命题"。其实，对于文学，每个人有不同的判断、不同的理解这很正常，每一种观点也都值得尊重。但是，在"经典"和"经典化"这个问题上，我却不能不说，上述观点存在对"经典"和"经典化"的双重误解，因而具有严重的误导性和危害性。

首先，就"经典"而言，否定中国当代文学早就不是什么新鲜事，对当代文学的虚无主义态度在很多人那里早已根深蒂固。我不想争论这背后的是与非，也不想分析这种观点背后的社会基础与人性基础。我只想指出，这种观点单从学理层面上看就已陷入了三个巨大误区：

第一个误区，是对经典的神圣化和神秘化的误区。很多人把经典想象为一个绝对的、神圣的、遥远的文学存在，觉得文学经典就是一个绝对的、乌托邦化的、十全十美的、所有人都喜欢的东西。这其实是为了阻隔当代文学和"经典"这个词发生关系。因为经典既然是绝对的、神圣的、乌托邦的、十全十美的，那我们今天哪一部作品会有这样的特性呢？如果回顾一下人类文学史，有这样特性的作品好像也没有。事实上，没有一部作品可以十全十美，也没有一部作品能让所有人喜欢。在这个问题上，我们应该明确的是，"经典"不是十全十美、无可挑剔的代名词，在人类文学史上似乎并不存在毫无缺点并能被任何人所认同的"经典"。因此，对每一个时代来说，"经典"并不是指那些高不可攀的神圣的、神秘的存在，只不过是那些比较优秀、能被比较多的人喜爱的作品而已。从这个意义上说，当今中国文坛谈论"经典"时那种神圣化、莫测高深的乌托邦姿态，不过是遮蔽和否定当代文学的一种不自觉的方式，他们假定了一种遥远、神秘、绝对、完美的"经典形象"，并以对此一本正经的信仰、崇拜和无限拔高，建立了一整套关于中国当代文学的伦理话语体系与道德话语体系，从而充满正义感地宣判着中国当代文学的死刑。

第二个误区，是经典会自动呈现的误区。很多人会说，是金子总是会发光的。但对文学来说，文学经典的产生有着特殊性，即，它不是一个"标签"，它一定是在阅读的意义上才会产生意义和价值的，也只有在阅读的意义上才能够实现价值，没有被阅读的作品没有被发现的作品就没有价值，就不会发光。而且经典的价值本身也不是固定不变的。如果一个作品的价值一开始就是固定不变的，那这个作品的价值就一定是有限的。经典一定会在不同的时代面对不同的读者呈现出完全不同的价值。这也是所谓文学永恒性的来源。也就是说，文学的永恒性不是指它的某一个意义、某一个价值的永恒，而是指它具有意义、价值的永恒再生性，它可以不断地延伸价值，可以不断地被创造、不断地被发现，这才是经典价值的根本。所以说，经典不但不会自动呈现，而且一定要在读者的阅读或者阐释、评价中才会呈现其价值。

第三个误区，是经典命名权的误区。很多人把经典的命名视为一种特殊权力。这有两个层面的问题：一，是现代人还是后代人具有命名权；二，是权威还是普通人具有命名权。说一个时代的作品是经典，是当代人说了算还是后代人说了算？从理论上来说当然是后代人说了算。我们宁愿把一切交给时间。但是，时间本身是不可信的，它不是客观的，是意识形态化的。某种意义上，时间确会消除文学的很多污染包括意识形态的污染，时间会让我们更清楚地看清模糊的、被掩盖的真相，但是时间同时也会使文学的现场感和鲜活性受到磨损与侵蚀，甚至时间本身也难逃意识形态的污染。此外，如果把一切交给时间，还有一个前提，那就是对后代的读者要有足够的信任，要相信他们能够完成对我们这个时代文学的经典化使命。但我们对后代的读者，其实是没有信心的。我们今天已经陷入了严重的阅读危机，我们怎么能寄希望后代人有更大的阅读热情呢？幻想后代的人用考古的方式对我们这个时代的文学进行经典命名，这现实吗？我不相信后人对我们身处时代"考古"式的阐释会比我们亲历的"经验"更可靠，也不相信，后人对我们身处时代文学的理解会比我们亲历者更准确。我觉得，一部被后代命名为"经典"的作品，在它所处的时代也一定会是被认可为"经典"的作品，我不相信，在当代默默无闻的作品在后代会被"考古"挖掘为"经典"。也许有人会举张爱玲、钱钟书、沈从文的例子，但我要说的是，他们的文学价值早在他们生活的时代就已被认可了，只不过很长时间由于意识形态的原因我们的文学史不谈及他们罢了。此外，在经典命名的问题上，我们还要回答的是当代作家究竟为谁写作的问题。当代作家是为同代人写作还是为后代人写作？幻想同代人不阅读、不接受的作品后代人会接受，这本身就是非常乌托邦的。更何况，当代作家所表现的经验以及对世界的认识，是当代人更能理解还是后代人更能理解？当然是当代人更能理解当代作家所表达的生活和经验，更能够产生共鸣。因此，从这个角度来说，当代人对一个时代经典的命名显然比后代人更重要。第二个层面，就是普通人、普通读者和权威的关系。理论上，我们都相信文学权威对一个时代文学经典命名的重要性，权威当然更有价值。但我们又不能够迷信文学权威。如果把一个时代文学经典的命名权仅仅交给几个权威，那也是非常危险的。这个危险表现在什么地方呢？就是几个人的错误会放大为整个时代的错误，几个人的偏见会放大为整个时代的偏见。我们有很多这样的文学史教训。在这个问题上，我们既要相信权威又不能迷信权威，我们要追求文学经典评价的民主化、民主性。对一个时代文学的判断应该是全体阅读者共同参与的民主化的过程，各种文学声音都应该能够有效地发出。这个时代的文学阅读，最理想的状态应该是一种互补性的阅读。为什么叫"互补性的阅读"？因为一个批评家再敬业，再劳动模范，一个人也读不过来所有的作品。举个例子：现在我们一年有5000部以上的长篇小说，一个批评家如果很敬业，每天在家读二十四小时，他能读多少部？一天读一部，一年也只能读三百部。但他一个人读不完，不等于我们整个时代的读者都读不完。这就需要互补性阅读。所有的读者互补性地读完所有作品。在所有作品都被阅读过的情况下，所有的声音都能发出来的情况下，各种声音的碰撞、妥协、对话，就会形成对这个时代文学比较客观、科学的判断。因此，文学的经典不是由某一个"权威"命名的，而是由一个时代所有的阅读者共同命名的，可以说，每一个阅读者都是一个命名者，他都有对经典进行命名的使命、责任和"权力"。而作为一个文学研究者或一个文学出版者，参与当代文学的进程，参与当代文学经典的筛选、淘洗和确立过程，更是一种义不容辞的责任和使命。说到底，"经典"是主观的，"经典"的确立是一个持续不断的"过程"，"经典"的价值是逐步呈现的，对于一部经典作品来说，它的当代认可、当代评价是不可或缺的。尽管这种认可和评价也许有偏颇，但是没有这种认可和评价，它就无法从浩如烟海的文本世界中突围而出，它就会永久地被埋没。从这个意义上说，在当代任何一部能够被阅读、谈论的文本都是幸运的，这是它变成"经典"的必要洗礼和必然路径。

总之，我们所提倡的"经典化"不是要简单地呈现一种结果，不是要简单地对一个时代的文学作品排座次，不是要武断地指出某部作品是"经典"，某部作品不是"经典"，不是要颁发一个"谁是经典"的荣誉证书，而是要进入一个发现文学价值、感受文学价值、呈现文学价值的过程。所谓"经典化"的"化"实际上就是文学价值影响人的精神生活的过程，就是通过文学阅读发现和呈现文学价值的过程。可以说，文学的经典化过程，既是一个历史化的过程，更是一个当代化的过程。文学的经典化时时刻刻都在进行着，它需要当代人的积极参与和实践。因此，哪怕你是一个对当代文学的虚无主义者，你可以不承认当代文学有经典，但只要你还承认有文学，你还需要和相信文学，还承认当代文学对人的精神生活具有影响力，你就不应该否定当代文学经典化的重要性。没有这个"经典化"，当代文学就不会进入和影响当代人的生活，就失去了存在的意义。每一个人，哪怕你是权威，你也不能以自己的好恶剥夺他人阅读文学和享受文学的权利。

从这个意义上说，当代文学的经典化当然是一个真命题而不是一个伪命题。在一个资讯泛滥的时代，给读者以经典的指引是文学界、出版界共同的责任，而这也是我们编辑出版这套书的意义所在。

最后，感谢张明和张英先生为本套书付出的辛劳，感谢北京立丰天文化传播有限公司、北京金圣典文化有限公司的资金支持，感谢全体编委和北京联合出版公司各位编辑，感谢所有对本套丛书的出版给予大力支持的作家和他们的家人。

是为序。

吴义勤
2022 年冬于北京

1

飞机失事了。

不是坠毁，不是爆炸，飞机根本就没有升空。乘客们全到齐了，关上了舱门，撤走了舷梯，系上了安全带，却久久地没有起飞。不知道在等待什么。后来有一架飞机像醉鬼般地降落到机场，癫狂地朝坐满了乘客却没有起飞的飞机冲来……

满载乘客而没有起飞的飞机所等待的，原来竟是这样的一个大惨剧。

2

夏之萍坐在梳妆台前，右手握住梳子，举手朝头发拢去时，却一下子将手僵在了那里。

她惊讶地望着镜子里的自己。开头她有点糊涂：这个肿眼泡的女人是谁呢？苍白的面颊松耷耷的，眼角现出鱼尾纹，嘴角似乎是已经习惯于朝下微弯，一头染得青黑的乱发却齐齐地现出了一指甲盖长的白根。当她憬悟到这个与她愕然相对的女人正是她自己时，梳子"吧嗒"一声落到了梳妆台上。她扭身扑到枕被凌乱的席梦思床，心里再一次阵阵发紧，却又忽然惊讶于自己并无泪水可流……

这是方天穹死讯传来后的第十天。

头几天里，慰问和吊唁形成过一个近于狂暴的浪潮，不断地来人，不断地有电话，门铃声和电话铃声常常响成一片，以至于不得不由先期到达她家的慰问者紧急分工：有的去开门，有的代她接电话；从外地拍来了近二十封电报；五天里就收到近三十封本市寄来的吊唁信；最雅的送来莫扎特《安魂曲》唱片；次雅的送来大束的白玫瑰和黄菊花；次俗的送来自书挽词；最俗的送来水果和麦乳精。有女同事帮她做饭，劝她进食；有女友陪她过夜，伴她流泪……然而潮涌必有潮退，到第六天门铃声和电话铃声便开始稀落，来者停留的时间也短，陪伴她的女同事和女友经她说服也果真都离她而去，没有新的电报送来，也许楼下邮箱里有新的信件，她没有精神去取也无人代她拿上楼来，所以等于无人来信；其实她自身也在退潮：泪腺已不积极分泌，头脑中纷纭回旋的种种思绪也都如风过的枯叶，落下，堆积一处，只待腐烂。

这第十天的上午，壁上的挂钟显示出已近十一点，竟连一个来访者、一次电话也没有。

夏之萍终于又坐到了梳妆台前。她慢慢地梳头。随着立体梳上有弹性的梳针把头发耙松，她先是有了一种生理上的快感，随即便觉得头脑中僵滞的乱麻似乎也在慢慢地松解开来——是的，方天穹消失了，而她还具体如镜中所示地存在着。对方天穹蓦然惨逝的巨大悲痛,并未导致摧毁她继续生存的欲望,她意识到了这一点,吃惊,然而却更加清醒——她不仅需要梳头,而且需要洗澡、换衣服,需要吃东西,需要上街采购,并且不能继续留在家里不去上班。

忽然门铃作响。夏之萍竟被惊得浑身一抖。

她去开门。

门外是方天穹的前妻简珍。

3

"停一下,你在那个水果摊前头停一下,"宫自悦对司机说,"我下去一下。"

"那儿不准停车。"司机小万很不乐意。

"附近没警察,"宫自悦说,"两分钟,我下去两分钟就上来。"

"那儿不准——"小万还不买账。

"他妈的!"宫自悦笑嘻嘻地从后座拍拍小万肩膀,"你要房我可是帮你说话的!"

小万把车停到了马路边,那个水果摊前。

宫自悦下去,麻利地买了一大把香蕉上来。

小万把宫自悦送到了陈老住的那幢楼下。

"您什么时候下来?"小万问。

"一会儿,我就待一会儿。"宫自悦在车上已把香蕉装进了一只印有广东健力宝字样的塑料提袋中,边迈出车门边说,"你可等着,我一会儿就下来。"

"您可准在半拉钟头里下来,"小万把头伸出车窗,不放心地说,"可别又让我饿一顿!"

"哪能!我今晚管你的饱!"宫自悦边说边活泼地往楼门里走去。

小万望着宫自悦的背影,朝车窗外啐了一口痰。宫自悦这人五十好几了,做派倒像个才出校门的小青年,他好拜望各界的老前辈,到了这些前辈的住处,他的步履不仅活泼,有时竟出现颠连步——就是一脚落地后颠动一下,另一只脚才往前迈,这是儿童们心境欢快时常有的步法,不知怎么的宫自悦竟还能表现得如此的烂漫。

小万最不愿意宫自悦用车。宫自悦作为机构的第五把手,上下班是不配车接车送的,然而用这辆奥迪车的时间,他实际上比前四把手都为多。他常常是用一条过硬的理由——某桩必得坐车出面去急办的公事——把住小万开的这辆车,那桩公事办完,他便又提出这样那样的好几桩甚至常常是一串子的事来,都要小万拉着他跑,跑就跑吧,反正车子回到单位别的头也会调用,拉谁不是一样?可宫自悦的讨厌之处就是常常让小万饿饭——他下车进到某处前,说是"过一会儿就回来",有时却左等不出来,右等不出来,你把车开走自己找吃的去吧,又怕偏那时候他出来了,事后说你误他下一步的事,你坚持坐车里等他吧,他能自己酒足饭饱、满面红光地终于跑了出来,没等你埋怨,先嬉皮笑脸地跟你道"对不起",又解释说他本是坚决不留下吃饭的,是人家硬留他不可,他要不留反让人家没面子了,诸如此类一大堆,小万只好叹气,认命,谁让自己是开车的呢?活该得胃病,"三九胃泰"、"胃得乐"销得好,一半原因是有小万这号的司机存在!

这回不知道宫自悦又要钻进去多久,小万本想把车开出去找个地方自己先吃上一碗兰州牛肉拉面，宫自悦出来了爱怎么着急怎么发火都由他去，可后来想起宫自悦那句"你要房我帮你说话"的许诺，也就罢休。小万虽然已经娶妻生子，目前却仍同父母兄弟挤在两间小平房里住，过几个月单位就要开始新一轮的分房，宫自悦的态度确实举足轻重，"小不忍则乱大谋"，小万想至此，便将坐椅放倒，推进磁带，倚在车里听起赵传的《我是一只小小鸟》来。

4

"真是稀客！"陈老的小女儿陈新梦对宫自悦娇嗔，"怎么好久不见你的影儿？"

宫自悦像洋人男女见面一样地拾起陈新梦的右手，放在唇边沾了一下，双眼笑成两弯新月："现在不是连人带影儿都来了吗？"

陈新梦已经三十八岁，还是个处女，她身材足有一米七〇，瘦得高颧骨凹面颊，却打扮得很仔细，头发在发廊做成了一头"钢丝"，呈扇面状垂在长长的脖颈后，原来的眉毛剃除了，另画了两根细长的黛眉，嘴唇上淡淡地涂了一种樱色唇膏，一笑起来，大嘴岔里露出两排堪称编贝的白牙；她穿着从华歌尔时装店买来的昂贵套服，黑色，脖领处有紫罗兰色的镂空镶边。

宫自悦跟着陈新梦往客厅里走，客厅里家具简单，然而气派，墙上的名人字画价值连城。

陈老坐在轮椅上，宫自悦走上前去，谦卑地弯腰带屈膝同陈老握手，问候毕，才把手中的塑料袋递给陈新梦，大声地说："刚下飞机！家也顾不上回，先来拜望陈老您！从那边带了点香蕉来——我知道北京也有，陈老您这儿什么也不缺，可'千里送鹅毛'嘛，一点点心意……"

陈老只是蔼然地笑，嘴角淌出些口涎来，陈新梦一边用小毛巾替父亲揩口涎，一边望着宫自悦说："你还敢坐飞机？啊呀！方天穹那张票要换给你就好了！"

"是呀！"宫自悦也随口调笑，"那你就吃不上这把上好的香蕉了！"

后来就坐在一处说闲话。陈老只不过说了一句"方天穹的家属该好难过"，宫自悦便抖搂开了方天穹的隐私，陈老本来耳聋，只是微笑着眯眼打盹，倒是陈新梦原来并不知道那么多的细节，听得好有味，还不时插进去问题，从一组花絮引出好几簇花絮……

"……头一场冲突发生的地点好滑稽，是在公园里的儿童运动场，大约是在滑梯与转椅之间，一棵大柳树下的长椅上，想必方天穹和夏之萍以为那个地方比僻静的角落更安全；结果两个人正手拉手儿、情话绵绵之际，忽然夏之萍感到一只手粗暴地拍在了她肩膀上，她惊回首、猛起身——那不是别人，是她的老公！说时迟，那时快，一记重重的耳光，掴到了夏之萍脸上，一声脆响，伴随一声尖叫，而方天穹的反应更如电闪雷霆，夏之萍那老公的手掌还没下肩，方天穹就更重地甩了那位一记炸雷般的耳光，好介！玩滑梯、玩转椅的小孩们全不玩了，都围过去看大人扇耳茄子，高兴得拍起了小巴掌，那才真叫好玩哩！……"

"……夏之萍决心一下，她那老公倒没怎么死绊住她，可家财、儿子全给了男方，夏之萍真有点'壮士一去兮不复返'的气概，不愧有人称她为'女丈夫'，为巾帼争光！方天穹的那位简珍，可就是根缠树藤了，死也不跟他离，一直闹到方天穹气极了，抓起她头发往墙壁上撞她的头……"

"哎呀呀!"陈新梦闭起了眼睛,长长纤指并拢合掌,紧贴胸前,耸着肩膀说:"太残暴了,怎么这样!那简珍还不反抗?还不咬他?"

宫自悦却待陈新梦睁开眼睛,才往下描述:"谁知方天穹一松手,简珍便扑到方天穹怀里,不是咬他,而是发疯般地亲他的胸膛、脖子,狂喊着:'我爱你!我爱我爱我爱!打死我我也爱!'……"

"真的?!"陈新梦大感动,竟至于一下子眼睛湿润起来。

宫自悦却不再往下讲述,他伸腕看了一下表,又仰头望了一下壁上的钟,见陈老正睁开眼睛,望着他,便立即耸身过去大声地说:"陈老!在那边见到了香港的冯先生,冯先生!对,就是当年听您讲过课的那位冯宣一,五年前来拜望过您的,我刚在那边见到他,他说,想请您把以往的日记整理出来,他给出版,尤其是抗战时期那几年的,陪都时期的,他说最好再配上一批当年的旧照片,那是很有意义的、很宝贵的……"

只用了十分钟的时间,宫自悦就落实了陈老就日记交由香港冯先生出版一事委托他代理的事宜。他起身告辞,陈新梦引他出了客厅,却没有马上引他去往单元门边,而是把他引到了自己的住室,半路上她脸燥燥的,嗓子发干,眼珠转来转去防止保姆看见,一进了她那间闺房,她便把门掩上。

宫自悦满脸甜笑地跟着她,心里满溢着警惕,鼻子里强忍着一串子笑,进去后却主动抓住了她那双瘦得发硬的手。

陈新梦望着已经歇顶的宫自悦那张光润丰满的圆脸,心里怦怦然。她期待着什么,却并没有什么。

"你知道,"陈新梦平平气息,对宫自悦说,"我哥哥很霸道,爸爸锁日记的柜子的钥匙,由他把持着,我是打不开的。"

宫自悦依然握住陈新梦的一双手,用眼神给她以无限的期望,安慰她说:"不要紧。我会拿到日记的。你哥哥会分到让他满意的版税。而你,将同我前往香港,参加首版发行式,你将代表父亲致辞,我则将整理经过加以简要说明……那时候……"

陈新梦忽然想到了捆耳光和手抓住头发把头往墙壁上撞,她惊恐,恶心,把手从宫自悦本不紧密的握持中抽了出来。

"梦梦,你放心……我还有一个约会,我很快还会来的……"陈新梦便把他送出了单元。

小万没想到这回宫自悦待的时间果然不算太长。

"回单位?回家?"小万握住方向盘问。

"不。再麻烦你,去西三环……"

5

夏之萍一打开门见是简珍,不由一阵感动。

她们为一个共同所爱的男人成了仇人,现在那个男人已经烟消火灭,连一具尸体、一抔骨灰也无从寻觅,她们已无所攻取无所守卫,无所诅咒无所祈盼,她们确也理应泯埋仇怨,互怜互慰。攘攘人世,匆匆人生,现在看来爱憎都如晨雾暮霭般缥缈。夏之萍简直想同简珍拥抱。

万没想到,简珍却冰雪般冷然秋风般凛然。

把简珍让进屋里后,夏之萍懵然若梦。这个目光里依然闪射着仇怨的妇人,究竟为何找上门来?

简珍年龄比夏之萍小,看上去却比夏之萍苍老。这天简珍梳妆打扮得异常整洁,夏之萍蓬头垢面、衣衫不整,然而简珍依然呈现老态,而夏之萍风韵犹存。关键在于简珍皮肤色泽暗淡并且粗糙,而夏之萍却皮肤白净细腻,浑身上下有一种丰满异常却绝非肥胖的女性魅力。

夏之萍请简珍坐,简珍不客气地坐下了。简珍冷冷地环顾着四周,夏之萍坐在离她较远的一把椅子上,等待简珍开口。她本以为简珍会问到一些有关的情况,航空公司的通报过程,赔偿措施,追悼会的筹备情况和会期,等等,然而简珍一句也没有问。

简珍从手提包里取出几张用曲别针别住的纸来,摊在桌上,望定夏之萍,脸上没有表情,却比一切表情都令夏之萍恐怖,并且用一种平板的声音说话,那声音也比一切其他调门更能撕裂夏之萍的心:"我代表方莹来,向你郑重宣布,根据当年我和方天穹的离婚协议,她有继承方天穹一半著作收益的权利,包括近年来方天穹著作的国内稿费和境外版税,还有最近两年他在报刊上发表的还没来得及收辑成书的作品的收益,前者有书为证,好办;后者我带来了一份清单,请你过目并如实补全……"

夏之萍脑子里"嗡"的一声,眼前的简珍仿佛融化开成为了一团抖动的色块和线条……

6

"山姆叔叔快餐店"里面是百分之一百的美式装潢,空调器把温度控制到恰好爽人的程度。蒲如剑和简莹坐在面窗的高脚凳上,齐肘处恰是窄长的台面，服务小姐还没把他们叫的东西送来，两个人都把胳膊肘支在台面上，双手捧脸望着外面。外面的街景恍若香港，也有几分像美国加州的洛杉矶，但穿梭如鲫的自行车破坏了"西洋景"，那是地道的中国特色。

蒲如剑和简莹是中学同学，高考双双失利。蒲如剑考的是工艺美术学院，专业考试基本上通过了，统考成绩却不够最低分数线，他决定补习一年，明年再考；简莹报了一大溜外语类院校，失利后立即放弃了进外语学院的梦想，她通过后门进入一家中外合资大饭店，目前正参加培训。是简莹打电话把蒲如剑约到这家快餐店来的。

服务小姐用托盘送来了他们要的东西。蒲如剑要的是一大杯加碎冰屑的可口可乐和一份珍宝汉堡包，简莹要的是一杯"祖利亚芒果汁"和一客吞拿鱼三明治。

"我最喜欢祖利亚饮品了，地道的美国口味，街上就这一家山姆叔叔有！"简莹用抹着唇膏的嘴唇紧抿吸管，贪婪地吮吸着。

蒲如剑侧颈望着她，心里有点诧异。她难道不知道生父方天穹惨死的消息？她怎么会还有这样好的胃口？

蒲如剑知道，还在简莹刚上小学的时候，她父亲就遗弃了她母亲和她，她原叫方莹，自那以后改随母亲姓，才叫简莹。方天穹后来成了一位名人，简莹也曾去找过他，但来往不密切，双方大概都没什么感情。但一个人毕竟是由另外两个先于他而存在的人的精子和卵子结合而产生出来的，不管怎么说简莹有一半的生命源于方天穹的精子，现在那精子提供者罹难，就是不相干的人听到这消息辅之以想象，总也难免扼腕叹息，简莹却居然表现得无动于衷，她在津津有味地吮吸祖利亚饮品系列之一——冰冻芒果汁！

简莹不仅衣袖上绝无黑纱，发丝中绝无白花，她梳妆打扮得活像一个就要去出席奥斯卡金像奖颁奖仪式的明星，发型是所谓的"蛇妆"，眼影涂成暗蓝色，袒露面极宽的脖颈和胸部上套着看上去沉甸甸的亚金项饰，两边耳垂上吊下与那项饰配套的大若曲奇饼的耳饰；她上身是磨砂绸的一袭紫装，下面是一条紧箍屁股的皮短裙，黑纱长袜下面是一双紫色的时装鞋。她握住祖利亚饮料杯的手跷着两根手指，指甲涂成淡紫而发荧光的色调。

蒲如剑不得不在心里感叹：到底是简莹成熟得快！也许，自己的种种抹不开，概出于没有迈进生活的门槛吧？你看，简莹才工作一个多月，还没出培训试用期，就仿佛已在生活的门槛那边了！

蒲如剑想画这样一幅画：一个门洞，高高的门槛，一个已经迈出去的姑娘扭回头来，朝仍在门洞这边的一个小伙子望着，小伙子只有背影，处理成全黑，他一只手扶着门洞壁，双腿犹豫着，在似动非动之间……画题就叫《青春的门槛》。

简莹斜眼一瞥蒲如剑，不禁用自己的胳膊肘碰碰他的胳膊肘，斥责他："怎么着？又玩深沉了？要不就是又玩忧郁？成了成了，我现在既不喜欢深沉，也不喜欢忧郁……"

其实简莹说这话的时候心里酸酸的。她确实比同龄人成熟得早！尤其比同龄的异性成熟得早！又尤其比眼前的这位蒲如剑成熟得早！她身边的这位蒲如剑穿着一身运动服，牌子倒不赖，安博牌；脚上一双运动鞋，福建合资厂出的耐克牌；剃个刘易斯板寸头；整个儿还是个少年型。他画哪门子画？能画出个鬼来！荣宝斋，懋隆商行，各饭店宾馆售货部，哪儿不是用中国画骗老外的钱？你蒲如剑画油画，哪个老外来中国会买油画？何况就是有那号怪人买中国油画，又几时才轮得到你蒲如剑的画上市？

蒲如剑指指窗外说："整个一幅画儿。姚庆章的画儿。"

"谁?"简莹问。

"一个美籍华人。台湾去的。姚庆章。专画街景,从商店橱窗望出去,或者从街上朝商店橱窗里头望,画霓虹灯,画停车场,属于超级现实主义,就是说,跟中国国画里的工笔画似的,细细致致地把城市景物画下来……挺卖钱的哩!混得不错!我爸去纽约的时候,他送我爸一幅小画,说小也有两个托盘合起来那么大,现在挂在我爸书房里,我爸开玩笑说,将来没饭吃了,卖掉它也许能混上个一年半载的……"

简莹便说:"嘿,对了,我今天约你来,就为的是要见你爸!"

"见我爸?"蒲如剑吃了一惊。跟着就脸红。

"是呀!你爸什么时候在家?我想见见他,我有事求他!"

"什么事?"

"跟你说有用,我还见他干什么?见了他,我自然跟他说。你爸什么时候在?我什么时候去合适?"

蒲如剑一时只拿眼打量简莹。

简莹"扑哧"一声乐了,两个耳饰乱晃:"你放心,我去的那天绝不这副扮相!他大概喜欢朴素少女型吧?我会把头发弄直的,也许会剪个厚刘海的'妹妹头',穿一身校服式连衣裙,穿一双完全国货的'十佳'运动鞋……"

蒲如剑心里不禁瞎琢磨。他觉得无论从哪方面说,这样都还嫌太早。而且他妈大概并不喜欢那种"朴素少女型",朴素固然好,太少女太学生味儿,反会惹出更多的唠叨。

"你当我去为什么?"简莹目光如针,直刺蒲如剑瞳仁,"我见他,为的是跟你没关系的事。只不过要你引见罢了。这样吧,找个他闲散的时候,我去你家,只说去找你借书、看画,然后你用很自然的办法把我引到你爸书房里：咦，那个姚什么，他的工笔油画不是挂在那儿吗？你就带我去看画，只要我跟你爸打了招呼，剩下的事，就不用你管了……"

蒲如剑觉得自己总被简莹牵着鼻子走。没办法。每回见面前他总握紧拳头嘱咐自己：别让人套上鼻环……可事到临头却总不由自主地成为一头驯牛。

7

那幅《青春的门槛》当然不能用姚庆章的笔法来绘制，但也不能太抽象，倘若变形到毕加索《亚威农的少女们》那种程度，也不行；太古典，太正规，太具象，又不甘心；或者用一种黑白对比强烈的版画风格处理最好，但过于追求装饰趣味，则又失之于浅薄和俗丽了！是呀，玩深沉，玩忧郁，可一个二十岁的男子，你让他玩什么好哩？深沉和忧郁，难道不是这个年龄最高雅的游戏吗？

"剑把儿！寻摸什么呢？"

一声大叫把蒲如剑从画思中拽了出来。蒲如剑在去往地铁站口的马路边上，遇上了外号"ruibin"的中学同学，那外号如非要用汉字表达只好勉强写成瑞宾。瑞宾身材高大，却一副衣衫桄荡的没筋乏力的惨相，大鼻子上总冒出几粒青春痘，一笑，门牙各齿之间都有火柴棍宽的缝缝。瑞宾根本没参加高考，说是打算找个职业，可一时也还没落实，不是他挑职业，倒多半是职业挑他。

"你小子！"蒲如剑见瑞宾左腮似乎有点红肿，便问，"怎么，又挨谁揍啦？"

"他妈的！"瑞宾说，"还不是大葱他们一伙儿！玩'强者'玩不过我，全栽到我手里，他们就'革命'，我哪镇得了他们，一场混战，饶让他们把赢的钱抢了回去，还吃了好几拳……"

所谓"强者游戏"，是用一张大图，掷骰子看点在图上走步，图上是一格一格的地皮，头一轮是谁走到哪块地皮就可以用钱买下那块地皮，再一轮是谁走到别人地皮上就得给人交租，具体玩法还很复杂，还有在地皮上"盖房子""设工厂"等等名堂，互相索取种种费用，谁"破产"谁就可以退出，输赢主要靠掷骰子的结果，技巧很其次，这种游戏用品在某些商店里公开地出售。蒲如剑也跟瑞宾、大葱他们玩过。买来的游戏用品里包括一摞假美元钞票，开头玩家们均分，玩到后来必有一位几乎囊括了所有的"美元"，现在看来瑞宾他们已经是用真钱玩这种游戏了，那就成为地地道道的赌博。

"挨揍事小，你就不怕绿了？"蒲如剑笑问瑞宾。

所谓"绿了"，就是被官方查获。上中学时，蒲如剑常在学校的"思想教育组"办公室门外看见瑞宾、大葱等人耷拉着脑袋站在那儿，等着被传唤进去受教育，蒲如剑走过他们身边时常问："怎么啦？"而瑞宾也就常回答："又绿了！"

但如今的瑞宾似乎只挨揍，并没"绿"。他穿着一件特大号的圆领衫，上头印着"拉家带口"一行大字，字下是一大块由各种票证歪七扭八构成的图案，细看上头画的有"身份证""营业执照""粮票""油票""肉票""鸡蛋票""自行车执照""电汽车月票""购货本""医疗证""取奶证"，等等。这种圆领衫也是市面摊档上公开出售的。

"怎么着，还画啦？"瑞宾问。

"可不。瞎画呗！你呢？找着地方了吗？"

"有啦！前门外！廊坊头条！当托儿哩！"瑞宾颇为得意。

"托儿"从字面看，会使一些人产生误会，以为是到托儿所里去了，其实读时头一字重读而后一字轻读，"托儿"就是帮个体商贩推销商品的那么一种角色，他们装成买主，或赞不绝口，或先故作怀疑、游移、反悔之态而后忽然大喜过望一下买去许多，还有其他种种张致。干"托儿"远比玩"强者"需要技巧，最终的目的是诱使路过的人上钩，成为真实的买主；他们假装"买去"的货物待真买主一远离自然又都回到摊档之上；报酬或按日计算拿固定金额，或按销出商品的数额提成。

"先小不溜溜地练！"瑞宾对蒲如剑说，"一天先挣他两张！要'绿'也'绿'不着我，摊主都油着哩，没几个真'绿'的！你他妈逛那儿可别买，说是从二百八降到八十九的外销西装套服，其实全是进价才五十一套的劣货！你要买货真价实的我另外带你去，眼下这条路我门儿清！"

……

跟瑞宾分手后，进入地下铁站台，蒲如剑愣愣地立在那里，他默默地问自己："我究竟要不要这就动手画那幅《青春的门槛》呢？"

8

门铃响了三遍，夏之萍还不打算去开门。简珍的来访给她的刺激，还使她的情绪处在最恶劣的状态之中。她真怕一开门又是简珍。

门铃又响了两遍。夏之萍勉强支撑着去开了门。

门外是笑吟吟的宫自悦。

夏之萍拢拢头发，把宫自悦让进了屋。

方天穹出事后，宫自悦来过电话，自称从外地直拨，向夏之萍表示慰问。

笑吟吟的表情是宫自悦按别人家电铃时的一种习惯性做派。自从午后把住小万开的这辆奥迪，他已经连跑了三处地方，第三处是陈老家，离开时已然五点半，到达夏之萍家时已近六点。夏之萍开门后一见宫自悦那很不得体的笑容，便满心的不自在，尽管宫自悦一见她面便连连地搓手示哀致慰。

宫自悦进屋后，径自走到组合柜上摆放的方天穹十二英寸照片前，双手合十，鞠了三躬，见照片旁瓶中所插的菊花有的已然谢落，不胜感慨地对夏之萍说："真是人生如梦寐！你要节哀啊，凡事往开处想，有什么困难？跟我直说，凡我帮得上的……"

夏之萍疲惫不堪，向他道谢，说暂时没有什么困难；但并没有让座，实在是希望他能履行完慰问之仪便告辞离去，宫自悦却自己坐下了，并且从衣兜里取出一包"万宝路"，抻出一支，在茶几上戳了戳，问："可以吗？"

夏之萍想说"不"，却没有说出口，并且违心地点了点下巴，于是宫自悦便大模大样地抽起了烟来。夏之萍只好陪他坐下。

宫自悦伸腕看了看表，决定单刀直入。他的时间很宝贵。这还远不是今天下午到晚上的最后一个节目。

他吐出一口烟，问夏之萍："天穹这一去，估计过不了几天，几家出版社就要打出他选集和遗作的主意，你行情清楚吗？打算怎么提条件？编选和处理遗稿的事想委托给谁？"

夏之萍脑子里又"嗡"地一炸。不过这回对面的宫自悦并没像简珍那样融化分解为一团抖动的色块和线条，相反，宫自悦在她眼中清晰得须发毕现，她注意到他右边鼻翼下的那粒黑痣上有一根卷曲的黑毛，令她恶心；她身子微微一抖，顿时清醒起来。她想起方天穹生前曾跟她这样议论过宫自悦："整个一个高级混混！到处包揽无聊的事情，揩一点油水也罢了，由他揩去，不是什么大恶，不过是些小乐趣，可你要真托他办事，那非弄霉了不可——那回他从两位老前辈那里拿来两篇小文，原稿他扣下，居为奇货，大概是让他老婆代抄了一遍，送到报社，他校也没校，大概连一行也没再过目，就代为签上了名，把两个人的名字署岔了，结果印出来以后，两老都生了大气，他却又跑到两老那里说都是报社的责任……就这么个人物！你在台上，得势的时候，他一天起码两回电话，不断地上门；你还用不着倒霉，只要一不在位，一离休退休，他就绝对不再浪费时间给你拨电话，十过其门也绝不捎带脚地一访；如果他冷淡你一段之后，突然又找上门来，那准是他又揣摸了一番你的肥瘦，觉得有油水可拧了……"

夏之萍想到这些，便冷冷地对宫自悦说："现在这些个事都还顾不上，以后再说吧。"

"以后？"宫自悦眨眨眼说，"十天了。'山中方十日，世上已千年'，只怕已经有人在山里摆下这盘棋了！天穹给你留有遗嘱吗？"

"遗嘱？！"夏之萍生起气来。方天穹才五十出头，身体健壮，为什么要无端地立起遗嘱来？难道他能预知自己遭此不测？而他未立遗嘱又能怎么着？难道除了简珍代简莹（什么方莹！简珍是故意要这么说，那姑娘早已不姓方！）提出的威胁外，她夏之萍还会遇到另外的威胁？

"是呀，当然……我理解，天穹怎会给你立下遗嘱呢，确实，谁也不会想到……真是从天而降！太突然！太惨了！可是，天穹虽然没给你留下遗嘱，却很可能给别的人写了委托书哩！"

"委托书?！"夏之萍糊涂了，"委托什么？委托谁？"

"委托选编他的集子，包括出文集，包括处理他的稿件……难道您真的从来没有担心过，他可能把这些权益委托给别的人吗？比如，委托给她？"

"谁?！"夏之萍像被锥子扎了一下。她立即想到了她。夏之萍是聪明人，她从宫自悦谈话中把称她为"你"改为了称"您"，意识到宫自悦是胸有成竹的。

"给我一支烟。"夏之萍向宫自悦伸出手去，她接过烟，接受宫自悦的打火机点火，深深吸了一口，把脊背重重地落到沙发靠背上，沙哑地问，"你究竟要跟我说什么？别跟我绕弯子了！"

宫自悦这才从容地说："我本不该在你最痛苦的时候来跟你说这个。可我跟天穹，跟你，都是朋友对不？对朋友就该两肋插刀！你大概不知道，这一年多我劝过天穹多少次，不要玩火！欧阳芭莎可是招惹不起的！可他还是陷进去了，你知道欧阳芭莎如今又成了台湾一家什么出版公司的代理人，台湾人钱淹到小腿根，稿费版税都付美钞的，'任是无情也动心'，天穹毕竟还是肉眼凡胎，就是不被她的色迷住，也难免被钱迷住的！怕只怕天穹背地里已经跟欧阳芭莎签委托书了……"

"你有什么证据？"夏之萍狠狠地在烟碟里捻着还剩大半截的香烟，心乱如麻，她觉得自己成了一条搁在案板上的带着血丝的鱼，而要剁她的利刀竟不止一把！

"原谅我原谅我……"宫自悦从随身带来的公文包里取出一张照片，递给了夏之萍，"是我当场用傻瓜机拍的，你看，他们热乎到什么份儿上！天穹可能是逢场作戏，欧阳芭莎可是张网捕鱼……"

那是宴会上的一景，方天穹同欧阳芭莎正面对面、右胳膊互相别着，仰脖举杯饮酒！

夏之萍两眼顿时似被血幕掩住。

9

饭桌上的菜都用碗扣住，蒲如剑一见就知道又得挨母亲叨唠，他忙主动跟迎上来的母亲说："这就洗手去，就来吃。"一边往卫生间走，一边顺便问，"爸呢？又吃餐去啦？"

"吃餐"就是去赴宴，赴公费报销的宴会。

"现在谁还叫他去吃餐？"母亲闷闷地说，"下楼遛弯儿去了。饭也没吃。你先吃吧，也别等他。唉，如今是什么日子，一顿饭，各吃各的……"

这两年蒲如剑的父亲蒲志虔正发霉。基本已被排除在各种公费报销的活动之外。

蒲如剑没跟母亲提起简莹，自然更用不着提起瑞宾，却一边吃饭一边提起了鲍管谊："我遇上了鲍叔叔……"

"鲍管谊？你在哪儿遇上的？"母亲问。

"就在快到家的时候，他跟另一个人坐着辆伏尔加，在咱们前头那座楼边上下的车，我过去招呼他，他跟我笑着点点头……"

"啊。"母亲仍然闷闷的，想问什么，嘴唇翕动着，却终于没有问。

"我跟他说：'您一会儿来我家坐坐啊？'他含含糊糊的，临到我扭身要走开的时候,我听见跟他一块的人问他:'这是谁啊?'他说:'不相干的,以前邻居的孩子。'……"

"不相干的?!"母亲气愤了,"他真这么说的吗?"

"怪不得这两年鲍叔叔再没来过电话,更没来过咱们家。"蒲如剑议论说,"可前些年,他不是至少每个月都要来一两趟吗?来了屁股就跟秤砣一边沉,坐在这儿又吃又喝的,跟爸爸好像有聊不完的天……"

"你哪里知道,好几年前,你爸爸就不喜欢他了,这两年断了,倒也好……"

娘儿俩正说着,门钥匙响,蒲志虔回来了。脸色阴阴的。

"给你热热吗?"妻子问他。

"等一会儿再热吧。我想歇一下再吃。"说完蒲志虔便踅进了书房。蒲如剑同母亲对视了一下。蒲如剑耸耸肩膀,母亲叹了口气。

蒲志虔坐到书房的一把不锈钢骨架帆布面的摇椅上,点燃一根烟,仰躺着,望着天花板,排遣心里的闷气。

他也恰恰遇上了鲍管谊。鲍管谊从前头那座楼里出来,同另外两个人——一老一少——一起,其中那位老者蒲志虔认出是住在前头那座楼里的一位隔行的名流,他们有时在附近绿地里遇上,互相都知道对方是谁,目光相遇就点点头。鲍管谊一行从楼里出来时,蒲志虔往自己那座楼走,正巧在甬路上迎面相遇,那位老者倒朝蒲志虔微微点了下头,而鲍管谊分明也看见了蒲志虔,却瞪着眼睛装成没认出他,只顾招呼那位名流坐进小轿车……

事情很小,场面不大,时间很短,但这一经历却对蒲志虔刺激很大。

蒲志虔和鲍管谊是大学同学,同一专业同一班级并且同一宿舍又同睡一副上下铺,他们曾在校园最荒僻的一角松林中,点燃两根线香,效古人结拜方式跪地发誓……

毕业时他们命运很不一样,蒲志虔幸运地分配到市里研究院,而鲍管谊却被分配到远郊区的一家工厂。

……蒲志虔都已经娶妻生子,鲍管谊却还没找着对象。鲍管谊所在的那家工厂自然有追求他的女性,但他不想在那里安家。他执意要在市里找对象,调进城来。蒲志虔和妻子都捕捉住一切机会给他帮忙。妻子所在的那个医院忽然来了一批卫生学校的实习生,实习一个月,其中一位年龄比其余同学大上足足三岁,活泼不足而老成有余,绝不艳丽但容貌端正,妻子因而为鲍管谊打上了主意,回来跟蒲志虔一说,蒲志虔心肠一热,当天便采取了行动——他去鲍管谊家找鲍管谊。所谓鲍管谊家严格来说是鲍管谊父母家,鲍管谊每月的头一个星期天一般总在那里。从蒲志虔当时的住处去往当时的鲍家几乎要横穿全城,那天还下雨,挤车和走路都很辛苦,但蒲志虔肝肠火烫地赶去了——谁知进了那院子,走近鲍家门前,却意外地撞了锁!蒲志虔来鲍家不知多少次了,从来没遇上过鲍家所有人全不在家的情形,除了父母,鲍管谊还有一个妹妹,真不知道这雨天里他们一家几口怎么反会倾巢而出!蒲志虔去问邻居,不得要领……怎么办呢?倘若当天不同鲍管谊面谈,不同他敲定同那白衣天使约会的时间和方案,那么,再等到下个月鲍管谊进城,那人家可就已经实习期满,回卫生学校去了,说不定马上就面临毕业分配,再联系就啰唆了!蒲志虔便打着伞在鲍家附近的街上逛来逛去,逛了一个来小时,转回去,鲍家仍是铁将军把门!怎么办?忽然,蒲志虔瞥见了鲍家大门右下角剜出了个方形的猫洞,他一跺雨靴,计上心来……

蒲志虔趸到鲍家附近的邮局,现买了信纸和信封,站在公用书写桌前，给鲍管谊一口气写了一封长信，足足写满了四页信纸，最后一句是"切切此令！不得迟疑！"，还在下面涂画了八个大大的黑圈。然后他回到鲍家所在的那个院子，雨哗哗地下得更大，天色早已昏暗，邻家已然燃亮了电灯，鲍家竟仍是铁将军把门，但，不要紧，蒲志虔微微一笑，把厚厚的一封信用力地扔进了猫洞……

很多年里，鲍管谊提起"猫洞传书"一事，两眼里总闪动着泪光。"什么叫作朋友！啧啧啧……"特别是在酒后，鲍管谊满脸充溢着一种"用任何语言也无法表达"的赞美之情。细细回忆辨析，那封信的历史性作用确确实实非同小可，倘那天蒲志虔不猫洞留信而扫兴归家，那么，第二天一大早鲍管谊便回远郊工厂去了，而回厂的第二天，鲍管谊便随一支"支农小分队"下到深山区了，纵使蒲志虔往工厂里寄信，怎么也得半个月以上才能转到鲍管谊手中，而鲍管谊纵使接到那信也不可能很快返回城里，那么，这段姻缘也便黄了；多亏蒲志虔猫洞留信，并且把情况介绍得那么详细，建议得那么具体，嘱咐得那么亲切……第二天一大早，蒲志虔夫妇才起床，鲍管谊便找上了门来，说他半路上已去邮局以他妹妹名义给厂里拍了电报，说他得了急病回不了郊区先请假一周；他解释说：昨天下午他们全家只不过是去看了一场上下集的电影，那是万年不遇的集体兴致，谁想偏让蒲志虔撞了大锁……

再一天鲍管谊便在蒲家同白衣天使见了面，他俩竟一见钟情，几个月后便登记结婚，白衣天使分配到一所市里的区级医院化验室工作，两年后鲍管谊以夫妻团聚为由调进了城里，先在一家区级工厂当技术员……

开放以后，蒲志虔先红火起来，参加考察团出国考察，参与国际同行业的交流活动，并有了若干社会性头衔；住房也越搬越大。他自然诚心诚意地愿意帮助鲍管谊"跳出胡同小厂，开辟新的天地"。后来有了一个契机：他们那行业的一个涉外机构需要一个懂专业的内部简报编辑，鲍管谊的学历不成问题，但人家要求得至少交去三篇专业论文或译文，鲍管谊这么多年沉淀在基层，哪里拿得出来！蒲志虔对鲍管谊说："古人陌路相逢，尚且肥马轻裘敝之而无憾，何况咱们！这样吧，我有现成的还没发表的论文，就用咱俩的名字发表吧！还有两篇译文，一篇联合署名，一篇干脆让你独署，如何？"鲍管谊跳槽心切，立即同意了。

……推荐被接收了，材料也都送全了，回话也是肯定的口气，却迟迟不见调令，鲍管谊来找蒲志虔，说这日子头恐怕全靠公事公办不成，得找那儿的人事部门负责人"联络感情"，蒲志虔同意他的思路，却实在羞于出面跟他一起行那样的事，但酒酣面热之际，鲍管谊双眼潮乎乎的，近于哀求地对蒲志虔说："救人需救彻！再发挥发挥你那伟大的'猫洞传书精神'吧！"蒲志虔终于同意为朋友再往两肋上插一次刀。一天傍晚，他俩往那部门的人事处长家里走去，也是一个雨天，他俩各打一把黑伞，到了胡同口，互相望着，活像一对同谋的窃贼，步履都艰难起来……人家倒并不怎样惊奇地接待了他们，说是知道这事，头头们碰头时定下了的，眼下别的事正乱着，所以还没办这一桩事……临告别时，蒲志虔鼓起勇气从提包里掏出一个从加拿大带回来的多伦多电视塔模型，说是"洋人送的，送重了，这一个您留下摆着，看着玩儿！"。见人家也没大拒绝，鲍管谊这才从提包里掏出两条"555"洋烟来，人家先是死活不要，后来鲍管谊真诚得几乎淌下眼泪，人家才终于留下了……再后来鲍管谊不知怎么的，说是"自自然然"地约那人去吃了回鸿宾楼的涮羊肉，调令下来了，又跟那人吃了回便宜坊的烤鸭，调成了，竟跟那人交上了朋友，来往得更其亲密……

……究竟是从什么时候起,鲍管谊使蒲志虔产生针刺般的不快的?是鲍管谊才仅仅参加了头几回外事宴请之后?他对蒲志虔说:"以往你吃的那些宴席上,有烤乳猪吗?"蒲志虔说:"当然!那是例菜。吃那玩意儿是外事部门的日常生活!"鲍管谊却皱起鼻子,雄赳赳地说:"也上过全乳猪?整只地端上来?李总说他还是头一回见着哩!"居然一脸傲气,得意到飘然欲仙的地步。蒲志虔不知比鲍管谊多吃过几十上百次的内外宾宴请,细一回忆,确乎还没见到过全乳猪上席,李总本也是常在座的,这回李总发出赞叹,而蒲志虔并不在场,鲍管谊亲与其盛,难怪鲍管谊炫耀不已……但这类细琐小事,本应随风而逝,不必潴留记忆的,那么,那一回呢?那一回不算很小的事了,那一回确实很刺痛了蒲志虔的心……

……是当年大学的同学的一次聚会,蒲志虔到的时候鲍管谊还没有到,正当大家说说笑笑的时候,鲍管谊风风火火地赶到了,还没落座就满面油光地宣布:"刚从建国饭店出来,那个'日本中钵'的和食贵得吓人,可一点滋味也没有!"蒲志虔来时并没宣称自己从何处而来,这时不由得跟上一句:"我也是从建国饭店赶到这儿来的啊……"本来大家都不注意他们从哪儿赶来,从哪儿赶来不都一样?可偏鲍管谊一听蒲志虔这么说,便不假思索地大声问他:"你?你也从建国来?我怎么没见着你?"当时北京还没盖起长城、昆仑、王府、香格里拉……那些个更气派的饭店,建国就算顶拔尖的一家合资饭店了。鲍管谊当时正踌躇满志,为自己已切入北京的上层外事范畴而扬扬得意,你得意就得意吧,至今对蒲志虔来说当时鲍管谊的心理状态还是一个谜,他竟满脸怀疑和鄙夷的表情,仿佛蒲志虔当众说了谎,而他有义务当面揭穿似的,问了一句还嫌不够,竟更大声量地冲着蒲志虔甩过一串问号:"你今天是什么活动?什么时候进去的?我在前厅坐了好一阵，我怎么没见着你？你坐什么牌的小车去的？……"蒲志虔心里的火苗一下子蹿到了脸上，他忍不住绷着脸对鲍管谊说："你这辈子进过几回高档饭店？你以为整座饭店就有你参加的那一摊活动在进行吗？难道我去建国非得先跟你报到吗？难道建国只有一个'日本中钵'餐馆吗？谅你还没进过建国的'绿厅'，没喝过那儿的鸡尾酒，也没进过建国的西餐厅，没尝过那里的英式带血丝的牛排哩！……"两人间气氛一时紧张起来，同窗们都莫名其妙，同时，对他两人都留下了一丝不雅的印象；同窗们用话把他两人岔开了，可整个聚会过程中蒲志虔都心理失衡，原有的兴致荡然无存；他心里只翻滚着这样的想法：你鲍管谊要炫耀你目前的风光，冲别人去炫耀倒也罢了，怎么竟冲着我而来？你之所以能有今天，难道不是我蒲志虔鼎力相助的结果吗？甚至为你弄虚作假！甚至把自己写的译的文章让你白白署名！还让你分走稿酬！我清清白白一世，几曾走过后门、送过礼、厚着脸皮求过人情？为了你，我连那位人事处长的家也钻进去了……而你今天对我竟是一脸的鄙夷："你也去了建国？怎么我没看见你？"……

　　从此蒲志虔深切地感受到人性的莫测。

　　后来鲍管谊也还来电话，还来做客，还坐下喝酒、吃菜，也还跟蒲志虔交换些小道消息，发些牢骚，并且不再有刺痛蒲志虔的话语和表情，但两人之间的感情，显然已不能恢复到历史上的水平。

　　这两年就无形中断绝了来往。而今天狭路相逢，鲍管谊竟视蒲志虔为路人。

　　蒲志虔仰望着天花板，渐渐平息了心中的波澜。但他隐约感到天花板上有一方猫洞，他微笑地凝视着那想象中的猫洞，考问自己：还有什么，值得往那里面投掷呢？

10

领座小姐穿着开衩几乎到达大腿根的特长缎面旗袍,迎着宫自悦刚想问:"您几位?"宫自悦已经气派十足地对她说了声:"峨嵋厅的!"随即绕过她,仪态万方地穿过散座大厅,直奔里面挂着"峨嵋"字样的扇形匾额的小宴会厅而去。

厅里共有两桌。靠里的一桌是主桌,坐得满满的,已经开始喝酒水,靠外的一桌坐的是司机和办事员,没有坐满;宫自悦进去且不往里,先俯身同靠外一桌的办事员说:"我的车是黑奥迪,司机你招呼他叫小万……"办事员立刻明白了他的意思,随即站起来走了出去。宫自悦办完此事这才笑容可掬地朝里面一桌走去,几乎满桌的人都站起来向他哄然问好!

"还以为你果真不来了哩!"鲍管谊一身合体的灰西装,宝蓝底子绣金龙图案的领带,金领夹闪闪发光,喜出望外地拉住了宫自悦的手,对他说:"都是熟人,只有这位洪老你怕是头回见面,洪老是大书法家,难得随俗的……"又忙对主位旁的洪老介绍说:"这位就是外号'会宝'的宫自悦宫先生!"洪老要起身致意,被宫自悦抢上一步按住了,同时恭敬地递上了一张自己的名片。鲍管谊笑对洪老吹嘘说:"你甭看他的名片!他的法力远远超出了他那些个职务头衔,说实在的,这样的宝贝不只是京城,就是全国也不多,怪不得到处都抢他!我昨天给他打电话,他就说今儿个晚上非去明珠海鲜不可,怕来不成这儿了……嘿,到底还算有良心,来了咱们这儿!"

尽管主桌早已坐满十人，还是让服务员另加了一把坐椅、另铺排了一套餐具过来，宫自悦也就不客气地坐下，同大家谈笑风生。

其实，宫自悦来这里的兴趣既非与鲍管谊会面，更非与什么外三路的洪老相识，他竟是冲着这席上的餐前酒菜而来的。唯有这家著名的川菜馆，酒菜用一只大磨漆提盒献上来，布开以后，竟有八个扇形盘和一个大圆盘九种之多，像夫妻肺片、灯影牛肉之类的开胃小菜，那是别种宴请的酒菜中所没有的，而宫自悦最擅品味其辛辣甘甜……鲍管谊等乱哄哄地劝他喝古井贡酒，他却坚拒，只喝嘉士伯易拉罐啤酒。

闲扯一阵，宫自悦胃口乍开，却自动中止，站起来谢罪告辞，说是明珠海鲜那边实在不能不去，纷纷朝他拱手，他也便拱手相谢。鲍管谊一边把他往外送一边附在他耳边说："……下月五号我们联谊会正式成立。你看能不能把……请来？包在你身上！你不给我落实，看我饶不饶得了你！"宫自悦笑嘻嘻地只顾往外走，不置可否，只是问："这儿怎么样？要你多少钱一个人？"鲍管谊如实告之："六十，古井贡酒的钱打在里头，其余酒水在外，罐啤发票上都开成瓶啤……"宫自悦评价说："还行！"

到了车上，一坐定，宫自悦便问小万："怎么样？给了吗？"

小万点点头。鲍管谊他们的办事员出来给了小万十块钱的出车费。

宫自悦笑着说："饿瘪了吧？别着急，先把我送到明珠海鲜酒家，在那儿我正经吃点，待四十分钟出来，那儿给你的可是爱弗伊西（外币兑换券），你自己找个地方吃饱吧，丰俭随意，别让我出来找不着你就成！"

小万尽管劳累不堪，但一想跟着宫自悦出来也有特别的好处，常常一天里能得着几份外单位公费宴请的出车费，回单位后还能领一份加班费，一天能挣好几十，也就怨气全消，驱车径往明珠海鲜酒家而去。

明珠海鲜的那一席是有关部门宴请一对外国研究员夫妇，宫自悦落座后竟毫不为自己的迟到而惭愧，他早估计到这一席上的白酒是茅台，所以故意没在前一席喝那古井贡酒，既有茅台，在这儿他便拒绝了啤酒，而向服务员点了粒粒橙作为辅酒饮料，并且他暗暗为自己的把握时间之准确而得意——他落座才几分钟便端上了堂皇富丽、催人口涎的龙虾，而他错过的前三道菜：基围虾、炸乳鸽、铁板牛柳，实在都很平常，毫不可惜！何况一瞥仍立在餐桌上的菜单，下面还有他最喜欢的椰汁龟鱼和猴头发菜，更食欲大增……

主人方面将宫自悦介绍给了两位外国客人，说宫先生是一位大忙人，又说要想在中国取得知名度，那你就好比一根线，非得穿过宫先生这根针的针眼不可……翻译把这话译了过去，客人夫妇禁不住望着宫自悦笑了起来。

宫自悦正吃进一块龙虾肉，心情大畅。见客人夫妇对他笑，也便报之以满脸的笑，同时冲着翻译问了句："他们可是住在巴黎？"意思是让翻译译过去，翻译却吃了一惊，小声提醒他："他们不是法国来的，他们来自比利时……"宫自悦连忙不住点头："对对对对……他们一定住在哥本哈根！"翻译瞪圆了眼睛，宫自悦立即醒悟，赶忙改口："不！布鲁塞尔！对！布鲁塞尔！"

外国夫妇歪着头，望着宫自悦，很想知道他说的是什么，翻译赶忙跟他们翻译说："宫先生说，他想象布鲁塞尔一定非常美丽……"

宫自悦分到的那一客用椰子壳装的椰汁龟鱼，捞了半天并无一块裙边，令他无比扫兴。没等猴头发菜上来，他便起身告辞，翻译忙向外国客人撒谎，说："宫先生还要去值夜班，真是非常地对不起，他恳请您们原谅……"

宫自悦出得酒家，小万恰巧刚吃完东西赶回车边，小万赶忙看表："还不足四十分钟呀！"

宫自悦拍拍小万肩膀，挺哥儿们地说："你就是再过二十分钟回来我也不怨你，吃得怎么样？饱是饱了吧？好不好？"

坐进车里以后，宫自悦双手合十，朝前摆摆，哀求似的说："受累到底，怎么样？再去趟天平利园酒店……"

小万开车送他赶第三家宴请。天平利园酒店的活动是个比较大型的涉外活动，酒会形式，吃自助餐，宫自悦估计赶到那儿的时候热菜已经基本告罄，但正往台面上端切好的西瓜，那是一定，说不定还有鲜荔枝，以及餐后咖啡和红茶，更说不定有水果山德和巧克力冰激凌，这些都是他此刻最需要的……

在那里宫自悦不仅吃到了大多数所向往的东西，还意外地见到了欧阳芭莎。

是欧阳芭莎主动从他身后拍他肩膀，他惊回首，欧阳芭莎咧嘴冲他大笑，他才知道欧阳芭莎来了这个酒会。较死理的话，欧阳芭莎跟他一样，来参加这个酒会都有点"师出无名"，不过正如别人形容他的那样，他是个"会宝"，尤其是个"宴宝"，哪里举办这类的活动总欢迎他来，因为他可以帮他们提高知名度；而欧阳芭莎则常被人们形容成是个"搅棍"——词儿难听却并不怎么含有贬义——她走到哪里，搅到哪里，搅出的都是欢乐的旋涡，激起的都是活泼的浪花。

欧阳芭莎这晚的发型是左偏发，发丝平直，长不及肩，右边看上去简直就是最古板最老旧的短发，但发缝左边的发丝却比右边长了许多，并且自然下垂时斜遮住半只左眼和左颊，因而她必得不时地将那左垂的发丝甩向后去，以便同别人交际；她穿了一身乍看去仿佛睡衣似的时装套服，上装和裤子都是白底子黑杠杠，上装掐腰处系了一根明黄色的宽腰带，脚下是一双明黄色的中国缎面鞋；脖颈上是一条24K的金项链，右边露出的耳垂上嵌着一枚货真价实的米粒大钻饰；论面庞和身材欧阳芭莎都无可恭维，然而她有风度，加上被人们形容得山高水深的背景，以及她自身的诡谲灵动，所以处处得宠，人见人慕。宫自悦对她的底细倒探听得十有六七，也习惯于同她周旋，大概只有鲍管谊那号进入这个层面才没几天的蠢货，才会真以为欧阳芭莎姓欧阳，认为她的父母真管她叫过芭莎，并且才会以为欧阳芭莎今天穿来一身"睡衣"是她"故意不讲究的潇洒做派"，鲍管谊那号人哪里懂得，这"睡衣"恰恰是扫荡一片的最新潮最昂贵的巴黎本季时装，要比那边那位女士的一身看上去耀眼的碧绿裙装起码贵上十倍！

宫自悦和欧阳芭莎对望着。欧阳芭莎把左边的头发一甩，问他："为何姗姗来迟？是不是又'一赶三'？前阿庆嫂，后刁德一，当中间还演个匪军丙，有你这么赶场的吗？"

"哪里，我早来了……"宫自悦耍赖。

"你以为是我等你呢？你爱早爱晚，关我屁事！不过，你的崇拜者可是望眼欲穿了！"

宫自悦知道欧阳芭莎又要搅和了。欧阳芭莎是个大玩家，那真是没有赛得过她的，那个玩法！她可以中规中矩地玩一出主持正义，也可以不管不顾地玩一出贪赃枉法；可以不声不响的玩一出李代桃僵，也可以活活泼泼地玩一出空城妙计……对她来说，每一天的太阳都是新鲜的，每一晚的月亮也都可啃可嚼，她的口头禅是"好玩！真好玩！好玩死了！"。

欧阳芭莎挽住宫自悦胳膊，带他穿过三三五五站成一簇簇交谈着的红男绿女，一直把他引到大落地窗前，宫自悦看见一位原来坐在窗边沙发椅上的女士面色惊愕地迎着他站了起来,一定睛,原来是陈新梦。

"梦梦,你好梦成真了!"欧阳芭莎像呈献一件礼物似的,用手掌把宫自悦的脊背一推。

陈新梦是代表父亲来出席这个酒会的,她刚到达时也曾胡思乱想过:会不会在这里一天中第二回见到宫自悦?后来她已经绝望。坐到内厅圆桌边吃热菜时,她恰巧与欧阳芭莎坐在一处,她们从小就认识,不知怎么的三说两说就说到了宫自悦,陈新梦很后悔自己的不慎重,不过是一两句赞美其才干的话,就让欧阳芭莎用叉子敲着盘子边打趣了自己好一阵……

现在陈新梦与宫自悦相对而立,一时都不知该说什么,欧阳芭莎一旁甩着头发笑了:"好玩!好玩死了!"

恰好服务员举着盛满托盘的餐后白兰地酒经过,欧阳芭莎便叫停他,先取了两份给宫自悦和陈新梦,然后自取了一份,举杯调侃说:"来呀!心想事成!"

人们陆续散去。

欧阳芭莎挽着宫自悦胳膊往外走,命令似的说:"今晚上搭你的车!"

宫自悦禁不住扬起了嗓门:"我的好芭莎!你今晚没车吗?你搭谁的不行呢?梦梦的不行吗?实话跟你说,我的司机恐怕已经是忍无可忍了,咱俩的住地南辕北辙,他回家还要一直往东插……"

"我那车送我到这儿我就让他回去了,今晚我不回家,我要去北京站,本打算吹着晚风散步走过去的,北京站不就在西边没多远吗?把我送过去!"欧阳芭莎有点醉眼蒙眬的,身体重量压到了宫自悦身上。

"你去北京站？"宫自悦没想到欧阳芭莎还有这么个玩法。欧阳芭莎从存物处只取出一件银色风衣，已经穿在了身上，另外就是一只扁扁的密码箱，难道她就这么轻装简行地出远门？再说，这些年欧阳芭莎坐飞机就跟市民们坐公共汽车一样，成为家常便饭，她为什么今天偏要去赶火车？她要去哪儿？玩什么？

　　小万见宫自悦勾了个女的坐进汽车，心里"咯噔"一下，烦不胜烦，他最怕宫自悦来这一手——自己用车用到黑灯瞎火不算，还要拿着公家的车和他小万的血汗做人情，让小万送这位先生那位女士回府……还好，几句话过去听清楚了，是送到北京站。

　　北京站虽然就在西边不远，可按交通规则，得去转立交桥。车子转到立交桥上的时候，宫自悦试探地问欧阳芭莎："天穹的事，你也不受刺激？你也觉得好玩？"

　　欧阳芭莎不甩头发，用一只半眼睛睨视着宫自悦，昏暗中表情好暧昧，她反问他："你受了多大刺激呢？你是不是已经玩上了？你去夏之萍那儿了吧？你跟她商量了些什么？"

　　宫自悦暗暗吃惊，好一个欧阳芭莎，料事如神，不过这事眼下绝不能认头，还不到时候！便轻描淡写地说："还不是商量追悼会的事。我跟她说，这日子头，不要搞得太官方，也别搞得太民间，最好是半官半民……"

　　欧阳芭莎鼻子里哼哼数声，也不知是不是在暗笑。

　　宫自悦觉得无妨给她一点反击："事到如今，你也不必再用嬉笑哄闹掩饰内心的一片真情，旁观者清，你欧阳芭莎再傲焰万丈，也终究还是掉进了天穹之井……我知道这十来天里你其实心如刀割，悲痛欲绝不在夏之萍以下，只不过你拼命藏掖，不让我们看破就是了……天穹于你，我想也并非台上戏文……他生前一定对你有所托付吧？"

欧阳芭莎不屑作答，只把头发一甩，哈哈笑出两声，赞叹说："你宫自悦只有在斗心眼的时候，说起话来才这么锦心绣口的，你那吃相要也能这么楚楚动人，就更是全球'会宝'，该收进吉尼斯世界纪录大全了！"

宫自悦一愣。

北京站到了。

11

睡醒了，睁眼一看，什么也没有改变——这是蒲如剑最感气闷的事。

父亲仍在赋闲，母亲仍在一如往常地操持早点，而自己昨晚没画成功的草图——那构思良久的《青春的门槛》，被赌气揉成一团后，仍如怪物似的趴伏在地板上。

自从蒲如剑决心报考工艺美术学院以后，他的那间小屋便变成了一个永是凌乱状态的画室：书桌边戳着画架，墙上高高低低挂着钉着印制的、自绘的大大小小的画幅，柜子上是两个用来练习素描的大卫和鲁迅的石膏头像，桌上、椅子上和地面上到处有装水粉、水彩和油画颜料的不同型号不同色标的锡管，直接搁在地板上的笔筒里乱插着如林的绘画笔，调色板和脏得五颜六色的揩布以及刮刀，就扔在一进门的地方，整个屋子里弥漫着调制油画颜料的松节油气味。

蒲如剑吃早点的时候，母亲满脸忧郁坐在他对面。父亲和母亲都已用过早点，父亲已在书房读《中国禁书大观》，母亲坐到他对面，望着他，不为什么，只不过是一种习惯。

  但蒲如剑喝完一碗大米粥，吃完一根油条，再取另一根油条时，忽然同母亲的目光相遇，他一下子暴躁起来，把本已拿起来的油条又猛地扔回小竹筐中，跺下脚说："行啦行啦！我今天就去找份工作，成不成?!"

  母亲身子抖了一下，无限委屈地说："你怎么了？谁是那个意思？我是觉得你吃得太急……"

  蒲如剑的灵魂仿佛裂成了几瓣，最清醒的一瓣，是深知父母切望把自己培养成一个受高等教育的人，尽管目前父亲不顺，母亲整天量入为出地精打细算，他们这种决心是毫不动摇的；但另有一瓣却深为自己这回高考失利而羞耻，并且总怀疑父母尽管不改把自己送进大学的初衷，内心里却万难原谅自己这回的失利——母亲尤其不喜欢他所选定的学校和专业，因而他如明年仍坚持这个志愿，必要再经受二三百天母亲那锥刺一般的目光；再有一瓣则滚动着他自我的矛盾，难道非得上大学么？像简莹那样，一进合资单位，试用期，便有一百五十元的月入，据说将来一转正，工资立即变为二百，还有外快，那就立时比自己父母干了一辈子的工资都要高；简莹还向他讲述了好多个"当代英雄"的故事，哪一个也不是靠受高等教育、靠文凭和学位取胜的，自己又何苦这么熬油吐血地往大学里奔？就连瑞宾，活得似乎也比自己滋润！还有一瓣灵魂就难以用文字来描述了，混沌，但爆发着许多的火团，黑处极黑，亮处极亮，黏稠稠，又雾腾腾……

  蒲如剑又嚷了些自己事后也记不住的浑话，母亲终于真正生气，高声斥责起来，蒲如剑扔掉筷子，一阵风地跑回自己小屋，把门重重地一摔，关合时将一个颜料锡管弹了出来，滋了一地的颜料。

  母亲一边准备着上班一边朝仍在安乐椅上读《中国禁书大观》的

蒲志虔抱怨道："你居然无动于衷，居然心平气和，居然行若无事……"

蒲志虔待妻子出了门，单元门"咔嚓"关上以后，这才把手中的书放下，他用身体带动着安乐椅，以不大的幅度摇晃着，合着眼，仿佛在回味刚看过的内容。

单元里静悄悄的。

楼区甬路上，传来了"有旧书本旧报纸旧杂志旧纸壳子的我买——"的吆喝声，悠悠然更增添着生活表层的宁静。

说不清过了几时，蒲志虔这才从安乐椅上起来，走过去敲蒲如剑那间小屋的门。

门并没从里面别住。蒲如剑打开门，一见父亲的面容便满心羞愧，他说："妈一回来我就跟她道歉。我不过是心里头烦……"

蒲志虔没接这话茬儿，他走过去看蒲如剑正在画架上起草的一幅画稿，只有粗粗拉拉的一点炭笔线条，看不出所以然。

蒲志虔坐到书桌前的椅子上，打手势让蒲如剑坐到对面的床上，蒲如剑三下两下把本来乱作一团的被子叠了叠，面对父亲坐下了。

"有旧书本旧报纸旧杂志旧纸壳子的我买——"吆喝声正在他们窗下。

"小剑，"蒲志虔慢悠悠地说，"有句老话，叫作'成年父子如兄弟'。兄弟间谁一定得管谁服谁呢？有时连互相帮助也难。又有句老话，叫'兄弟和美如朋友'，人在世上，长大了，至少总得有两个亲近的人，一个异性的是爱人，结了婚就是妻子，不结婚就是情人；一个同性的是朋友，朋友间也未必真能扶危济困、风雨同舟，但朋友还是不可少，因为朋友之间可以促膝谈心，把自己心里头淤积的东西，跟朋友吐出来，朋友也未必就能给化解掉，可吐出来就痛快了，痛快了就通透了，通透了就宁静了，宁静了就可以扎扎实实地做事情了……"

"朋友？"蒲如剑歪歪嘴角，"鲍叔叔不就是您的一个朋友吗？又怎么样呢？"

蒲志虔觉得心上被一根小小的尖刺扎了一下。

"朋友是会不断地淘汰，也会不断地筛出的，就像一只罗，总在运动之中，人生就是如此，你慢慢会懂得的。"蒲志虔仍旧平静地说，"但是父子要成了朋友，也许可以保持得很久远……"

"爸，"蒲如剑说，"我最近常常有些古怪的想法……"

"什么想法呢？"

蒲如剑倾吐说："为什么不爆发世界大战呢？为什么不再出现一个希特勒？为什么不再来一回红卫兵运动？……我总希望一早上醒来，外面发生惊天动地的大事了，我就冲出去，加入到里头，要么开着坦克车，呜呜呜呜……穿墙倒壁地一路轧过去，嘟嘟嘟嘟……用机关炮把对面的人都扫死！要么一身党卫军军服，多精神！咔咔咔咔……大皮靴一踢一踢，走过凯旋门！要么一身红卫兵的国防绿，胳膊上套个大红箍，抄家去！稀里哗啦……多痛快！为什么不再出现一个伟大得把人们都吓傻了的人物？我就狂热地崇拜他，跟着他踏平整个世界！……"

蒲志虔目瞪口呆。对如此这般的倾吐他毫无思想准备。

"……当年那些个大学教授，要把希特勒录取了，让他成为一个画家，哪怕是三流的画家，他也许后来就不会那样搞纳粹运动了……我觉得自己也是一个无能的人，一个平庸的人，为什么有的人就是那么聪明，你看，我整天在家温书，开夜车，熬油，还是考不出分数来，可他又玩又闹，看电影似的进到考场，吃冰激凌似的答完考卷，结果，却偏考出一大把分数来！我就要把他们全抓起来，关进集中营，我当集中营的看守……我理解希特勒，他就是那么个想法，其实整个事情很简单……"

蒲志虞魂飞魄散。他后悔任蒲如剑从他书橱里拿《第三帝国的兴亡》那样一些书去看。蒲如剑自己也从书摊上买过专写希特勒和墨索里尼的小册子，还有《希特勒暗堡》甚至《希特勒和爱娃》等种种读物……但事情显然又并不如此简单，他竟一直没有警觉到儿子灵魂中这些阴暗到墨黑的杂碎，该后悔的地方实在太多……

"我不过是胡思乱想一阵罢了……"蒲如剑似乎从父亲的面容上看出了一些什么，叹口气，转换话题说，"……这几天我总想画一幅画儿，想叫作《青春的门槛》……"他把总体构思讲了一下，"……也许画完这幅画儿，我就能从门槛这边的黑影里，迈到门洞外头的阳光里去了……"

蒲志虞松了一口气。

父子竟没感觉到日影推移，一直谈到主妇中午回来。

12

小万怎么还没开着奥迪车来接自己？

匡二秋看看腕上的表，望望墙上的挂钟，再对对组合柜一角的座钟，所有计时器全显现着八点一刻已然逼近，再不来车，可就要耽误到机场接赖先生的大事了！

他立即往单位里拨电话，车队的老王一接电话便对他说："我这儿正要给您拨电话呢，小万去不了啦，现在小荆正赶着去您那儿哩，估计八点四十怎么也到了,您就在楼下等着吧……"

匡二秋一听大为恼火:"小万怎么来不了?我昨天上午就跟他定好了车,让他八点一刻以前务必要到……"

小万开的那辆奥迪是单位里最漂亮的一辆小车,才买来不到三个月,匡二秋必得坐着奥迪去接赖先生,心里才痛快;小荆开的是辆用了五年的伏尔加,坐那个去,脸上怎么挂得住?

匡二秋问:"是不是小万病了,上不了班?你是让小荆替他把奥迪开过来吧?"

对方却回答:"哪儿还有奥迪!奥迪车丢啦!昨儿晚上小万拉宫自悦办事,完事都十一点了,他就没把车开回单位,开家去了,把车停在家门外不远的地方,今儿个早起要开车去您那儿,谁知走出去一看,车没了!让人给偷了!他立马去公安分局报了案,从那儿打了电话过来,我们也是才知道……"

原来如此!按规定,司机开完公车,应当把车停放到单位院子里,然后再自己乘公共电汽车或骑自行车回自己家;但有时情况特殊,完事太晚,也就允许灵活掌握,小万家离单位很远,如夜里十一点才办完事,从单位往家里去已无公共电汽车可坐,骑自行车得四十多分钟,所以他把车开回了家去,似乎也无可厚非;但半夜里有人偷走了车,他竟酣睡家中毫无知觉,到早上才发现,这是严重的失职!你看,误了我匡二秋的一桩大事!

匡二秋心里实在别扭,但继续与老王对话,发泄说:"怎么搞的嘛!什么事搞到那么晚嘛!是不是办完公事又拉私活嘛!现在弄得我好被动嘛!……"

老王代为解释说:"实在也不好怪罪小万。昨天下午宫自悦一气让他跑了四处地方不算,晚上又赶了三个宴会,宴会完了还送一位女士去北京站,临末了还要把宫自悦送回家,您替小万想一想,能不累得慌?……"

匡二秋一听,对宫自悦大为不满。这家伙也太过分了!

他们那个单位,那一阵头把手出国访问了,二把手出差南方了,三把手主持工作,匡二秋是四把手,宫自悦是五把手,按说奥迪车应先尽着头里的几把手用,可宫自悦是见缝插针,并且一插到底,真有股子狠劲,你看他半天里头跑了多少地方,一个晚宴还要分三处去吃,邪乎不邪乎?

匡二秋下楼前忍不住往宫自悦办公室打了个电话。

宫自悦刚进屋,拿起电话一听声音立刻亲亲热热地招呼:"二秋!在哪儿呢?"

匡二秋老实不客气地对他说:"你老兄听说了吧?小万把奥迪车丢啦!你老兄用车用得也太疯啦!你哪儿来的那么好的胃口!一个晚上赶仨宴会!你不怕吃成胃崩溃呀?"

宫自悦麻利爽快地跟他说:"小万这家伙得好好治治!说老实话,就那些个破宴会,去一处我都腻味得慌!还不是为了给咱们单位拓宽路子,我才勉为其难嘛!我是去一处就够了,可小万管着我那些个请柬,他愿意拉我去呀!咦,这你有什么不明白的!他不是可以多拿人家给的晚餐补助嘛!昨天他一气就挣了五十块钱,其中二十块是外币兑换券!这小子贪多嚼不烂,又把我的嘱咐全当成耳旁风,估计是回到家,赶紧进屋去睡他的香甜觉,忘了锁车门!要不怎么会丢!……"

这么说全怪小万。这些个司机,确实,刁、懒、贪、馋,是得好好治治!

匡二秋只好坐小荆开的伏尔加去机场。

到了机场,匡二秋对小荆说:"行啦,你回去吧!"

小荆不解："那您和客人怎么办呢？"

匡二秋下了车只是摆手，小荆便把车开回单位去了。

匡二秋心里想的是，这辆伏尔加太寒酸了！不能让赖先生留下这么个印象，干脆，一会儿接到赖先生，雇辆出租车陪他进城吧！

进到机场里面，正通告赖先生飞过来的那个航班晚点一小时，匡二秋松了一口气，也好，这样就从容了。他找了个坐的地方坐下来，抽烟，想他的心事。

匡二秋接赖先生，其实并非单位的公事。赖先生是个从台湾到西欧定居的学者，匡二秋写过文章，赞扬赖先生的爱国主义情怀，在一定范围内颇有影响，这回赖先生回北京，匡二秋准备邀他到单位里讲讲爱国主义的话题，倘赖先生允诺，那么匡二秋的接机，也便带有了公事的色彩。

匡二秋现在称赖先生"四舅"，也就是说，匡二秋有赖先生这样一位亲戚，那么，他就既属于"台属"，也属于"侨眷"。

此事说来话长。

匡二秋比宫自悦大，眼看就要花甲了。1950年，匡二秋还是个高中生，便在南方某城市，参加了解放军文工队，打腰鼓，扭秧歌，数来宝，演活报剧，表现很好；但后来文工队改组为文工团，走向正规化，他因为上半身比下半身长，体型不好，脸庞虽大，眼睛却小，兼以五音不全，总体素质欠佳，便转为了文化教员；担任文化教员时期，因为同一位有夫之妇关系暧昧，就又转业到地方，在一所中学教政治。中学单位很小，当年的教员又净是些或出身极差或本人历史污点显著的旧知识分子，因此他那从部队转业而来的身份，特别是他身为党员（他在文工队时就入了党，他那"男女关系问题"并没闹到严重的地步，因此只是受了批评而没落下处分），都使他在那所中学里成为了政治上很优越的一种人物；再后来他不教政治，当上了学校的人事干部，就更受人们尊重。

　　1966年夏天，爆发了史无前例的"文化大革命"，一开始，循着那以前十七年的习惯性思路，匡二秋当然视给学校党支部贴大字报的人是右派分子，他积极地抄录那些"罪证"，参与商讨如何对那些"猖狂进攻"予以反击；但万没想到，后来江青亲自冒雨跑到北京大学，对冲击学校党组织的"造反派"给予了坚决的、彻底的并且是感情冲动的支持。消息立时传遍社会，他所在的那所中学，"造反"的师生立即"猖狂"起来，一直冲击到人事室，要他交出前些时候所整的"黑材料"，他自然是坚决与之抗拒。为了揭露那些"造反派"的"丑恶面目"，在另外几位学校领导人的支持下，他向与"造反派"对立的一派师生抛出了一些档案材料，很快，一些"造反派"分子的出身问题、历史问题、男女关系问题、刑事前科问题，便被大字报公布了出来，一些"造反派"被称为"游鱼""黑手"，遭到批斗；但又万没想到，毛泽东很快进一步明确地表态，认为这些对付"造反派"的种种做法都是"资产阶级反动路线"，很快在清华大学以蒯大富为首的"造反派"就打垮了以王光美为领导的"工作组"，局势震荡到匡二秋所在的中学，他也就被冠以"资产阶级反动路线的黑爪牙"头衔而被揪斗；但不久匡二秋就从"黑帮"群中被"解放"了出来，因为他向"造反派"抛出了一批"保皇派"的档案材料，并揭发了"走资派"校长和党支部正、副书记的"三反言行"；没想到"造反派"竟又分裂，每一派都称自己是"真正的无产阶级革命造反派"，而对方是"假造反，真保皇"，每一方为了击败对方，都需要揭对方老底，因而都把匡二秋传唤去要他提供"子弹"。从那时候起，匡二秋便练就了一种两边应付的功夫，他既为两边"秘密"地提供"子弹"，又在两边面前公开地讨好当面的一方诋毁不当面的一方,但他掌握的"子弹"毕竟有限,后来档案室封存了,由进驻学校的工宣队派人守卫,连他也进不去,不能再翻阅卷宗,因而他只能凭记忆抛出材料,到记忆掏空,便只好凭印象,到印象淡薄,他便开始编造……到"文革"后期,人们丧失了真诚感更消退了激情之后,他成为了一个令各方面都厌恶的人物。

林彪摔死以后,有一段时间里江青的地位更扶摇直上,全国掀起了一个学演学唱"样板戏"的热潮,不仅各省市有自己的演"样板戏"的剧团,各区县乃至各不同行业,也都组织起了演"样板戏"的班子,因为匡二秋有文工队的老底子,又恰有当年老战友在区里张罗教育口的"板团",他便调到了那里,成为"板团"的第三把手。在那里,他的性格终于稳定下来,具有了某种鲜明的色彩。

他的性格给周围的人们留下了很深刻的印象。也许只有那"板团"的一把手——他的老战友浑然不觉而成为一个例外。

那位老战友是个狂热的江青崇拜者,并且是个专爱"揪出反江青的现行反革命"的虐待狂,因而绝大多数人都对之既惧怕又痛恨,既鄙夷又无奈。匡二秋如何应付他呢?且举一例:该人作起报告来,又臭又长,他作报告,报告会由匡二秋主持,匡二秋主持时握住喇叭筒,一本正经地说:"大海航行靠舵手,小河航行靠艄公,今天就是艄公给咱们上课,咱们只有认认真真地听,仔仔细细地体会,才能通过艄公,领会舵手的精神,经过小河,驶往大海……"这不伦不类的当面吹捧,让台底下的人浑身起鸡皮疙瘩,想笑又不敢笑,想交头接耳又不便交头接耳……报告终于讲完了,那位作报告的人派头很大,向来是自己讲完了便离场休息,把杂事的布置留给二三把手,二把手不在,三把手匡二秋待一把手走远,便在台上又握住喇叭筒,对台下的人们露出一个与开场完全不同的表情——竟是一种滑稽相,吐吐舌尖,故作意味深长地说:"咳呀,我为刚才许多同志的耐性,深表同情,深感钦佩!"他头几回来这一手时,竟博得了阵阵情不自禁的掌声……

那小小"板团"的一把手,"破获"了团内一个"聚集在阴暗角落偷听封、资、修破烂货,反江青反'样板戏'的现行反革命小集团",结果一共只有四十三人的团体中竟有十九人被勒令检查交代,十九人中十人是"日托"——即每天白天到团交代晚上准予回家,九人是"全托"——即等于拘禁起来,白天黑夜都不许回家,而九人中为首的两人更惨——各被关在一间小屋中,二十四小时有人监守,每天要被批斗两次;匡二秋被指定为"专案组"组长,他忠实地执行一把手的指示,对这些人所被扣上的罪名,绝不减轻,对没收、销毁这些人暗中聚集欣赏的旧唱片(其实只不过是贝多芬、柴可夫斯基的交响乐和梅兰芳、马连良等人的京剧传统剧目唱段),绝不含糊;但当一二把手都不在时,他却又对由他单独"提审"的犯案者歪眉斜眼、故作幽默地说些这类的话:"活该你们倒这个血霉!人家是土豹子认不清洋点心,只当贝多芬就是当年匈牙利反革命搞的那个'裴多菲俱乐部'的裴多菲、柴可夫斯基就是那个反斯大林的托洛茨基哩!别看他们人五人六的,其实狗屁不通!""咳呀,赶明儿平反了,你们有好片子听别忘了叫着咱哥儿们啊!"被提审的只当他这是"诱供",绝对笑不出来。他说完却嘻嘻嘻、咯咯咯地笑。

结果,一名被指控为"首犯"的中年女性在上厕所的时候,吞服搁在厕所里用以清洗便池的"来苏水"自杀而死。后来此案不了了之。

毛泽东逝世,"四人帮"被捕,社会生活发生了巨大的变化。匡二秋及时找到当年参军时的老领导,回忆了"文革"十年中自己所遭到的迫害——确实,"文革"初期"造反派"把他当作"黑爪牙"游街、剃阴阳头、跪在校门口让学生们啐唾沫等等情形，都绝非他的臆造与夸张；他又递上了揭发那"板团"一把手执行江青路线、迫害革命群众的材料，那也绝非他的臆造与夸张；老领导对他的遭受迫害深表同情，对他自觉而勇敢地投入拨乱反正的斗争深表赞赏；那位老领导在"文革"中有整整七年是在监狱中度过的，精神仍然旺健但身体受到摧残而潜伏着癌症；他把匡二秋调到了身边，委以一定的责任，那单位即是现在这个单位的前身，后来老领导不幸英年早逝，匡二秋渐渐升到这个单位的第四把手。

　　匡二秋所工作过的那所中学，曾在校庆日请他回去欢聚，他没去，他不跟那一阶段的任何同事来往，他尽量从自己的个人经历中抹去那一段记忆；他参与领导过的那个"板团"，后来自然解散掉，也曾有那位自杀的冤死鬼的家属，通过组织上找到他，要他为其平反，他写了一份材料，把责任全归到当年那"板团"的一把手身上，但又指出，当年并未最后定案处理，所以其实也无反可平；那位当年"板团"的一把手，后来倒也没算成什么，只是不受重用，仕途潦倒，也曾找到他家，希图叙叙旧情，得到一些提携，他对其十分冷淡，甚至都没有倒一杯水给人家喝，人家说话时，他只是用指甲刀修理自己其实已经相当整齐光润的指甲，连眼睛都没怎么抬，嗯嗯哼哼的，使人家只好知难而退。

　　头几年，对台关系也开始变化。匡二秋，这位曾经担任过相当时间人事干部的党员，那时他对当年中学里那些有亲属和社会关系在台湾的干部教师，不仅时刻表现出高度的警惕性，而且当"文革"来临时，无论其为"造反派""保皇派"，他都抛出过他们的这一档案材料，使他们付出过挨批挨斗的惨重代价，他自己呢，则在任何一份表格中，都绝无这类不洁净的关系的痕迹；但头几年重填干部履历表时，他却一连填出了叔叔、姐姐姐夫、表姐表弟一连串的1949年去往台湾的亲属关系，人们当然只能是从他的这一举动中，认识到以前"以阶级斗争为纲"的路线是如何地给人以亲情的压抑，并体会到如今海峡两岸的关系如何地进入到一个新的阶段。年迈的叔叔从美国回国观光，自然同匡二秋有团聚之乐。姐姐也终于从台南来信，取得了直接联系。但他们毕竟联系得太晚了！叔叔从大陆回到美国不久便一病而逝，姐姐竟又在一次车祸中罹难，表姐表弟他去信联系人家并无回音，叔叔的子女和姐夫更远了一层，都并不与他认同，因此匡二秋颇有失落感。

就在这种情形下，匡二秋结识了赖先生。

先是在国内出差时，匡二秋在家乡地区听到了关于赖先生的种种故事。赖先生单名仑。这位赖仑也是1949年去往台湾的，年龄其实与匡二秋相仿，他后从台湾去西欧某国，在那里成为一名向欧洲人弘扬中华儒学的学者，八十年代初他从西欧回到大陆，在家乡当地的头头脑脑宴请他时，他说他丧偶多年，现在发愿要娶一家乡女子，带到国外去共同生活，人们听了吃上一惊，那可以说是一个穷乡僻壤，县城的女子已无比土气，何况乡里的姑娘！但赖仑回到祖籍之乡后，硬是看上了一位富农（那刚摘帽不久）的女儿，那姑娘二十六岁了，因出身不好，一直嫁不出去，赖仑却觉得她体格健壮、性情温和、心地善良、勤劳朴实，决意将她娶到西洋，此事惊动一乡一县，传为奇闻，亦是美谈。据说那姑娘当时不仅绝对不懂外文，就连普通"官话"也不会讲，只能讲当地最土的方言，她得到赖仑的求婚后，听说要把她带到一个什么外国，别无所虑，只是问——

"那里有得红苕吃么？"

红苕就是番薯，她问这话，意思就是那里能吃饱饭么？只要能让她吃饱饭，她就去！

这件事传到匡二秋耳中时,以这个细节最令他心弦颤动。他感叹良久,觉得赖仑回乡娶妻一事,真有点惊天动、泣鬼神的味道!

后来匡二秋因公出访欧洲,在欧洲一大都会见到了赖仑,两人是一见如故,论起来,赖仑还是匡二秋母系的亲戚,排起辈分,应称舅舅,因赖仑在赖家行四,所以匡二秋就叫他四舅,有了这个四舅,那些挂不上钩的侄儿侄女、表姐表弟和已失其姐的姐夫,也就不足挂念了。

赖仑对匡二秋这个大外甥,也是格外的亲热,陪他逛风景名胜、参观博物馆、坐咖啡馆不算,还把他请到家里做客,因而得以一睹四舅母的风采,那确实令人艳羡,令人赞叹!

四舅母原叫马世芬,是乡间很俗的名字,现护照上仍保持这个名字,但为在当地称呼方便计,赖仑叫她芬妮,匡二秋也便称她芬妮。芬妮虽然已经身居西洋大都会数年,并已能用当地语言上街购物,但除了衣衫不可避免地洋化外,头发仍是最朴素平实的直发,用最简单的发夹一夹而已,不戴任何首饰,也基本上不施任何化妆品,皮肤仍然黄黑中带有天然的红晕,显示出一种乡土气的健美;她已能无微不至地照顾赖仑的生活,煮咖啡、煎鸡蛋、烘点心、配沙拉……这些洋手艺已娴熟自不消说,还能烧出越来越多的中国菜,使赖仑足不出户,便可以安享那边最好的中国餐馆也未必能提供的家乡风味;她又能给赖仑按摩、修脚,并且还亲自绣制家中的桌布、餐巾……真不知道她这些能耐是怎么一下子全具备了并发挥得如此之好的!她身居西洋大都会却并不出入那些花花绿绿的场所,除了上超级市场购买日用品,她几乎就是待在家里,为赖仑经营安乐窝,她的唯一娱乐是看电视,而她最喜爱的电视节目是专为低幼儿童安排的动画和木偶剧!

匡二秋拜见她后曾打趣地问过她——

"怎么样？有得红苕吃啵？"

她认认真真地用乡音回答说——

"到了这儿才晓得，原来红苕倒是满金贵的东西，要买生的还难得找，只有炸好的片片儿卖给你，不过还是土豆炸成的更多，他们这里都叫作'薯片儿'！"

匡二秋回国以后，不仅撰文讴歌了赖仑和马世芬的奇缘，还把此事上升到爱国主义的高度，他又在本单位团委会组织的一次报告会上，很动感情地讲述了这段故事，末后发挥说："我们这里有的年轻人，总觉得自己的国家穷，平均受教育的程度还太低，这种想法，起码是很不健康嘛！甚至于是不爱自己国家的想法嘛！赖仑先生就不这样看，他对我说：我们中国人要多弘扬我们的优势嘛！试问哪一个国家有我们这么众多的民众？又有哪一个国家像我们中国这样地既大而物又博？我们的孔夫子多么伟大！我们的儒学多么丰富而深刻！建议在座的年轻人都能自觉地同赖仑先生对比一下，你有他那样的爱国主义胸怀吗？他身居西欧，洋房汽车，有学者之尊，为无数金发美女所包围，但他却偏偏回到故土的穷乡僻壤，娶走一位原来连县城都没去过的最土最土的家乡女子为妻！这难道不令那些看不起自己国家、看不起自己同胞的崇洋媚外者惭愧吗？这难道不值得我们赞扬、不值得我们学习吗？……"

他的报告，博得了不少掌声，也确令一些听报告的人感动。但他在报告中也接到一些匿名的条子，上面是一些令他恼怒的问题，如：

"请问赖先生持有哪国的passport（护照）？他娶走的那位女子现在又持有哪国的passport？如果他们现在连中国公民都不是了，请问他们又怎能称为中国的爱国主义者？他们充其量只能算是两位爱自己出身地的外国人罢了。我们即使再有缺点，但我们是中国公民，我们为什么要在两个入了外国籍的人面前感到惭愧？"

"一个台湾人跑到西欧去定居，回中国大陆娶走了一位中国女子，带到西欧去更久远地定居，这跟爱国不爱国有什么关系？"

"赖先生回大陆娶妻的标准，看来没有爱情这一条；那位芬妮女士嫁给他时，只问能不能吃饱，也没有爱情这一条；这种结合在我看来不仅无爱国主义可言，也无任何可歌颂可羡慕可学习之处！"

"赖先生如果真爱国，就该归国定居；如娶家乡女子体现爱国，就该自己搬回中国和她同住。当然现在这样也不能说他不爱国，但无论如何轮不到他来教我们如何爱国！"

"您颂扬赖先生时，似乎有一个心理前提（有的您已讲了出来），就是，你看那马世芬条件多差啊！出身又不好，又没受过教育，又穷，又没见识，皮肤又不白，又不漂亮，又不会说外语，又可笑可叹到只关心有没有红薯吃，能不能填饱肚子；而你看那在西欧当学者的赖先生，条件多好啊！那边又富裕，又文明，又干净，又美丽……因此赖先生娶走马世芬，不仅是马世芬的幸事，也是中国的幸事。我觉得这种心理状态，实在非常的卑微，非常不可取，这实际上恰恰是同您所批判的那种认为中国穷、中国普遍受教育的程度低那类的观点，站在一个水面之上，而且显得虚伪、矫情！"

最后一张条子，最令匡二秋气愤填膺，事后他把这些条子拿给一二把手看，认为应当追查递条子的人，公开点名批评，以再教育全体青年，但二把手的意见是："应当允许年轻人同我们讨论问题。"一把手的态度是："即使他们想法不对，也不能搞追查，搞点名，搞批判，只能是做耐心细致的思想工作。"他当面说："对对对，要耐心。"一、二、三把手走开后，他却又对宫自悦说："瞧，他们就这么绥靖！"宫自悦只含含混混地笑，头在动，却不知是点头还是摇头。

匡二秋这回打算请赖先生亲自出马，现身说法，而且不仅是对单位里的青年人讲，大家都应该听一听。

当然，匡二秋来接赖先生赖四舅，还有更其要紧的事情。

13

取出了门铃盒里的干电池，把电话耳机拿起来搁在沙发上，紧关大门，闭拢窗帘，夏之萍坐在地毯上，背靠着床铺，一根接一根地抽烟，烟缸里扔满烟蒂，烟灰散落在她身下昂贵的纯羊毛手织地毯上，已经烧出了一些小洞；她背后的床铺上、身旁的床头柜上，以及身前的地毯上，散乱地摊放着一些照相册和单张的照片；这样已经有整整七八个小时了。

单位的领导很体谅她，很照顾她，说这一阵事情不多，她既遭此灾厄，心情不好，身体不适，就再休息一周好了。她也确实需要再一个人静静地待一段时间，不开门待客，不接电话。人们都以为她仍在悲痛，其实，现在萦回在她心头的已不是丧夫的悲痛，而是莫可名状的悲愤与惶惑！

难道方天穹同欧阳芭莎真有一段瞒着她的恋情？难道近一年多来她那些点点滴滴的疑惑，现在看来都绝非她的"小心眼"而确是蛛丝和马迹？现在方天穹已灰飞烟灭，她竟已无从查问也无从嗔怪，无从确证也无从澄清，无从发泄也无从报复……她为什么必得在这样一种情况下吞食这枚苦果！

她翻阅着同方天穹结合后的一本本照相簿，多么美好的一瞬又一瞬，多么甜蜜而温馨的回忆……为了同方天穹结合，她经受了原来那位丈夫及其亲属以及当时所在单位的那些同事乃至当时邻居们的多少当面诟骂、侧面白眼和背后戳指，更经受了多少内心的煎熬与挣扎、裂变与重塑！

即使是在八十年代的中国，一个女子像她这样地破釜沉舟、义无反顾，执着地追求真正的爱情，也还是要被归入奇人异事的系列，最宽宏的眼光也可能仅仅是视她为一个对社会和他人无害的活怪物，是的，可能无害，但绝对是一个地道的妖精！

她为什么爱方天穹？这要反过来问：方天穹为什么爱她？

方天穹出身很清寒，父亲是邮局的职员，方天穹不到十岁父亲就一病呜呼了，方天穹的母亲带着方天穹苦熬，本来就并不富裕，父亲一去，孤儿寡母只靠微薄的积蓄支撑，后来就变卖东西，母亲身体极弱，勉强能做一点缝纫的活计挣上少少的一点钱，是一种入不敷出的生活状态，后来母亲竟又一疾而终，当时方天穹才十七岁，中学还没毕业，学校照顾他，就让他提前工作，留在学校物理实验室当实验员，上实验课以前摆放实验用具，做演示实验时给物理老师打下手，这样就形成了方天穹比较早熟的独立人格。父母和他自己本来都是向往着大学，向往着比较高级的事业和成就，比较显赫的名望和比较富裕的生活，但这一切都因家境的贫寒、父母的早逝和亲朋的寥落而成为泡影。方天穹留校后同另外两位单身教师住一间小小的宿舍，后来那两位教师先后结婚搬了出去，方天穹却并不能独住那间小屋，很快又有新从师范学校分配来的新教师成为他的舍友。方天穹的工作负担并不怎样繁重，他就充分利用学校的图书馆，吮吸乳汁般地阅读中外古今文学名著，他渐渐感觉到自己灵魂所趋向的是文学艺术，而非理性科学，校长希望他能成为一个自学成材的物理教师，他却提出来要报考北京大学中文系，那时候他以为中文系是培养作家的场所，但他没有考取，就仍留在中学里，继续干他那份单调而枯燥的工作。他的文学梦变得朦胧而飘忽。"文革"前夕，文学艺术领域只充斥着大批判的山雨，他的梦想就更包裹上了一层冰冷的外壳。这时他的身心都开始渴求异性，与其说他需要爱情，不如说他需要搬出住腻了的集体宿舍，有一个哪怕是小小的然而完全属于自己的空间，一个可以称为"家"的地方。恰在这时，学校里新从师范学校分来的一位教地理的女教师简珍走进了他的生活。

　　简珍并没有主动追求他，他也并没有主动倾慕简珍，他们是依照那一历史时期的惯例由一位老教师出面撮合的。然而第一次进入了简家以后，他便不由得为自己敲定了这桩人生大事。简珍的父亲是民主党派中的一位头面人物，自己有一所完整的四合院，简珍有三间独享的西房使用，当时正是仲春，院子里四棵西府海棠如四幢华盖，粉白的花朵开得正盛，引来许多蜜蜂嗡嗡嗡采蜜，那微妙的音响一下子就攫住了方天穹的心，在这样的环境里有一个自己的小巢，该是多么幸福啊！简家招待方天穹晚餐，说是便饭——就简家而言也确实只是便饭——但那些精致的南味菜肴，甚至那些精致的细瓷餐具，都显示出一种高雅的格调和殷实的富足。当夜方天穹躺在狭窄隘湫的宿舍中不能入睡，听着同宿舍两位乏味的同事那令人厌烦的鼾声，方天穹扪心自问，他坦率地承认，他爱简珍家的富裕、雅致与宁静，他没有必要再捏酸假醋，他应当抓住这个机会不放，彻底改变自己原有的寒酸而困窘的生活状态。

　　他和简珍结婚了。简珍的父母只有简珍这么一个独女，他们绝不愿简珍嫁出去而决意要招赘进一个女婿，这女婿除了人品相貌脾性都好外，还必须尽可能地没有复杂的亲朋关系，不至于使简家因其入赘而招来许多不必要的社会牵连，方天穹除了学历和工作稍欠人意外，其他条件都入围，而简珍也确实喜欢他，这是他们的婚事能顺利成立的根本原因。

方天穹和简珍婚姻破裂、同夏之萍结合后，他没有带去简珍的一张相片，凡合影他或留在了简家任其处置或剪去了他人影像只留存自己；夏之萍也只拿来了自己的相片；例外的只是他们各自的子女的相片，那当然都拿来了一些。

夏之萍这天坐在地毯上，双腿甩向一边，背倚床铺，翻看照相册时，找出了一张方天穹当年在简家院子中照的一张黑白相片，他坐在一把藤椅上，椅后是一株长势极佳的盆栽石榴，石榴熟了，硕大而沉重的样子；方天穹的坐姿和表情都显示出一种心满意足和闲适宁静。望着这张旧照片，夏之萍现在懂了，方天穹当年通过那桩婚事满足了他心理上第一层次的需求：属于个人的巢，一个温馨安谧的巢。

"文革"的急风暴雨，自然也一度冲刷到这个四合院，使那小巢几乎成为下无完卵的覆巢，幸好岳父的民主人士身份，较快地使这个小院得以幸存，并成为浊流中一只尚能维持相对平稳的小船。

在那相对平稳的小船中，方天穹得以进行他首次的文学尝试。1974年他听了一场创作辅导报告，报告人无私地向业余文学爱好者奉献了他的创作诀窍，方天穹文窦大开。他在食品商店里买点心，售货员一双手又收钞票又抓蛋糕，他提意见，反遭白眼，很是气愤，但回到家里，想起报告人传授的秘诀，顿时有了一个构思，于是他写出了第一篇小说《洁净的手》。小说里的售货员为完全彻底地为人民服务，不仅绝对地将票款与食物分开处理，还将洗手的脸盆、肥皂和毛巾搁在柜台里面，欢迎顾客在不放心时随时嘱咐她洗手，结果，顾客们大受感动，而她所服务的那一片的居民，长时期没有肝炎和痢疾一类病患发生。故事尽管简单,立意也不深刻,但文笔清新,人物形象颇为生动,顺利地发表在了报纸的副刊上,不管怎么说,是个好的开端。渐渐地方天穹发表出了近十篇小说和散文,在业余作者群中小有名气。他学历和本职工作的不够高级,也便不再成为岳父母的心头憾事。

"四人帮"倒台后,方天穹继续写作。他最早悟出文学的真谛是真实地反映生活,抛弃了错误的创作模式,是光明就坦率地讴歌,是黑暗就勇敢地暴露,认为文学应当是文学,也就是说不能把文学当成简单的宣传工具,文学应当面向人的心灵,开掘人物的内心世界,表达丰沛的人情,探索复杂的人性。于是,他依据对童年时代的回忆,写成了一个中篇小说《绿鸽》。主人公用他父亲做模特儿,加以合理虚构,写了一个最平凡的邮局职工那看似卑微琐屑实际饱含人生百味的命运遭际,有小悲欢,有大离合,有恰到好处的煽情,有绝不牵强的哲理,文笔更加清丽,技巧趋于成熟。当时"伤痕文学"势头很猛但渐趋雷同,人们在惊喜赞叹之余又期望着别样的开拓,《绿鸽》及时地飞出,给人们一种别开生面的感受,因而大受评论家和读者欢迎,得了奖,又搬上了银幕,使方天穹终于一举成名,后来就专门从事写作。

也许就从那时候开始,方天穹开始发觉那四合小院不仅狭隘,而且弥漫着世俗的霉气,他在那个巢里渐渐感到气闷。

在一次社会活动中,方天穹和夏之萍邂逅,他们一见钟情。夏之萍事后回忆,像有一道闪亮,伴随着方天穹的出现,使她一下子憬悟出她的感情生活里缺乏着什么,以及她可能以勇气和魄力获取到什么。当时就有人朝她撇嘴,戳着她脊梁骨说她是冲着方天穹的名和利而去,如蝇逐臭,恬不知耻。其实她在遇上方天穹之前只看过电影《绿鸽》,而并未读过方天穹的一行文字。而她当时的丈夫,业已升至总工程师,社会名气虽然比不上方天穹,但论名和利的综合优势,似乎还在方天穹之上。也有人背后讥议,说他们是一对"性解放的急先锋",现在冷静想来,倒不必完全加以驳拒。是的,他们后来彻底谈开,他们各自的第一次婚姻中都遇到了性生活不协调的问题,而又都羞于开诚布公加以研讨解决,实际上是陷入了一种最深沉也最尴尬的痛苦境域之中。方天穹遇到的是对方的似乎不可克服的冷感,夏之萍遇到的是对方过早的萎缩以至于无能。而他们从相遇的第一天起,心底里都升起了一种从对方不仅能获取到交流思想的乐趣,而且也能获取到性满足的信心。他们第一次偷情后相互都供出了这一点。他们始信《西厢记》中那张生和莺莺目光一相接触便魂摇魄荡的描写是极其准确也极其科学的……

夏之萍翻检着他们邂逅初期方天穹的那些相片。方天穹先天不足,个子不高,肩膀不宽,体魄乍望去不那么雄健,但早于同龄人的自立和坚持不懈的自我修炼,使四十岁的方天穹既有男性的刚毅又有文人的儒雅。他额头光润宽阔,可以用"高贵"两个字来形容,双眼中总闪着锐利而聪慧的光芒,鼻梁直而鼻翼饱满,嘴唇紧闭时的曲线总让你觉得他充满自信而又绝不狂妄,下巴上有一个凹陷的窝,小脖颈上突出的喉骨辉映着一种雄性的魅力;他身材匀称,套着衣衫略显瘦削,脱掉衣衫却显示出肌肉筋腱都相当紧凑而强劲,绝无纤弱囊脑之感。啊,多么可爱的男子!终于成了自己的丈夫!真是永远也爱不够!……

夏之萍把相片复又扔到一旁。她觉得胸臆里堵得慌,头脑晕眩而胃部抽搐。她忽然想喝一杯水,她用一只手撑地,想把身子提升上去站立起来,而撑地的手无意中触摸到一样东西——她就又顺势坐下,把那东西捡起来凑到眼前,啊!是宫自悦拿来的那张相片!方天穹和欧阳芭莎当着宴席上的人们在饮"交杯酒"!相片头天已被她撕出一条大口子，但她没有撕到底，因为她本能地觉得这张相片也许对她还有某种用处——尽管死去的已不可追究，但那活着的一个她不能不加提防，她或许还需要用这张照片作一些合理的自卫；更重要的是她毕竟还需要留下它作进一步的探究：方天穹究竟是怎么一回事儿？也许仅仅是周旋于名利场上的一时放浪，或许竟是醉后并不自知的一种丑态？

夏之萍终于晃悠悠地站了起来，走过去为自己倒水喝。当她坐在沙发上喝开水时，她下意识地把扔在沙发上的电话话筒搁回到了电话机上。

喝了几口热水，夏之萍觉得身体不那么难受了。她挣扎着站起身来，拉开了窗帘，并且打开了一扇窗户，阳光射到她的身上，风把新鲜的空气灌了进来，她看见楼下的马路上汽车和自行车一如既往地在穿梭行驶，人行道上的行人在继续他们的移动，而街旁的遮阳伞下，卖冰棍的那个老太婆还在进行她的生意——人们照样生活。

……难道真的也去死了不成？夏之萍面对着他人那似乎是冷然而固执的生之流动，又一次开始清醒。她需要为自己做饭，多少吃一点东西。还需要一些最低限度的作为，以与窗外的生活重新衔接。

电话铃猛地响了起来。夏之萍走过去拿起了听筒。

"之萍吗？"一个声音，熟悉的声音，但一时想不起是谁。

"之萍吗？"那声音再问。

"你谁？"夏之萍问。

"啊之萍，你在！你好！我欧阳芭莎……"

欧阳芭莎？！她！

夏之萍的身子一屁股落到沙发上。她觉得额下两边的太阳筋在突突突地乱跳。

14

在东三环南路之外,有一片居民区,景观颇为奇特。

那原是几家大工厂的工人宿舍区。五十年代初期,那里盖起了一排又一排的洋灰瓦、红砖墙的平房,每排之间有相当的距离,栽了一些等距的杨树,望去井井有条,形成一个规模不小的工人新村。当年分配到那平房宿舍的工人,以及他们的家属,个个喜笑颜开,心满意足,报纸杂志上还曾刊登出不少有关的照片,或鸟瞰那宿舍区棋盘式的整齐格局,或展现迁入后的住户们举家围桌包饺子的欢乐情景。

可是,后来几乎绝大多数家庭都在添丁加口,原来够用的住房就渐渐显得拥挤狭窄了;起初,厂里不允许住户私自扩展住房,许多家庭不得不用铺板拼成木炕,一家两代数口乃至三代数口,挤睡在一个通铺大炕上,以便将其余的空间,留出来用餐和摆放别的器物;原有的住房不允许私自改建扩大,厂里又并不盖出新的宿舍或仅盖很少的新宿舍,不提供缓解住房困难的条件,这就使得原本颇为祥和康乐的宿舍区,不断爆发出因居住空间狭小而酿成的家庭矛盾;于是,到六十年代初,就有第一批勇敢者,带着对禁令的蔑视和冒险精神,私自用简易的建筑材料将原有的住房加以扩大,用的名义是"盖小厨房",其实所盖出的房子既未必很小,也并不一定专当作厨房使用——一般都用来把老人或子女迁进去住;有的厂领导也曾试图勒令私盖小房者一律在限期之内拆除,但推行起来极为困难,因为盖小房的住户已经颇多,罪难罚众;有的厂领导便采取了睁一只眼闭一只眼的宽容态度，这就形同纵容，于是那部分厂子的住户们便争先恐后地行动起来，一时间人们到处寻觅乃至于偷盗各种建筑材料，"小厨房"如雨后蘑菇般地逐日耸现；更有个别的厂子，领导觉得与其让住户们到处偷盗建筑材料横七竖八地乱盖，不如干脆由厂子统一规划安排，便索性成立了一个专业队，合理使用厂里的建筑材料，用统一的规格为各家加盖"小厨房"，这样的做法大受工人们欢迎，但也遭到了其他厂子的某些干部非议，他们将这种做法告到上面，上面有人表示此法不妥，于是这种做法只得很快中止；到"文革"时期，社会生活整个陷入无序状态，盖"小厨房""自救"的风气便更加旺盛，真是八仙过海，各显神通，有的家所加盖出的房屋面积，已大大超过原有的住房面积，有的家所加盖的房屋十分气派，用"小厨房"称呼已完全只是一种幽默。

由于加盖房屋，一般都是将原有住房向前后延伸，这就首先大大减少了原来排房之间的隙地；随着岁月推移，第一轮加盖的房屋或已破朽，或因人口的再一次增殖而仍觉狭小，便纷纷再进行第二轮的改造或扩建，这样，前后两排住户之间，便往往越来越将前沿逼近，终于"短兵相接"，为争夺地皮和互相攻讦对方的贪婪，时时爆发出家族大战，严重的，还发生流血冲突，到最后，约定俗成为各排扩展后的住房之间，保留一条仅容一人推自行车经过的小路，从小路中心到各户原有排房墙体的距离，则严格均等。可怜那些原来栽种在两排宿舍之间的白杨，因为有规定不许私自伐树，它们的下半截就都被围在了私盖的小房中，那从小房屋顶上伸出的树干和树冠，有的半枯，有的却历劫不改其荣，入夏以后，依然绿叶满枝，迎风飒飒，蔚为奇观。

各家加盖的小房，因人力条件、材料来源、经济能力、功能需求以及潜意识中的审美趣味的差异，呈现出大不相同的面貌，或简陋粗蠢，或居然精致，或高脊挂瓦，或油毡平顶，或土坯成墙小窗如洞，或青砖砌墙玻窗似镜……这就使得那一居民区的景观变得格外拥挤、杂乱、怪诞、滑稽。

　　一直到近年，那一片工人居民区仍是如上的状况。因为地势比较低洼，夏日雨后，冬日雪融，道路泥泞，公厕溢臭，尤为不雅。但你要把那一片居民区称为"贫民窟"，则又大大地不妥。因为实行改革、开放以后，这里居住的绝大多数家庭，硬件（住房）虽次，软件却都并不一定亚于三环路内外高耸的居民楼里的住户，他们差不多也全有彩电、冰箱、洗衣机、电风扇、收录机等家用电器，那些高高低低、形状不一的屋顶之上，杂乱如林的电视天线，便证明着他们的非贫民状态；这里的第一代居民，五十年代初搬进来的工人，生活上很讲究的确实不多，但他们业已或娶妻或入赘了丈夫的子女，可就大多数都与三环路内外大楼中的同龄人在生活享受上标准并无伯仲之分了，常常是你敲开这里外表极差的一栋房子的房门，迈进去一看，便大吃一惊，地面上居然满铺地板革或地板砖，贴墙一溜的组合柜，床是席梦思，桌是两头沉，天花板上吊下的是新潮灯，窗户上挂的是白纱紫绒双层帘，转角沙发式样新颖，玻璃茶几闪闪发亮，还少不了一些工艺美术品的摆设，彩电往往是所谓"二十一遥"（二十一英寸平面直角带遥控），配有放像机的已非罕见，有的还有落地音响，虽非进口而是国货，但放起流行曲来，架子鼓的声响却一样撩人心弦……至于这样的小夫小妻的独生子女，第三代（有的因更老一辈的仍健在，得算第四代）居民，那他们在一切方面简直就更与三环路内外大高楼里的同龄人平起平坐了，你可以在那里看到游戏机、电子琴、小自行车以及种种豪华、时髦玩具和形形色色的零食、营养品；也有一些在这片住房里与爷爷奶奶姥爷姥姥父亲母亲哥哥嫂嫂姐姐姐夫侄儿外甥挤着住的已经就业但尚未成婚的妙龄男女,当他们迈出门槛时,能让你眼睛一亮:他们穿着打扮得要多时髦有多时髦,要多气派有多气派,只是往往稍露土气和失之炫耀而已,大概因为他们在居住条件上吃了瘪,所以就在梳妆打扮上格外泼辣,以求得心理上的平衡,他们的浓妆艳抹竟往往超过了三环路内外住楼房的同龄人。

那是相当大的一片居民区,因而除了东西走向的排房糊满了附加的规格不一的乱建房所形成的蜂巢般景观外,其间也形成了几条南北向的胡同,那几条胡同原是工人新村中的马路,还算宽阔,植有洋槐、白腊杆等行道树,后来乱建小房的风潮涌起,不少靠马路的排房住户觉得自己有比别人更好的扩张条件——除了向前后发展外,还可以向马路一侧发展,便也朝马路的方向乱盖起房子来,有的行道树被乱伐,有的也被围在了小房中,搞得乱七八糟,这个趋势后来由区政府严加制止,才没有把马路也变成仅容一辆自行车通过的小径——过分逼近马路中心的私建房被强行拆毁,马路虽不再成其为马路,总算还可称为胡同,吉普车和小轿车能勉强从中穿过;也有一些临马路的人家满足于朝房前房后扩张,而没有再从靠马路一侧向外扩张,从而使得后来形成的胡同中,留有一些鼓肚状的空间。

司机小万,就住在这个居民区中。那天他被宫自悦使唤到深夜才得下工,他没把车开到单位存放,直接开回了这个居民区,以前他逢到类似情况,也曾这样做过;恰好他家附近临马路的那家,没有朝向马路一侧加盖小房,所以正好在所形成的胡同中,留有一小片空地,他把单位的那辆奥迪车开进胡同以后,得以正好在那一小片空地上停放,也恰可在那里掉头。把车停在那一片空地上还有一个好处,就是小万的住处,恰在那片空地北边的一排房子的第二间,他睡的床临窗,而从那扇窗子望出去，恰可望见空地一角，如车子停放在那里，有动静时撑起身子朝窗外一望，便可望见车身。

那晚小万把车开进胡同后，正待将车子停靠到那片空地上，忽见路灯光透过树影，照出一些障碍物来，使他吃了一惊，他打开前灯一照，发现竟是一套陈旧的转角沙发，很随便地乱撂在那片空地上，他心中好生烦恼，是谁瞎捣乱，使他停不得车！但他随即也就作出判断——那套破旧的转角沙发，是外号瑞宾家多年前自己打制的，确已不堪使用，他自己就曾在串门时建议过，应当淘汰掉它们再换一组新的，如今到处都有家具展销会，行情看跌，不用花很多的钱，便可买到挺不错的沙发；想来是瑞宾家已决定弃旧图新，所以将它们扔了出来，现在这号自己打制的旧沙发不仅信托商店未必收购，就是白白地送给别人，也不一定有人愿要哩！只是瑞宾怎么偏今儿晚上把它们给扔了出来，而且扔得这么马虎，乱糟糟地占了一大片地方，使他不得在此停车……瑞宾家与周围邻居各家情况相反，这些年人丁不仅不旺盛还不断减员，所以他家住房不紧张，他家就住那临街的排房，除了向前后延伸盖了小房，临街这儿就没盖了，但他家把这片小空地视为享有其特权的空间，倒也并不奇怪……脑子里转悠着这些个想法，小万就没把车停住，车子不能就停在胡同中间，因为偶尔也会有别的汽车从那一头开过来，不能挡路；小万只好慢慢地再将车子朝前开去，一直开到快到胡同那一头的公共厕所前边，又有一块鼓肚状的空地时，才把车子停住。他想这晚上也只好将就着这样停车了。他关严车窗，下车又锁紧车门，并且打开前盖拔下了一根高压连线，关紧前盖又端详了车体一下，这才疲惫地转身走回自己家去。他的父母和兄妹在里面两间屋已然睡熟，传来均匀的鼾声；他的妻子小尤和一岁半的儿子雄雄也在大床上睡下，雄雄蜷着身子睡得很香，小尤听见了他的声音，睁不开眼可还能混混沌沌地问:"吃了吗?桌上有给你留的……"他瞥见饭桌上的纱罩里有一盘切成角状的烙饼和半盘烧茄子,还有一碗绿豆粥,心里一暖,但他没吱声,也顾不得洗漱,便脱衣上床,临躺下时,他习惯性地朝窗外望了望,斜对门瑞宾家一片漆黑,那片小空地,路灯透过树影照亮的一角,露出一只粗蠢的旧沙发……

第二天一早,小万到胡同那头公厕前边,打算开车去接匡二秋前往机场,陡地发现奥迪车没影儿了!

小万的心猛地一紧,本能地往回跑,一直跑过那堆旧沙发,直奔瑞宾家,没敲门就拉门闯了进去,瑞宾正在水槽前刷牙,小万厉声问他:"嘿!你怎么回事?昨晚干什么把那些个沙发扔在那儿,让我没法子停车?!"

瑞宾愣愣地望着他,猛眨眼,满嘴白沫,一手端着水杯,一手还举着牙刷。

"你说呀?你怎么回事儿?你抽风啦?把沙发扔那外头算怎么事儿?"小万逼近一步问。

瑞宾结结巴巴地说:"我……我、我们家要换沙发呀!许不许呀?"

小万拿眼一望,屋里空出好大一块地方,再逼问:"新沙发呢?新的到了门外再扔旧的也不晚呀,怎么这儿空荡荡的,偏昨晚急着扔出去?什么意思?"

瑞宾叫喊起来:"你干吗你!我怎么你啦!今儿个人家给我送新沙发来,我昨晚上扔旧沙发招你惹你啦?你问得着吗?"

小万跺跺脚说:"我那奥迪车丢啦!让人开走啦!要停在这外头准丢不了……都是你用破沙发占了外头那块地儿,让我昨晚上停不成,才闹出了这档子事!"

瑞宾吃了一惊:"你车丢啦?!真的?!"随即一甩牙刷,"你车丢了赖我什么呀？我偷你的车啦？你讹上我啦？我招你惹你啦？"

小万心里火苗儿直蹿，嗓子眼儿像拴着颗炸弹，但在瑞宾面前究竟也无从爆炸，便又冲出屋去，直奔公安分局报案。

分局很快派出了警察，会同从单位赶来的老王，由小万领着到那居民区进行现场调查，偷车贼作案恰在公厕附近，一早上厕所的居民很多，泥巴地上脚印纷乱，难以获得线索，厕所对面又是垃圾集中站，一溜高高的绿色垃圾筒，散发出与厕所媲美的气息，虽在现场发现了一些烟头瓜皮破塑料袋，却也很难判断是人们倒垃圾时从簸箕里出的还是过路人扔下的，唯一的收获只是凭留下的车轮印迹，得知那车是没在胡同里掉头便径直朝胡同那一头开了出去，估计是从居民区南边拐到了一条菜地边的土马路上，再从那里拐向了东三环的柏油大路，逃之夭夭。

瑞宾家偏偏在前一晚扔出了旧沙发，妨碍了小万在"老地方"停放车辆，自然越想越令人生疑，警察、老王便由小万带领着再去他家询问。瑞宾的父亲头年因酒后开车造成两死一伤的重大交通事故，被判刑三年，眼下还在服刑，家中只他母亲和他相依为命。小万一行人进入他家时，他却并不在家，只有她母亲在。她母亲在棉纺厂当工人，当时正下晚班回到家中不久，她说瑞宾到前门外"办事"去了（其实是去给个体户当"托儿"），问到沙发的事儿，她说她一早从厂里回到家中还骂了瑞宾呢，那不是抽风吗？上好的沙发，坐着又不扎屁股，干吗就往外扔？这么个人嫌狗不爱的家，倒腾什么家具？可现在瑞宾一天能挣个一张两张的，买新沙发是他掏钱，她也就只能由他"烧包"……一开始，她说起话来还心平气和，她见警察来了，只当是为沙发乱往胡同里扔妨碍了"市容"，那究竟也算不上多大的事儿，况且瑞宾临走时说了，他的哥儿们开卡车给他送新沙发来的时候，也就会捎带脚把那些个旧沙发装车运走；可一问一答之间，小万挑头告诉她，是关系到弄丢了一辆价值二十好几万元的奥迪牌小汽车时，她突然发作了起来，她想到自己丈夫就是让警察带走的，弄得自己丢人现眼还守上了活寡，现在怎么又追究上了她的儿子？小万本是对门的邻居，兔子不吃窝边草，从她和瑞宾这边说是如此，从小万他们家那边说也该如此，怎么今儿个小万竟急赤白脸的，带着警察什么的打上了门来？你弄丢了单位的小轿子，关我们家什么屁事？你拉屎掉进了茅坑，合算得我们从厨房里赔补？她越想越气，便爽性把两只手往腰上一叉，挺起胸脯，连吵带骂地嚷了起来："有你们这么行事的吗？合算是我们家偷了那小车？我们这么个家，搁得下那么辆车吗？我们偷那车，是能熬着吃还是能煮着吃呀？你们别柿子专拣软的捏，告诉你们，我雷秀花不是好惹的！你们逮不住车贼想拿我们娘儿俩个垫背，办不到！……"

雷秀花四十多岁，体格健壮，她面庞肥白，五官搭配得不算难看，烫着一头碎花鬈发，穿一件已经发紧的旧花衬衫，两只乳房高耸，随着叫嚷不住抖动；她那高声喊叫引来不少邻居在门外窗外围观，构成那居民区该日的头一桩新闻。

警察忙和颜悦色向她解释："您别生这么大的气，我们不过是来了解一下情况，并没别的意思，凡事都得调查研究，重证据，哪能乱怀疑人哩，更不会诬赖好人……"

老王也一旁劝解："我们不过是希望您能帮着破案……"

小万还是觉着心里头梗着一个疑团。既然瑞宾的哥儿们今天给他换沙发来，那他怎么不在家里候着，还往廊坊头条那边跑？

正乱着，有汽车喇叭响，大家扭头一看，是开来了一辆小卡车，小万他们都出了屋，迎上去，雷秀花也随着出屋，啊，卡车上码放着一套新的银灰色转角沙发,只见跟瑞宾最"磁器"的哥儿们外号叫大葱的,从卡车前舱里伸出头来,阴阳怪气地叫喊着:"这儿怎么啦?谁家着火啦?嘿,闪开点,别轧着脚巴丫儿,我们给瑞宾送新沙发来啦!……"

雷秀花本来并不欢迎沙发更腻味大葱,此时却仿佛来了天兵天将,能将她拯救于水火之中,便兴奋地亮开嗓门招呼起来:"闪开闪开!过来过来!瞅见了吗?还不许我们家换沙发吗?就停这儿这儿!大家伙抬头不见低头见的,这么多年邻居了,没力气的您让个路借个光,有力气的您搭把手帮个忙,我们孤儿寡母的,容易吗?三天两头的总受挤对!……"说到最后她竟一转雄健之音而变为悲凉呜咽,眼泪哗地淌了下来,一些邻居顿生同情之心,把小万等挤到一旁、开始动手帮她家搬运起新沙发来,雷秀花爽性蹲到地上,一把眼泪一把鼻涕地大哭,警察和老王都极为尴尬,大葱和汽车司机都钻到她身边弯腰劝她,大葱还直起身子来环顾着众人说:"这是怎么说的!谁的良心让狗叼走了,专拣老实巴交的欺侮!"

小万下午再回到家中,全家人都埋怨他不该得罪邻居,父亲便把他叫到一边,低声对他说:"我知道你丢车责任重大,心里头火烧火燎;那小宾子(瑞宾是同学们给他取的英文发音的外号,他父母和老年邻居们都管他叫小宾子)头晚扔沙发就算可疑,你也不能这么着梗脖子瞪眼地查问人家……这事,看来还得找仲哥帮忙,说实在的,咱们这片地面上的事儿,警察办不了的,仲哥倒能妥办。"

于是小万决定去找仲哥。

15

在小万他们那个居民区里，无论男女老少都把史仲奎叫作仲哥。

仲哥落生在那片土地上，活了四十多年，也一直住在那片土地上。仲哥的父亲本是当地的菜农，五十年代初，工厂把那片土地征用，盖成了工人新村，让仲哥的父亲等当地的农民，转为了厂里的工人，在盖成的宿舍排房里，也分给他们一份住房。仲哥父亲是个健壮的汉子，当菜农时一年四季差不多三季里都光着膀子下地，回到家也只偶尔披上一件单褂，到了冬季，光身穿件棉袄，腰上扎根粗草绳，远近的老少爷们都把他唤作"黑塔"，因为他那经常裸露一半的身躯，确实在风吹日晒雨打沙磨中犹如黑铁铸就，兼以人高马大，望去真似一尊黑塔。仲哥的母亲也是个强壮的妇人。这对夫妻生殖能力极强，前后生过十胞子女，仲哥行二。但后来养大成人的只有一半，除大哥而外，仲哥如今还有两个妹妹一个弟弟。仲哥父亲转为工人后因没有技术，就当搬运工，俗称"扛大个儿"，那真是有一把子好力气，二百多斤的机床部件，只要有可抓握处，他一个人就能搬动。仲哥的父亲寡言，仲哥的母亲话多。五十年代末六十年代初，仲哥父亲经常觉着吃不饱，但干活仍然毫不惜力，仲哥如今只记得那时父亲身子瘦了下来，胸臂上的疙瘩肉不减硬度，可腰腹瘪缩了许多，腿肚子上似乎只剩下一把子筋腱和凸出的蚯蚓般的蓝色血管，走起路来不如以前神气，面颊也凹了进去，胡子茬儿发黄。仲哥他妈时常回忆那突如其来的一幕："……到家刚端起一碗菜粥，你爹不知咋的扑腾一声就歪倒在了地上,粥碗打翻了,热粥浇了他一身,他连唉哟一声也没叫喊出来,你们几个小的吓得光知道哭,我跟你哥赶紧把他搬到炕上,脑袋刚落枕头,我就掐他人中,让你哥赶紧去厂里找人……打那天他就一病不起,浑身浮肿起来,一按一个坑儿,送到医院,打针吃药全不济!他那么一座黑塔,三下五除二地就蹬了腿儿,到末拉了也终究不知道算个什么病,有说是饿死的,你们想我能让他饿着吗?也是你们不懂事,我眼错不见的时候,他就把他那一份菜窝头,掰成几瓣分给你们几个小的,你们接过去几口就填进了肚子,所以说你们是吃死老子!你就是头一个馋痨!……"仲哥现在一想起过世的父亲,便总有种负罪的感觉,弟弟妹妹们那时确实还小,自己却不该懵懂到那个地步,比自己只大两岁的哥哥,怎么就知道不接父亲递过来的本属于他自己的那份食物哩!

大哥后来也进厂当了工人,学了点技术,是车工,娶了嫂子,是厂里打扫卫生的勤杂工。大哥性格一如父亲,沉默寡言;形象却全然两样——他先天不足,后天失调,如今看上去比仲哥整个小上一轮,精瘦精瘦的,额头窄,下巴尖,见人便憨厚地咧嘴微笑,是个老实巴交得远近闻名的人。

仲哥一天天长大成人,继承了父亲和母亲身体素质和性格上的全部优点。他并不膀大腰圆,也没有父亲那么高的身材,却异常健美,高矮适度、比例匀称,他的面庞更像母亲,略呈长方,大耳轮肥耳垂,浓眉亮眼,狮鼻圆腮,嘴唇不薄不厚,牙齿大而整齐。他轻易不开口,很少废话,但一旦拉开话匣子,却如母亲一样健谈,而又决无车轱辘来回转的弊端。

父亲去世不久,仲哥初中毕业,他要进厂当工人,大哥不让,说无论如何也得让他考中专,将来毕业再到工厂,当个技术员。母亲也支持。进考场前一天,大哥把全家人的肉票敛到一块儿,让嫂子割来一斤半好猪肉,配上白萝卜红烧了,盛作均等的三碗,一碗给母亲,一碗让仲哥独吃,另一碗大哥大嫂侄儿和两个妹妹一个弟弟六人合吃。母亲又拨了半碗给小儿子和孙子,仲哥要拨给嫂子和妹妹,大哥大嫂阻止了,他们尽着两个妹妹吃,大哥只吃萝卜块,说肉味儿全在那里头了,比肉更好吃。临睡时大哥憨憨地嘱咐仲哥:"考好好的!"仲哥怎睡得踏实?半夜他听见大哥咳嗽,听见大嫂一声"唉哟!",天不亮又见大嫂到门外去洗什么东西;那天一早天边云彩像卷了边的枯叶,仲哥心里像堵着一窝杂草;他穿好衣服走到门外,到晾衣绳前细看,大嫂使劲搓揉还是没脱尽大哥汗背心上的血迹——大哥晚上又咯血了!仲哥眼睛一酸,扭身就离开了家,他没有去考试,他去了市政公司招道路工的地方,报了名,填了表。走出那个地方,下起了小雨,仲哥就淋着雨沿着大马路走,他觉得心里的一窝草消失了,坦然,坚定,通畅,自信……雨大了起来。他全然不觉,忽然他看见了大哥,打着一把伞,胳肢窝又夹着一把伞,正往他考中专的考场走,准是去接他出考场的,他的泪水哗哗往下流,跟雨水混到一起,他追了上去,叫大哥,大哥惊讶地转过身,气恼地望着他,他把双手伸过去,握住大哥瘦弱的肩膀,郑重地宣布:"哥,咱们家的担子,打明儿个起就由我来挑了!"

那一年仲哥十六岁,他确实挑起了照顾全家的重担。大哥住进了肺结核防治所,公费医疗是了不起的优越性,但工资按"吃劳保"计算所剩无几,嫂子本就挣得少,仲哥成了挣得最多的人,每月开了支,他就把钱全数交到嫂子手中,嫂子管钱,但花钱上的事儿,全让仲哥拿主意,叔嫂二人合作,居然把一个庞大的家庭,治理得井井有条,从那时候起,在这一片居民区,仲哥就成了有口皆碑的人物,老人们赞叹他的孝悌，中年夫妻感慨自己没遇上那么好的叔舅，小年轻的则崇拜仲哥的文武双全！

　　论文，仲哥虽只是初中毕业，没机会进一步上学深造，但他爱看书，不管每天干活多累，让热腾腾黏糊糊的沥青把脑瓜子熏得多痛，回到家，洗涮完了，他总要坐到家门外，先是利用夕阳的余光，天黑下来，又利用胡同里电线杆上的路灯光，至少读上一个来钟头的书。他读的书几乎全是借来的，一是向原来中学同学那家里有藏书的借，二是向工程队里的技术员借，他主要是借历史类的书读，还有《三国演义》《水浒传》《说岳全传》《今古奇观》一类的中国古典小说，有人借给他《红楼梦》，他始终读不下去，有人借给他西洋古典小说如《大卫·科波菲尔》《简·爱》什么的，他能读完，但并不喜欢，唯一的例外是雨果的《九三年》。他读借来的书之前，总要把手洗得干干净净，借来的书如果是脏了书皮皱了书页的，他能用旧牙刷仔细地给人家擦去污迹、压平书页；逢年过节，他给弟妹们讲从书里看来的故事、得来的教训，远近的一些小年轻的也过来听，都听得津津有味，说比话匣子（收音机）里讲的那些个还来劲儿！

　　说仲哥文武双全，那武，有两层意思，头层意思，是说他不光脑子灵、嘴能说，而且一双手特别灵巧，帮人家盖小房子，他不仅拿起瓦刀是好瓦工，操起锯子刨子凿子是好木工，还能帮人家设计，怎么着得用，怎么着合算，根据人家老少三四辈的复杂关系，给人家策划出最妥当的空间分割，门怎么开，窗怎么放，怎么着该看见的能看见，怎么着该别看见的能自然地回避开……他又会修理自行车、三轮车，能修理闹钟（因为置不起那些特殊用具，所以不能修表），既能给男的推头也能给女的剪发，最难得的是他后来还能下剪刀裁衣服和用脚踏缝纫机缝制衣服！另一层说他能武的意思，是指他拜了工程队里一位老师傅为师，再加上自我揣摩，练就了一手好武艺！

在那片居民区东边不远，一片农田之中，有一座清代有钱人的坟园，园墙早在1949年前就塌尽了，里面的石桌椅石栏杆石护墙石座基和石碑，陆陆续续都被附近的居民搬走撬走以作各种用途，到那片居民区大兴盖小房子之风时，不仅石料扫荡一空，坟砖差不多也都挖尽搬罄，"文革"时红卫兵来造那些反动尸骨的反，没费多大的气力，从腐烂的棺木中便掏出来一些陪葬的珠宝首饰、玉器瓷器，后来都由文物工作队收走，但据说文物价值并不怎么高，最古的也不过才二百多年；再后来坟园基本上夷为了平地，不复存在任何坟墓的痕迹。坟墓不存，那里曾是坟园却至今一目了然——因为有一圈茂密的柏树，围住那片地方，柏树圈内，又有几株形态极好的松树，二百多年的松柏虽不怎样粗大，却也颇有苍蔚温润之气，构成城郊单调景观中的一个幽僻独特之处。更为难得的，是那柏树围成的场地之中，还有一株形态优雅的落叶树，仲春以后，树冠如一袭翠绿的华盖，细看枝叶，每个叶柄上，都长着七片张开的修长叶片，很为罕见。附近的居民——无论那片密如蜂巢的工人宿舍中的工人师傅们，还是零星居住在附近的菜农们，几乎没有什么人特别注意到那株树的存在，更叫不出它的树名，但仲哥后来却确证出那是一株娑罗树——许多关于北京风景的介绍文字中，都特别提到在香山卧佛寺的院落里有两株娑罗树，非常珍贵，是从印度取来的树种，有着特别的意义——据说佛教的始祖释迦牟尼，当年就是在印度拘尸那城外，涅槃于娑罗树下，向他的十二个弟子叮嘱一切善后事宜的。每当春末夏初，娑罗树开出一树的白花，像一座座小小的玲珑宝塔，倒悬枝叶之间，然而花期非常之短，常常是一阵沙风袭来，便萎落满地——许多年里，只有仲哥来独赏那坟园中的娑罗树花，那花是感到寂寞，还是感到满足呢？

那柏树围成的坟园，四面都由菜田包围，除了菜农们偶在那柏树下休息，很少有人光顾。仲哥却把那里当成自己练武的场地。无论春夏秋冬，除非下瓢泼大雨，每当东方才露一线天光，仲哥便穿着自己缝制的练功裤褂到这里来闻鸡起舞，即使冬天雪花纷飞，也不例外。除了早功是每天必修的，晚上待全家睡定，虽不是每晚必出，一月中至少在朔望前后，仲哥也要到这个地方练功。早功一般都是练挥拳踢腿舞剑动棍的武术，晚功却渐渐发展成静气功。有那工程队里也练武的伙伴，随他到这个地方练过，说阴气太重，怕非合宜之地，仲哥却说这地方的气脉恰与他个人素质相补合，而且既有娑罗树健壮地成长，也说明并非一阴到底之所。星期天，节假日，那片居民区里也偶有一些人散步到那里，小年轻的，孩子们，往往也到那里去嬉戏，仲哥加长练功时间，大人孩子们见了，无不佩服，他有时候就应邀练一套炮捶拳，或舞一套武当剑，带表演性质，娱悦芳邻们；因为仲哥也曾几次用练就的功夫，制伏擒拿了混进那片居民区里偷盗的坏蛋，又曾在居民区外的土路上，解救过遭到流氓威胁的妇女，竟名声大噪，所以不仅那一片居民区的人们都引他为荣，那以后再跑到仲哥鞭长所及的范围内作案的家伙，也确实几近绝迹。

"找找仲哥吧！"

在那片居民区里，人们遇上为难之事，总有这么一句从嘴里脱出。

小万丢了单位九成新的奥迪车，疑心瑞宾、大葱他们有鬼，却又不得要领，还引出了争吵，闹僵了关系，所以除了求助于公安局，也便来找仲哥。

小万边朝仲哥家走，边有不忍之心。连这号事也去麻烦仲哥，是不是也太不为人家仲哥着想了！仲哥自己家里，不顺的事正多！

仲哥的大哥后来治好了肺结核，开不动车床了，便当了统计员，后来厂里在另外的地方找了地皮，盖了宿舍楼，大哥大嫂那么多年的老师傅了，资格过硬，便没怎么费劲地分到了一个两居室的单元，带着侄儿侄女搬了过去，大哥大嫂都要老母一块儿搬过去，老母执意不从，说那五层楼她没法儿住，朝下望头准晕，其实是一心要跟仲哥在一起。仲哥两个妹妹后来都陆续嫁了出去，也都住上了楼房，小弟让他给培养成了家里唯一的知识分子——不仅上了大学，后来还考了研究生，研究生毕业后在一个挺不错的单位工作，目前虽未成婚，却也有了对象。仲哥直到三十五岁才结了婚，仲嫂是环卫局的工人，她们那个班组专管行道树，剪枝、打药、松土、浇水、补栽补种……工作不起眼，但一年四季闲不住，总在大街上晃；据说仲哥仲嫂他们一个修路，一个管行道树，有一阵恰好在同一条马路上干活，所以一来二去的，便心里都有了那个意思，后来有人起哄，有人撮合，也就真成了事儿。这几年老母、仲哥仲嫂还有他们的小闺女，三代四口人住在一块，原来住十多口人的空间，去掉一半以上的成员，顿显松快；经济上也大大好转；兄嫂弟妹又都懂得往这个发源地投资，所以家里也彩电、冰箱、洗衣机一应齐全，家具虽比不上那些个赶潮流的人家，也算是鸟枪换了炮，应该说进入了仲哥一生中最美好的阶段，谁承想头年却猛然遭到一桩祸事——仲嫂坐卡车押运树苗的半道上，出了车祸，命虽保住了，却落下了下肢瘫痪的终身残疾！老母想不开，见人就哭着说："老天爷是怎么了？我们仲哥打小没干过一桩屈心事，谁不知道他积德最多，不论对家里人对邻居们，要多仁义有多仁义！可怎么偏让他遭上这样的事儿！……"本来仲哥老母身体一直很好，就此也便垮了下来；仲哥如今当然要伺候仲嫂，要操持全家的三餐，还要为全家洗衣服，闺女娑罗才上小学四年级，贪玩，成绩不好，仲哥还得每天督促她学习，给她辅导……而仲哥仍未放弃读书自学和练武术气功的爱好,你想他每天上班去修马路筑涵洞,流了一天的热汗以后,下班回了家哪还顾得上管别人的闲事儿?

但那片居民区的人们仍不时有人去麻烦他,向他倾诉困难,求他哪怕是只动嘴给拿个主意。小万现在也是这样。他明知自己是在很残酷地去剥削仲哥的时间和精力,他于心有所不忍,但他脚步仍不停息,一步步走拢了仲哥的家门。

16

"鲍管谊同志吗?"

鲍管谊拿起电话筒,头一耳朵就听出来是匡二秋。称同志,口吻正规,关系显得淡了。鲍管谊"嗯"了一声,那边立即变了口吻:

"管谊吗?"

鲍管谊立即呼应:"是呀是呀……"他本想也尊而远之地来句"您哪位呀?",可立即抑制住了自己,而一转为:"……啊呀,二秋,听出来了!我管谊!……"

"管谊,你好你好……"匡二秋口吻又变得稍有些居高临下,"你好你好"四个字节奏徐缓。

"你好你好!"鲍管谊却节奏明快地问好,以显示自己这方面的洒脱,他试探地问,"二秋,你在哪儿呢?班上?家里?"

匡二秋不慌不忙地告诉他:"在家。这几天在家里处理点案头的事儿。是这样,管谊呀,求你个事儿!……"

匡二秋有事求自己?鲍管谊兴奋起来了。匡二秋毕竟已经混到了副局级的地位，而且他们那个表面堂皇内里也肥实的单位，头把手是个佛爷，或者说是块牌子，不拿权，二把手眼看岁数到了就要离休，三把手主持业务，费力不讨好，匡二秋作为四把手，分管"两事"，一人事二外事，那真是"炙手可热势绝伦"，人人侧目而视，五把手宫自悦虽说野心勃勃、咄咄逼人，经常往上侵权，但看起来一时也只好与匡二秋结盟，先共同进一步彻底架空头把手，尽快送走二把手，设法挤走三把手，然后两人再一决雌雄……鲍管谊到台盘上混了这几年，现在不过挣到个副处级，他正想跳槽到匡二秋宫自悦他们那个单位去，他们那单位外事处的处长是位"徐娘"，已经过了五十六岁，只等有了合适人选，便要办理退休手续，鲍管谊觊觎那位子已久，因此早借工作联络的机会与匡、宫二位套了近乎，后来他看出匡、宫二位面和心离，只是暂时的盟友，而匡的座次排在宫之前，又明确分管外事，所以他跟匡明说了自己的意愿，而跟宫还只是一般的"恳请诸事帮忙"——他一直期待着匡二秋有个明确的回答，那时他自然也会去向宫挑明，并企盼宫能在这事上玉成自己；他不先跟宫明说，是为了防止宫坐大包揽，咋咋呼呼，弄得匡二秋不快，那样此事必黄。

"什么事儿呀？凡我能办到的……"鲍管谊在电话里讨好匡二秋，"能耐没两下，可倒真有副热肠子，二秋，你说吧……"

"是私事，"匡二秋不紧不慢地说，"你知道我这人接受新生事物一向最积极，从来是个敢带头吃螃蟹的人，记得二十年前，市面上刚有高压锅的时候，好多人不敢用，说是怕爆炸，我可是头一批使用者；十年前有了电饭煲，又有人说不保险，用那个会触电，我又是头一批用电饭煲的人；前两天在王府饭店宴请西德客人，上的炸全蝎，都说老外最富冒险精神，可那几位西德客人全不吃，咱们这边也好几位不敢吃，我就不怕，夹起来就吃了，很香很脆嘛！……"

鲍管谊不得要领。这算什么呢？炸全蝎最近他也吃过，出差在外还吃过炸哈虫（一种白色的大肉虫，"哈"读作hǎ）、清蒸全蛇（保持盘成一团的原蛇形）……怕只怕公费宴请时上不了这些个菜哩！匡二秋葫芦里究竟卖的什么药？

"……电脑这玩意儿一出来，我又是头一批信奉者，你知道我们单位配备电脑最早，而且目前是实现办公自动化最先进的单位，不是自我吹嘘，实在是我的功德居多，要依我们那几位仁兄的意思，这些个玩意儿是可有可无，前两天我还跟他们争论，他们不同意添置碎纸机，说防止泄密销毁不必保存的文件，用手撕碎点火烧掉不就行了吗？他们哪里知道遇上个福尔摩斯，从撕碎的纸上能查出指纹，从烧毁的纸灰能判断出销毁的时间，因而还是要泄露出文件所在的单位和使用的期限……碎纸机就不一样啦！……"

鲍管谊的耐性有点经受不住，他虽然小声"是呀是呀"地应和着，但还是干咳了几声。

"……我自己也搞了台电脑，便携式，在家里用，这你大概还不清楚吧？我又是头一批个人购置电脑的先进分子哩！……"接着他介绍起了他那台电脑，什么厂家出的，什么型号，什么功能，什么优点，以及"……无可讳言，它的局限性现在看来很大，你知道电脑这个东西更新换代得最快，是最活跃最先进最富革命性的生产力……"

鲍管谊终于确定，匡二秋要跟他说的事情跟电脑有关，但他能帮匡二秋什么忙呢？

"……是这么回事，管谊，我有个至亲，我四舅，是位台胞，也是位海外华人，一位爱国人士，最近从西欧飞过来了，他给我带来了一台更先进功能更周全使用起来也更方便的电脑，因此，我打算把原来的那一台，转让给正打算置备电脑的人，虽说我刚才跟你讲了它的局限性，但如果只是搞一般的文字处理，写文章，储存资料，那还是一点也不落后的，十年之内保证不会落后……我是内部批发价，八千五百元人民币买下的，现在我只收七千人民币，就可以转让，而且买主要是不会使用，我还可以用晚上时间包教包会，一周速成，每晚免费招待咖啡冷饮、点心水果，愿学五笔字型的也行，愿学汉语拼音的也行，两样都学的也行……"

原来是这么回事！

"其实你海外有亲人，早告诉他们给你带一台不就行了吗？怎么倒自己先买了一台？……"

匡二秋不喜欢这个话。他跟所谓"四舅"赖仑的关系，其实是这一年来才有了质变的，他一年半以前买下那台国产电脑时，确实还不曾预见到赖仑那火一般的热情和超常的慷慨，几个月以前当赖仑在来信中问他需要什么家用电器时，他只不过在信中用玩笑一般的话语写上了："……如兄能帮助我'武装到牙齿'，则幸甚——不知个人便携式电脑好不好带？倘弟这是'狮子大张口'，则还望仁兄一笑海涵；兄从中当也可看出，如今大陆一般家电已不稀罕，非最先进的一般用人民币在大陆都可买到，实社会进步之铁证也！……"而赖仑这次动身来华前，即在越洋电话中告诉他："你要的电脑，我将随身带去。"现在那台电脑已入驻匡家，只不过尚未开箱置放台面而已；赖仑从北京再往内地参加一个活动，一周后返回，说好在匡二秋家小住三天，教他使用那台最新一代的电脑，然后返欧；匡二秋急需在一周内将原有的电脑脱手。

匡二秋直截了当地问鲍管谊："怎么样？你能帮忙吗？"

鲍管谊在心里掂掇着：七千块钱一台电脑，确实便宜，自己也还拿得出七千块钱，也早有赶时髦跻身电脑写作行列人中的朦胧意愿，但七千块钱在他来说毕竟是个巨大的数目，几乎要把存款提空，自己说实话也确实写不成译不成什么，何况老婆肯定会坚决反对……倘若匡二秋能以尽快将他调入作为先决条件，那么，他可以在所不惜，但——

"怎么样？"匡二秋催问着，"不能当我电脑的红娘吗？"

鲍管谊稍一犹豫后，便一抖擞身子，以热情、轻松、自信、诙谐的语调回答说："这个红娘我还真有点不敢当哩！只怕你只有一个莺莺，我倒给你招来十个张君瑞，最后闹成个抢亲的局面哩！……说实在的我都想当张生，只是我还是避嫌的好，省得人家背地里说我是'近水楼台先得月'……"

"哈哈哈……"匡二秋在那边笑了，"你当哪门子张生！你老老实实当红娘吧！你哪里是'近水楼台先得月'，你不早晚到我这个楼台上来吗？什么'近水楼台'，根本是一个楼台，还是在咱们楼台外头找个婆家最妥当不过！……"

鲍管谊听了这逻辑上其实狗屁不通的话语，心花怒放。这么说，调动的事儿快成了！

但撂下电话，鲍管谊又觉得这个媒并不那么好做。下决心玩电脑的，都不是穷酸户，谁愿意进个二手货呢？好比一户市民攒了笔钱，要买彩电，那么他能愿意要人家用过的吗？除非商店里买不到，又除非便宜一大块……

想了整整两天，鲍管谊到头来选中了当年老同窗蒲志虔下勺子，让他当那张生吧！因为想来想去，一，蒲志虔虽说现在发霉，但并未霉透，存折上一万两万的钱总还是有的；二，此人写作欲旺盛，正赋闲，家有电脑，如虎添翼，确实有利于他著书立说；三，此人是一大书呆，不谙行情，拙于算计，你只要确实低于市场价格卖给他电脑，他是绝不会去海淀电子一条街调查研究，比较合计，讨价还价，分斤掰两的；一旦买下，只要电脑确实可用，即随他后来觉得并不那么合算，他那个性格，也是只会隐忍而决不来反悔的。

但近一年多，鲍管谊基本上已将蒲志虔视为一只拧干了汁液的柠檬，彻底地弃掷到了一边，用什么办法，才能把这种状况遮掩过去，唤起蒲志虔重缔友情的兴趣呢？

那天晚上，饭后，鲍管谊终于胸有成竹地给蒲志虔挂了个电话。

蒲志虔的一声"喂？"刚刚呼出，鲍管谊便极其热情地呼叫起来："志虔！志虔！我管谊！我管谊啊！"

蒲志虔吃了一惊，颇为尴尬，不知如何应对。

"志虔！我听说你最近身体不大合适，真的吗？哪儿不合适？去医院了吗？做B超了没有？B超不灵，你就做CT，现在还有一种核磁共振，更先进，你一定要去检查一下！……"

虽说出语突兀，但人家关心你的身体，劝你先用先进设备检查，这无论如何不是恶意。

"我其实也没什么，还好……你怎么样？忙什么哪？"蒲志虔只好泛泛地应对。

"我么？还不是瞎忙！有什么意思！真羡慕你赋闲！又写了不少东西吧？翻译呢？是什么选题？……"

"也没写什么，外文的东西看是看一点，也还没心思翻译……"蒲志虔敷衍着。

"好久没去看你，真过意不去！一来是瞎忙，二来我也是一肚子牢骚，去了你那儿，还不都撒出来！你心情正不好，我那不是添乱！可我又装不来假，咱们多少年的交情了！总角之交！你还不知道我的脾气！搞不好净给你帮倒忙！……对了，前几天我还去过你们那儿哩,就在你们前头那栋楼,为一桩无聊透顶的活动,去接那个号称书法家的洪老头,他那把刷子!其实真不敢恭维,可如今这个世道,什么叫真才实学?左不过那么回事儿!因为不方便,所以没能去你那儿看看你,过其门而不入,该打屁股!可也实在是无奈……对了,倒是恰巧遇上了小剑,他告诉你了吗?你看,一晃多快,小剑都长得这么大了!……"

蒲志虔沉不住气,便爽性直说:"那天我恰巧从那儿过,我可是看见了你,我觉得你也该看见了我,离得很近嘛,可你根本不理我,形同路人!"

"你说什么?那天你看见了我?"鲍管谊喊起冤来,"我可是真没看见你!当时大概正忙着张罗姓洪的上车,唉,真不是人干的活计,'朝叩富儿门,暮随肥马尘,残杯与冷炙,到处潜悲辛!'哪有心思细看周围?你看就把你给得罪了!怪不得接不到你电话,敢情把我误会到形同宵小的地步了!你当时怎么不喊我一声呢?你该把我的魂儿给叫回来!志虔啊,就算我鬼迷心窍,误入了国贼禄蠹之流,你也不能抛弃我啊!你就该对我当头棒喝,醍醐灌顶!你想想看,岁月悠悠,往事如流,青春期的朋友,究竟还剩下几个?你不光是我朋友,还是我恩人,猫洞留信,这一桩事情,就把我钉在轮回圈上,下辈子非变驴变马,报答你一世不可了!还有什么别的可说!唉……"

蒲志虔并不相信鲍管谊的解释,可心还是软了。

"你怎么今天想起来给我打电话?"他问。

"为什么今天想起你!我撒什么谎!难道说天天在想你?说天天想你你信吗?我都不信!现在是个人人顾自己的世道,天天想自己,偶尔想别人,就算挺不错的精神境界!为什么今天想起你?因为今天得着个信儿,有几台个人电脑,文字处理机,人家只收批发价八千元人民币，交钱就能让提走，便携式的，实话说不是最新推出的一代，可咱们这号人用，功能足够，甚至还绰绰有余，我一听这个信儿，立马想到了你……"

"那么，你买吗？"蒲志虔问。

"我当然买。已经跟人家订下一台。还让人家给我再留一台。实际上是订下两台。为谁？当然是为你。没这事儿我也许还不能这么快地想起你。你正赋闲，你正需要，有这机会我不让你得着让谁得着？"

"听说市面上，一台一般的个人文字处理机，至少也得一万多块才拿得下来呢……"

鲍管谊在那边微笑了。蒲志虔对这玩意儿只有最模糊的信息，却又流露出并不朦胧的兴趣，有戏！鲍管谊便详细介绍起那电脑的产家、牌子、型号、特点，以及局限性来。

"是不是应该先去看一下，试一试呢？"

鲍管谊感到鱼快入网了，他笑着说："书呆子！后门货，能打前门进去看吗？而且现在已经有不少位热心人，鬃了上去，只怕僧多粥少！你说你想不想要吧！想要，我就去跟人家说，过几天给你往家送去一台，你先试试，钱我先垫上，没毛病，得用，你再把钱给我，如何？不好，你就打电话告诉我，我帮你退！"

"那……我考虑一下……"蒲志虔有点动心。

"你考虑一下吧！不过要快点决定，要不别人就占了先，而且过了这村就没这店了，人家是一次性内部优惠，有照顾性质……你明天能告诉我准主意么？"

"好，我明天告诉你买还是不买……"

鲍管谊松下一口气来。他深知蒲志虔的性格，纵使蒲志虔明天仍在犹豫，只要他一进逼，蒲志虔准答应买下。鲍管谊立即转换话题,而且语气既自然又活泼:"嫂子呢?小剑呢?都在吧!你都代我问好!就说他们骂我骂得对!怎么这么长时间不见影儿了!忘恩负义的家伙!哈,你猜也猜得到,我们家那两位,也这么骂我哩!可以组成一支合唱队,齐唱讨伐歌!'长恨此身非我有,何时忘却营营!''可笑区区当世士,满怀冰炭苦相煎!'我正是那么个无聊的角色!无聊透顶!……"

给蒲志虔打完电话,鲍管谊竟冒出了一身汗来。

没想到刚撂下电话,电话铃就响了起来,鲍管谊拿起电话来一听,是宫自悦。

宫自悦告诉鲍管谊,鲍管谊他们拉起的那个联谊会,成立的时候请几位大人物来,他已经给他们落实了;他问鲍管谊,究竟拉到了多少赞助?成立大会打算假座何处召开?会后的宴请多大规模?在哪儿订的宴席?明珠海鲜酒家?人人大酒楼?北海仿膳?景山西街大三元?太上宫大酒楼?澳洲肥牛火锅?……其实都不如日坛的神仙豆花饭庄!那女老板专养着几只嫩狗,可以上川粤两味合流并美的狗肉煲,凭他宫自悦的面子,肯定可以优惠……鲍管谊跟宫自悦在电话里一路逗贫嘴,两个人都很开心,想到很快又有一顿不用自己掏一分钱的美酒佳肴,电话线两边的嘴巴里都不由得增加着分泌物;但逗着笑着,鲍管谊忽听宫自悦口中呐出几句:"……还好不是我们单位的事儿,要让我们那儿外事处去订,非败胃口不可!欧阳芭莎要来上了任,那必定是'更向荒唐演大荒'——她准得去订马克西姆餐厅的法式大餐,一个人一百五的外币兑换券标准!……"

鲍管谊觉得耳朵被烫了一下,他立即追问:"欧阳芭莎?怎么?有她什么事儿?"

宫自悦便告诉他:"你还不知道吗?她就要到我们这儿来当外事处

处长，我们现在那个老太太不是马上就要办退休手续了嘛。"

鲍管谊忍不住说："她去当处长？她不嫌头衔太小了吗？她现在这样，高级交际花似的，比总统、女皇还神气，她干吗去你们那儿，受你们领导？你们领导得了她吗？……"

宫自悦却不同他讨论这个问题，仍旧嘻嘻哈哈、津津有味地同鲍管谊侃食经。

鲍管谊兴致全无，又不好暴露出陡变的心态，只得强颜欢笑，勉强支撑。

这个电话结束了，鲍管谊仿佛遭了贼窃，懊丧已极，他用拳头重重地捶击着沙发扶手。

17

夕阳中，那座十五层的写字楼挺着巍峨的身躯，楼体的一部分采用了玻璃幕墙，反射着夕阳云霞，灿然绚丽。匡二秋、宫自悦他们那个单位，与同系统的若干单位，共用着那栋新落成不久的写字楼。

各单位早已都下班人散，楼前停满了大小车辆——送一般职工的班车大巴和送头头脑脑的小轿车大多数都已返回停放，总传达室的值班人员嫌待在屋子里太热，便搬把折椅坐到大玻璃楼门外的桶栽橡皮树旁，悠闲地听着手握袖珍收音机里的京戏。

夏之萍提着一只鼓鼓囊囊的手提包，朝楼门走去。她双眼仔细地打量着楼门前的情景，除了两盆橡皮树和一位守门人，并没有约定在那里等候她的人。

她正心生烦怨,只听身后有一辆小汽车开来的声音,她一扭头,宫自悦车未停稳便跨出了车门,欢快地招呼她:"夏女士!"

夏之萍一见宫自悦用牙签剔着牙缝,便知道他是从某个宴席上撤回来,便淡淡一笑说:"瞧,让你没吃好,至少还有四五道热菜和甜食、水果都损失了吧?"

宫自悦把手一摆说:"咳!不过是为了省事儿,要不谁去?如今的萃华楼真是每况愈下,葱烧海参到嘴不能化,鱿鱼卷儿也嚼不动⋯⋯凑合填饱肚子吧!你呢?用过晚餐了吗?"

夏之萍点点头:"我现在一个人很简单⋯⋯"

宫自悦陪着夏之萍往楼里走,司机小荆在他们身后高声问:"什么时候下楼来?"

宫自悦扭头说:"顶多一个钟头!办完事就下来!"又对夏之萍说:"我们那辆新奥迪丢了,司机是个浑蛋!如今只好凑合着坐这傻粗老旧的伏尔加!"

宫自悦带着夏之萍径直进入楼门,去乘电梯。守门人认识宫自悦,一个单位的头头领进一位人去,这当然不会有问题,所以他不予干涉。每晚这楼里也总有少数人晚饭后来加班做一些事,不稀奇。

宫自悦把夏之萍带到他们单位最大的那间办公室,那里有最先进的桌面办公系统,包括电脑、打印机、复印机、无线电话、电传机⋯⋯一直到电动碎纸机。

"你就在这儿复印吧,"宫自悦给夏之萍拿来整整五包八开复印纸,又给她示范了一下,"很简单,很方便⋯⋯"

"不过,你先坐下歇歇。"宫自悦去给她倒饮料,似乎是顺口一问,其实那是他最关切的——"那委托书你签字盖章了吗?"

两天前宫自悦给夏之萍送去了两种委托书,每种一式三份,都已打印好，只待夏之萍签字盖章。第一种是委托宫自悦作为方天穹今后一切作品的总集、选集、单行本及入选多人合集的版权总经理人，以切实保障方天穹财产继承人夏之萍在这些方面的一切合法权益。第二种是专门委托宫自悦作为方天穹已完成但未及刊行的长篇小说《蓝石榴》的大陆内及大陆外（含香港、澳门、台湾及世界各地各种文字）版权的总经理人。

夏之萍接过口维可柠檬冲剂小口小口地啜着，并不马上回答宫自悦的问题。

宫自悦在夏之萍对面坐下，有点沉不住气了："你还犹豫什么呢？我只要你收益百分之五的佣金，这恐怕是世界上最低的了！你可以根本不做任何事，坐在家里坐享稿费、版税，还不美吗？我每干成一桩都会给你详细报账的！再，你以为如今文学作品好销吗？国内市场上严肃的文学作品销路已大大萎缩，出版社怕赔钱都不乐意收货，香港、台湾也都有他们的算盘，海外译本出起来更难，大不如前五六年七八年了！路子不宽，关系不多，办法不活，抓得不紧，那很可能连一本也出不来！说实在的，我图个什么？图你那点佣金么？还不是因为跟天穹多年的朋友，怕他人一去，茶就凉，想帮他再抖抖生后的威风么？……"

夏之萍望着宫自悦，只是微笑。她笑容暧昧诡谲，使宫自悦很不自在。

宫自悦图个什么？夏之萍早听方天穹糟改过匡二秋和宫自悦，方天穹在枕头上对夏之萍说："匡二秋是个'二丑'！看过戏吧？戏曲舞台上，常有那样的丑角，跟着恶公子去抢人家黄花闺女，恶公子跑过去了，他跟着跑，到舞台当间突然站住，面对观众，把手里的大折扇'唰'地甩开，挡在他自己和恶公子之间，冲观众眨眨眼，不拿扇子的手倒伸着大拇哥,指指恶公子背景说:'你们瞧他那个德行!'说完,扇子'唰'地一收,他又屁颠屁颠地跟着恶公子跑,去帮忙抢那黄花闺女了!……"夏之萍听完忍不住滚到方天穹怀里,笑得用拳头捶他胸膛;对宫自悦方天穹却是另一番形容:"……其实胸无大志,整天追求的是小乐趣,玩弄的是小伎俩,谋取的是小利益,好比戏曲舞台上的丑扮丫鬟,人家俊公子看上的是美小姐,她却偏往前头站,摇头晃脑好得意。你知道吗?他家有一盘录像带,录的是什么?是电视新闻电视报道以及现场演出等等电视节目的片断,片断到什么程度?常常只有一两秒,或一个摇拍镜头,原来宫先生惯会抢镜头,一个什么画展,一位什么大人物或知名人士在那里同画家一起看画,摄像机自然要对着拍一下,他便凑过去站在一处;又如一个什么会议,他能找着摄像的人套磁,让人家给他拍一个特写,镜头同主持会议的首长一边大;他又最爱到电视摄影棚里当凑趣的观众,专拣名流身边坐,镜头摇向名流,自然捎带着也有他,他就笑得五官挤成一团……可惜的是几乎没有哪一次,解说词里能带出他的名字来,可他还是觉得过瘾,把那些镜头都录下来,连成一片!……"夏之萍听完也曾蹬腿狂笑,直至喘不过气来……

现在宫自悦坐在自己对面,也真如一个丑扮丫鬟,满脸肉麻的假笑,鼻侧那颗黑痣更增添着他的卑琐。

夏之萍仍然不接宫自悦关于委托书的话茬儿,她决定按自己拟就的计划行事。谁说夏之萍只有娴雅温柔的一面?那是她灵魂中爱的升华;受到深深伤害的她会显露出冷峻疯狂的另一面呢,那是她灵魂中恨的喷发……

夏之萍便冷冷地对宫自悦说:"我接到一个欧阳芭莎的电话,从外地打来的长途……"

宫自悦立即竖起耳朵，紧张地问："她直接给你打电话？她说什么？"

夏之萍脸上仍维系着一个微笑，却用残酷的音调说："她跟我说，要小心一个人，那人姓宫名自悦，专会拉皮条、拆烂污，他跟五六个作家要了稿子，说是跟一家出版社讲好了，出个人散文集，结果印出来，封面上一律大字标着'宫自悦主编'，号称《当代散文名家精粹丛书》，作家的名字封面上竟不印，只在扉页上才出现，更荒唐的是才付了千字十元的稿费，据说那主编倒捞了一大票，写信去问，不回信，打电话问到姓宫的，说是'把你算成名家，把你文章称作精粹，大大地给你扬了名，确立了地位，还计较什么稿酬！'……"

宫自悦满脸溅朱，赌咒发誓地喊叫起来："胡说！哪儿有这回事！他妈的！血口喷人！玩笑不能这么个开法！我早晚找芭莎算账！……"

夏之萍撇撇嘴："这笔账不关我的事。我来，是要告诉你，方天穹的这部《蓝石榴》手稿，不完全，现在我手里大概只有二十万字，还有三章，大约五万字，五分之一的篇幅，没有——"

"我知道，他没来得及写完，这很遗憾！可是我想还是会有出版社愿意出，也还会有读者愿意读，何况我听他讲过构思，我还可以写一篇前言，把他设计的结尾告诉读者，我想那可能反而更有趣——根据接受美学的原则，读者直接参与结束整个故事的创作，是更高级的审美境界……"

"那完全用不着，"夏之萍脸上的微笑完全消失了，她痛苦地抿抿嘴唇，宣布说，"欧阳芭莎告诉我，方天穹写完了，那最后五章，现在在她手里！"

号称"包打听"，又号称"凡事早知道"，还号称"隐私广播站"的宫自悦，瞪圆眼睛呆住了。

好一个欧阳芭莎！怀揣"撒手锏"！

"他妈的！咱们得跟她把那五章手稿要过来！不怕她！她就死不拿出来，那五章也等于废纸！没有愿意只印后五章的出版社！那让人怎么个读法！可咱们没五章照样出书！实在不行就跟她打官司！……"宫自悦觉得自己全身心充溢着一种正义感和斗争的热情，他口沫四溅地说："你快把那二十章复印出来！手稿你拿回去锁得严严的，复印件我明天就往外捅，先在大型杂志上发；我今天夜里就跟香港冯先生通个电话，像天穹这种既有严肃的哲理又有丰富的情节，既注意人物刻画又手法新颖，既文笔典雅又通俗好读，还特别适宜改编成电视连续剧或搬上银幕的小说，出版商肯定欢迎！嘿，咱们爽性把欧阳芭莎把着末五章不撒手的事散到小报上去，那等于最富刺激的广告，瞧吧，过不了多久，准满街的人都找这《蓝石榴》啃！她是偷鸡不成反蚀把米，咱们却来个草船借箭，妙极了！"

夏之萍却并无同仇敌忾的心境。她紧锁眉头，心里仿佛沸着一锅热油。

"那二十章手稿你带来啦？"宫自悦问。

夏之萍从手提包里拿出四本手稿来。五百字的稿纸，每本一百面。

宫自悦起身抢上去看手稿，抚摸着，翻动着，感叹地说："天穹这么个大作家，英国《Who's Who》（《世界名人录》）年年入选的人物，怎么还用钢笔一行一行地爬格子？我们这儿狗屁不通的匡某人，家里都置备了电脑，人模狗样地用那玩意儿生产报屁股的垃圾……"

夏之萍无心跟他解释这个。一个人有一个人的习惯。一些比天穹更有名气也更有钱的文化人都并没有使用电脑。

"来，动手吧，我来帮你……"宫自悦兴奋异常。

"不用。我自己来。我想一个人在这里复印。我想安安静静地做事。"夏之萍对他说,"你无妨下楼去,坐那伏尔加去赶宴席最后的'三不粘'和冰冻西瓜……你一个钟头以后来,我准全弄完了。"

"开玩笑!"宫自悦舔舔嘴唇,一摆手。但他表示可以先到隔壁办公室去一下,"打两个电话";其实他一打起电话来决不止两个,他是每天要花大量时间打电话的那种人,几个钟头不打电话他就手痒、嘴痒,乃至于全身痒痒。

宫自悦到隔壁去了。

夏之萍站在复印机前,却并不复印。她抚摸、翻动着那四本手稿。方天穹写稿子总是一遍成,他没有底稿没有副本,修改都在一份稿子上完成,有的地方改动实在太多太大,他便撤换重写少数篇页。

夏之萍身子微微抖动。她清醒地意识到自己所来为何。欧阳芭莎打来的电话使她从梦中惊起。原来她读《蓝石榴》手稿时浑浑噩噩,现在才终于能够解读——小说中那个作者下笔掩饰不住对其激赏的浪漫女性,分明是欧阳芭莎的化身,而对比着写到的那两位女士一位性冷感而心胸狭隘,"犹如金丝笼中羽毛华丽却不会鸣啭的小鸟";一位性感十足却又肤浅平庸,"不过仅是温柔二字的化身而已",则分明是影射着简珍和自己!……

她又想到宫自悦给她送去的那张喝"交杯酒"的照片,想到欧阳芭莎从外地打来的长途电话,欧阳芭莎竟要她交出《蓝石榴》的前二十章,说她可以留下手稿作为纪念,只给复印件就行,并且不必劳动她去邮局寄特快专递,欧阳芭莎将派一个拿着有她手迹的电传信函的人找到她家,代她邮寄,倘若她放心,连复印也可以由那人代管;欧阳芭莎说台湾的出版商现在就和她住在同一 HOTEL(宾馆)中,几天后便从那里返台,所以事不宜迟;最可恶的是欧阳芭莎竟说:"这本《蓝石榴》出版时,扉页上是要标明'献给欧阳芭莎女士'的!"是呀，方天穹竟把最后五章存放在了欧阳芭莎那里！说不定那五章干脆就是由欧阳芭莎陪伴着，在欧阳芭莎的住处写出来的！方天穹近些时总说外地有人请他去散心，总是去了很少来电话！回来后又总是聊不出那地方的风景名胜、所见所闻，说不定他根本就没有去，或者去了也是与欧阳芭莎鬼混，并埋头写他的那最后五章的《蓝石榴》！

夏之萍现在胸臆里只有恨，像最浓的乌云裹挟着闪电雷鸣的恨，她将不同意安排方天穹的追悼会，或者他们开那追悼会她拒绝出席，不惜爆出大大的冷门！她尤其不能容忍这《蓝石榴》的存在，让欧阳芭莎搂着那末后五章的残稿发愣发傻吧！

夏之萍毅然拿起《蓝石榴》的手稿，离开复印机走到碎纸机前，她开动了那日本进口的碎纸机，把方天穹的手稿几页几页地撕下来塞进那碎纸机去，当她从透明的玻璃匣中看见那《蓝石榴》"碎尸万段"时，不禁产生出一种从未体验过的快感，当她把最后一部分手稿塞进去时，竟仰着脖子号哭似的笑了起来……

宫自悦开门进得那间屋子，一见碎纸机前的情景，不禁如石像般张开嘴巴定在了那里。

18

夜色像浓茶，酽酽地笼罩着一切，并且散发着一种苦涩的味道。

雷秀花从那片居民区走出来，穿过大车道，迈进菜田，从田埂上往那片柏树林围着的坟园走去。

迎面吹过来一阵阵风，像有看不见的手掌，抚摸着她的面颊，并且像有许多根看不见的食指,柔柔地捅进衣衫和她身体相离的部位,使她有一种多日未体验到的快意,但又撩拨得她不能满足;风过去,无形的手掌和食指都消失了,她立时又感到烦躁郁闷,陷入深深的寂寞与空虚。

雷秀花是去那里找仲哥。

雷秀花爱仲哥,从骨髓里开始,放射性地及于全身心地爱仲哥。

那不是偶然的。

十六岁以前,尽管雷秀花一家和仲哥一家早都住在那片居民区中,但两家一在东南一在西北的部位,可以说两不相干,雷秀花对仲哥,几乎毫无印象可言。十六岁那年,雷秀花一家的命运来了个一百八十度的大转折,那真好比一锅炖得香香的腊八粥,还未及好好品味,便突被棒击在地,锅翻粥淌,转眼成空!

雷秀花的父亲,和仲哥的父亲一样,原是当地的农民,后来都进厂转为了工人;但雷秀花的父亲上过几年小学,有点文化,脑子灵,又能说会道,到厂不仅很快成了技术工人,还很有点发明创造。他政治上积极要求进步,工作上以厂为家、毫不惜力,到五十年代末,便入了党,并且评上了劳模;六十年代初,他又成了"学习毛主席著作积极分子",市里领导接见,消息照片登在了报纸上,很是轰动;到1965年,还参加一个代表团,出国访问,去的是北朝鲜,出发和归来,都有小轿车开到家门口,引得那一居民区中不少的男女老少围观;那时候,雷秀花和大她两岁的姐姐,同在一所中学,雷秀花已上到初三,姐姐已上到高二,成为全校师生艳羡的一对姐妹,她们为自己的父亲感到无比骄傲,她们觉得生活充满了阳光,幸福而美满。

万没有想到,爆发了"无产阶级文化大革命",雷师傅作为党一手培养起来的劳动模范,自然看不惯"造反派"的"胡作非为",挺身出来捍卫遭到冲击的厂党组织，并进一步参与了社会性斗争，去挑头捍卫也遭到冲击的上几层党组织，直到捍卫中共北京市委；谁承想事态的发展，竟完全出乎意料，就连著名的劳模时传祥也被当作"保皇派"的头目揪了出来，雷师傅自然也在那样一场雪崩中，成为了"十恶不赦"的"工贼"，"造反派"抄了他的家，他被揪走拘押起来，在那一系统的工厂中被轮流批斗；后来，"造反派"又"调查"出他的家庭出身有问题，是隐瞒了真相，欺骗了人民——他不仅应算是地主出身，并且他本人就是个漏划地主，于是他的反动头衔除了"假劳模、真工贼"而外，又增添了"狗地主、政治骗子"……

大翻个儿，并且一落千丈的生活遭际，使雷家姐妹发蒙，她们从原来人见人羡的处境，一下子变成了"黑五类""狗崽子"，她家的大门随时会被人踢开，她家的窗户随时会扔进砖头瓦块，她们身后会有人投来石头子儿，她们身前会有人示之以白眼、啐来唾沫——这也并不完全是受她们父亲的牵连，"文革"初起时，她们姐妹俩是头一批胳膊上套起红袖章的"红卫兵"，她俩挑头在那片居民区里挨家挨户"破四旧"，就连仲哥家的一只镏过嘴的旧瓷茶壶，因为壶身上画有"八仙过海"的图案，她姐妹俩也非要拿出去砸了不可，仲哥他妈直掉眼泪——那是当年她跟"黑塔"结婚的时候，娘家的陪嫁之一，大哥大嫂直跟雷家姐儿俩求情，那姐儿俩岂能动摇，雷秀花把那"四旧壶"抱了出去，在胡同里厕所边上，举起来往水泥护墙上一摔，摔完还一叉腰，一指地面，命令吓得下巴颏直抖动的仲哥他大哥说："把碎片扫了！"当时仲哥不在家，事隔多年，还有人背地里嘀咕："'破四旧'破到仲哥家去了！那是地地道道的'红五类'之家啊！仲哥当时要在，不知会是个什么情形呢！"……

但仲哥后来，对雷家竟是仇将恩报。

雷师傅被游斗了一溜够以后，终于被"造反派"释放回家，详情外人不知，总之有一天，不知为什么雷师傅选了那么一天，在天黑以前，跑到南边二里地远的铁道上，扑到了迎面开来的一趟货车底下，当即死亡。消息传进居民区后，人们无不震惊，就连原来对雷家最少同情的人，以及一部分参与过批斗他的"造反派"，也都龇牙花子，倒吸冷气，心中黯然。那一晚上居民区里乱哄哄的，仲哥他大嫂从外头回来，对一家人传播消息说："雷家如今只剩三个娘儿们，那雷大妈本来就有病，一听说这信儿就晕死了过去，那两个姐妹哭着去收尸，听说也没人帮她们的忙，尸体碎成了几段，她们也不敢下手……"

　　仲哥听到那个情况，便对大嫂说："您去照看照看雷大妈，带点咱们家的白糖去，沏碗糖水给她喝；我去铁路那边……"

　　说完，仲哥一披褂子，飞跑着去了。

　　要没仲哥帮忙，雷师傅的尸首还真收敛不全。当时在现场围观的人不少，但下手的开始只有雷家姐妹两人，仲哥去了，先让她俩冷静下来，又让雷秀花回家去取被单和被子来，又跟道岔房的道岔工借家伙，又求围观人群里的明白人帮着维持秩序，最后又感动得几位围观的男子参加进来搭上了手，终于把雷师傅那惨不忍睹的几段肉身大体上拼合好了，用被单被子包裹整齐；又借道岔房的电话给厂里"革委会"打了电话，并且给火葬场打了电话……至今回忆起那恐怖的一晚，雷秀花还常常感动得热泪涟涟、身子打战，经受了人世那么集中、沉重而密合的冷酷打击和鄙夷厌弃之后，仲哥那晚的出现，仿佛暗夜中的一道闪电，照亮了这世界和人生还值得留恋的善良和温暖……

　　仲哥为雷师傅收尸的所作所为，就连当时厂里"革委会"掌权的人也没有一句訾议。

　　……后来掀起了知识青年上山下乡的热潮，仲哥的大妹和雷秀花的姐姐,同被安排到黑龙江生产建设兵团,仲哥把自家一只老式的农用躺柜,重新打制成了两只方形大木箱,一只给自己妹妹用,一只背去送给了雷秀花姐姐——当时雷家母女三人的生活,只靠母亲一人在副食店当售货员的那点工资维持,贫窘不堪,雷秀花姐姐要去兵团,确实连一只木箱也置备不起。接到这只发散着新油漆气味的大木箱,娘儿三个都禁不住流出了眼泪。

仲哥总是在雷家最困难的时候出现。雷秀花母亲突然发病,腹中剧痛,直不起腰,从床上滚到地下,像一只被火苗燎到的毛虫……雷秀花急得白脸变成金脸,跑到门外央一个半大孩子去叫仲哥,仲哥飞跑过去,二话没说,便背起雷大妈往附近医院跑,那小医院看不了,他又去借来平板三轮,蹬到大医院去……后来查明是肝癌,已到后期,因突然大幅度扩散,因而痛苦如斯;雷秀花二十一岁那年,她成了父母双亡的孤女——虽说黑龙江有个姐姐,但已然在那遥远的边陲出嫁、生子,一年顶多只通两封信。

雷秀花后来到棉纺厂当了工人,一开始因"父亲问题没结论",不能入车间,只当清扫办公楼楼道和厕所的杂工。

转眼雷秀花就要二十二岁了。有一天晚上,她又央邻居的半大孩子去请仲哥,也是说的有急事。仲哥去了。进去一看,已经做好了一桌子的鸡鸭鱼肉,摆上了一瓶二锅头,四瓶熟啤酒,还有两双筷子,两只玻璃杯,一只瓷酒盅。

仲哥便问:"这是怎么回事?"

雷秀花插上大门插销,转身回来,爽爽朗朗地说:"没什么。不过是想认认真真地谢谢你。"

仲哥站着不坐,说:"不用谢。谢什么?没可谢的。"

雷秀花鼻子一酸,吧嗒吧嗒掉上了眼泪,揉着衣裳角说:"我爸死那么惨,至今还没个结论,我还背着口黑锅。我妈生是给疼死的,临死的时候叫唤了一夜,叫我姐,我帮她应着。我姐怕是一辈子回不来了。就我一个孤鬼,人嫌狗不理。想尽心尽意地谢个人,人也不要……"

仲哥叹口气,坐下了。雷秀花便过去给他斟白酒和啤酒。雷秀花坐到对面,自己斟了啤酒。

既坐到一处喝酒吃菜,便免不了谈天。仲哥问雷秀花那厂子怎么样,干的活累不累,受不受人欺侮。雷秀花讲起厂里的情形,讲起自己的工作,讲起自己遇到的好人和歹意,末了说:"看起来,你对我全不清楚;我对你,倒挺门儿清!你哪知道,这几个月,你们不是在农展馆那边修路吗?我下班以后,就常站在对面树荫底下,看你们干活;你们中午是大午休,四点才干活,晚八点才收工,为的是凉快,你看我门儿清不门儿清!我在那儿站着,看你们,说白了,就是看你,你老光着个膀子,傻卖力气,人家净有偷懒、磨洋工的,就数你老实,虽说不铆猛劲儿,悠着干,可当中间除了过去喝碗水,一点不知道偷闲……你先别傻笑,我还有绝的哩!早听邻居们说,你一身好武艺,净在那边坟园子里练,这些日子,天黑了,我净偷偷跑到那坟园子,躲在松柏树林子里,看你练,你那两手比画着,转八字似的走弓箭步,练的是什么?你那往带去的草席上盘腿一坐,挺腰闭目,又练的是什么?……"

仲哥很是吃惊。他奔三十的汉子了,自然听出了雷秀花的话外之音。他这才朝雷秀花细望,雷秀花新在理发馆剪了头发,洗得干净,吹得匀称,虽说是最朴素的短发,可左边一绺单用红绒绳系了几圈,把丰茂的头发衬托得越发乌黑可爱;雷秀花细细地用香胰子洗过脸,面颊红喷喷,眼睛闪闪亮,一对滋润肥厚的红唇,启动间闪现着里面刷得很干净的牙齿,穿一件小碎花的衬衫,露着健壮的脖颈,衬衫里双乳成熟地挺起,整个做派爽朗活泼,有一种不可抗拒的吸引力……

仲哥晃晃头。有点晕。他后悔喝多了,尤其不该啤酒白酒掺一块儿喝。

雷秀花又笑吟吟地跟他说:"我坏着哩!这些日子,我还老盯着你嫂子!见她买菜去,我就也挎个篮子,跟着去买菜;她去百货公司,我就也去百货公司,见她是为你们哥儿几个买圆领衬衫,我就过去帮她细挑,买一件不容易是不?得挑那机织时候没有漏针、边上轧得细密的,有的号大,可不够长,像你的身板,说是一百公分的就行,可短了多难看,就得在一百公分里头,挑那长的;你今儿个穿的,许就是我有心有意帮你挑上的那件……我跟大嫂一路走一路聊,就知道你是个仁义到底的小叔子,因为上头哥哥嫂子侄儿子一时还分不到房,下头还有一个妹妹一个弟弟没成人,所以你先不考虑成家的事,也确实还没有姑娘家近你——你家那个条件,那些个玻璃眼珠子也都瞧不上;可你也老大不小了,你心里头……"

听雷秀花说到这儿,仲哥站了起来,有点不稳,他用手扶住了桌子。

雷秀花便过去扶他。热腾腾的身子,挨上了他。雷秀花那颤巍巍的乳房,摩擦着仲哥健壮的胳膊。

雷秀花便用手紧搂着仲哥身子,下巴颏点着他肩膀,颤声地说:"仲哥!我给你!你要了我吧!咱俩……合理合法!结了婚你就搬过来,你家也松快……我能伺候你好好的!你怎么着我都行!"

仲哥活了这么大,还是头一回有一个成熟的异性身体,这么样紧密地贴靠着他,并且是那样地心甘情愿,那样地并不包含着罪恶和阴谋……

雷秀花用一只手，热情奔放地摩挲仲哥的二头肌、小臂，一直到手，仲哥那只手，不自觉地握住了雷秀花的手，雷秀花趁仲哥一侧身，滚进了他怀里，她迷乱地把嘴唇贴到仲哥结实的脖颈上，喃喃地说："给！给！给你！谁也拦不住！谁也说不着！我给你，你要了、要了我呀！"

仲哥却把她推开了。推得绝不粗暴，甚至相当缓慢，但极为坚定，以他那练过武术的力量和技巧，使雷秀花无法抗拒、无法突破；雷秀花想重新扑到他怀里，他握住雷秀花两只手，把雷秀花控制成不能贴近他身体的状态，雷秀花满眼情爱的火焰，顿时被失望的烟雾笼罩；仲哥直视着雷秀花，觉得心里异常清醒，他诚恳而直率地对她说："不。不成。咱俩不成。我原来从没想到过。现在遇上了你这样，我得告诉你这样不成。不为别的什么——你听着，我不能让别人，还有我自己，把我原来为你爸、你妈、你姐，还有你，你们全家，所做的那些事，今后全看成是为了图这么个结果。"

雷秀花听清楚了，却全然不能理解。她抗辩道："那有什么！你……你不爱我么？我觉得，你也爱我！就是你不爱我，我爱你，我也没有罪是不？你干吗让我受罪呢？我知道，你还没得着过别的女子的爱，你需要，你缺这个，我给你，你为什么不能要？人家说什么，就让他们说去！关我们屁事！……我知道，我懂，婚前干那个，不好，你放了我，我老老实实的，我听你的，我依你的，你说吧，什么时候，正式办事儿？正式结婚了，我再把自个儿整个地给你，好不？你知道我没给过别人，也不打算再给别人，我给你给定了！你放开我手，我不闹了，我等着，等着你来要我！……"

仲哥放开了手，雷秀花果然没再扑过去。她眼睛仍然火烧火燎地望着仲哥。

仲哥依然直视着雷秀花的眼睛，挺直腰板，更明确地说："我谢谢你的心意。今儿晚上的事我一辈子不会跟另外的人说。你是个好女子。可你得死了心。我仲哥就是这么做人——我不能让别人那么想：我帮助你们家是为了图这个。就算别人都不说，我自己也不能经受那个想法——到头来，我帮助人家落了这么个好处。"

说完，仲哥就跟她道声"再见"，拨开门插销，走了出去，还轻轻带上了门。

……仲哥真是那么个有义无情的人！雷秀花后来又从仲哥大嫂那里试探过，绝无希望！怀着一种突破孤寂的需求，掺杂着对仲哥的一种报复心理，雷秀花在那一年年底结了婚，招赘入门了一位汽车司机，那便是现在外号瑞宾的父亲。仲哥直到瑞宾都长到七八岁时，才结了婚。他们后来见面点头招呼一下，似乎全然没有过那么多难忘的往事，特别是那么一个身子紧贴身子的夜晚……

没想到前些天同住一个居民区的小万把单位的奥迪牌小轿车丢了，窃贼作案地点就在居民区中，并且雷秀花的儿子瑞宾牵连其中，大有嫌疑；小万找到仲哥，让他给拿主意；仲哥先是分析，有三种可能，一种是瑞宾那晚把旧沙发撂出来，使小万不得在那块空地停车，确属偶然；另一种是大葱什么的并没向瑞宾交底（或者大葱也还不完全知底），只是唆使他把沙发扔出来，"帮个忙"，给他一些好处；最后一种可能，则是瑞宾参与了窃车行动，陷入很深。经一再询问各种细节之后，仲哥对小万说，现在几乎没有任何能把瑞宾定为第三种情况的证据。他劝小万一定要冷静，不要像古代寓言里的那个"亡斧者"似的，同住斜对门的瑞宾和他母亲关系搞得那么紧张。关于如何破案，仲哥又给小万出了很多主意。

小万走后，仲哥心里很不平静。雷秀花的丈夫头年出了人命官司，下到牢里，瑞宾中学毕业后没个正经职业，听说在前门外给个体户当"托儿"，那能混成个人样儿么？如今瑞宾又牵连进一桩窃车案，雷秀花精神很受刺激，听说常倚在门口，哭哭骂骂；这家人又到了该帮助的时候！于是，第二天，仲哥找个机会，在离居民区不远的农贸市场，有意地"遇"上了雷秀花，他主动过去招呼雷秀花，并把她引到一株大槐下，面对面地站定后，坦率地向雷秀花讲了他的一些想法："……看来小宾子，还是蒙在鼓里的成分居多；只要他没直接参与窃车，过失就不大；这孩子别让他当'托儿'了，你要放心，我把他介绍进我们工程队。如今工程队没年轻的愿意来，来的也都是农村的，城里的难有一个半个，苦是苦点，可有我，我准让他戒掉染上的那些个坏，学好，上进；如今我们修路也越来越讲究机械化，他高中毕业，肚子里水多，可以学技术，将来可以当技术员、工程师，前途该比我这样的老师傅好……关键是他确实没参与窃车；你回了家，别犯急，细细地跟他谈心，问个明白；他让人利用了，许是真的，可现在及时地摆脱，还来得及；至于担心那伙子坏蛋报复他，逼他，大可不必，有我呢！你问出个水落石出，到我家找我，我家人多；你那儿我去不方便。你看怎么样？"

雷秀花心里翻涌着一波又一波的感动。心爱的人儿！二十多年过去了，我心里头真爱的，其实还是只有你一个！真疼我，真帮我的，到头来也是只有你一个！……

雷秀花终于从儿子那里套出了全部真相。她要去跟仲哥说，但她不去仲哥家，她等到夜幕落尽，这才一个人悄悄地走向那柏树环绕的坟园，她知道这时候仲哥准一个人在那儿练功！

仲哥啊，你能容我到这地方找你么？你能听我说个够说个透么？……

雷秀花站在那居民区和坟园之间的田坎上，如一具雕像。远处是些闪着点点灯火的高楼。风把火车驰过的声响传送过来，更让雷秀花思绪翻涌不息。又一阵轻风，流过她的身体，又仿佛有许多无形的手掌和食指，抚摸着她，探究着她，似乎在惊叹：这不是冰冷的雕像，这个热乎乎的躯体，多么充分地体现着活生生的肉和颤巍巍的魂交织成的神秘啊！

19

一开门，蒲如剑眼睛一亮，呀，难道这是简莹吗？

简莹的发型已绝非"蛇妆"和"乱妆"，但也不是"妹妹头"，而是像男孩子一样的"弟弟头"，穿一件纯白底子蔚蓝条纹的海军衫，一条灰蓝色水洗布长裙，脚上一双白色的运动鞋，什么耳环、项链、眼影、假睫毛、唇膏全免，一副天真烂漫、纯洁无疵的模样。

蒲如剑心想：这该才是你的本来面目啊！

蒲如剑把简莹领到自己的屋里看画。那幅《青春的门槛》已进入到着色的阶段。他不想作任何解说，他希望审美者自己领悟。

没想到简莹望了望便说："这样的画，谁买啊！"

蒲如剑的心像被鼓敲击了一下。但他的心不是鼓。他闷声不响，却感到很痛。

简莹在屋子里转来转去，摸摸这，碰碰那，最后自动坐到折椅上，随后又跳起来，弯腰仔细观察一下，看有没有弄脏衣服的东西，觉得没有，才又坐下。然后就仰头对仍旧站着的蒲如剑说："你真想一辈子搞画儿么？那你干吗不出去？窝在这儿，考上大学又能怎么着？出去天地多大，机会才多哩！"

蒲如剑双臂抱在胸前，稍息姿势，一只脚轻轻打着拍子，兴致不高地说："你是说出国？我哪有条件呀！也没有路子……"

简莹眉毛扬了起来："你没路子？你爸老出国，交换学者，在美国一待就是八个月，还去过别的国家，该认识多少人，建立了多少关系！你要算没路子的，中国人里头那就没几个能算有路子的了！"

"你不知道，"蒲如剑解释说，"我爸是认识一些人，可没有过硬的关系，没有血缘亲，也没有特别磁器的朋友，谁给经济担保呢？……再说，我大学还没上成，托福更八字没一撇儿，就算有经济担保，人家哪个学校能录取我呢？"

简莹便门儿倍儿清地侃侃而谈："那倒也不一定。我都弄明白了，只要有经济担保，那边有个学校给个录取通知——不一定是正规的大学，语言学校什么的都行，这边公安局就能发你护照，这都不难，难的是人家那边的签证，像美国，你到秀水东街美国领事馆前头转转去，打听打听，就能知道，动不动说你有移民倾向，拒签！其实说白了，十个往美国办的人，起码七个就是打算去混绿卡的，不是不回来，是要以美国居民的身份回来，探亲、旅游、讲学、开会、谈生意……美国人不傻，知道这个，所以如今你就是经济担保、托福成绩、录取通知的什么都齐全了，可一看你没得着全额奖学金，半额的都不给你签！难着哩！日本也难。澳大利亚原来最容易，交上一笔钱准行，现在行情暴涨不说，签证上也卡得紧。可人不能只有一个心眼是不是？多几个心眼，就多出几条路。现在不一定非往自费留学上头想。美国、加拿大、日本、西欧、澳大利亚都不成，还有别的地方呀！比如拉丁美洲，秘鲁、玻利维亚、伯利兹、苏里南……如今都有人去，只要那边有关系，给发邀请信，作担保，在这边办旅游签证，一点都不难！那些个国家的领事馆,有的也是见钱眼开,我听人说过,有那么个领事馆,国名就别提了,办签证的领事公开地向你索取'手续费',说是二百美元,你给他二百美元,他就给你往护照上签,你不给,他就摇头说'NO(不行)',你给他的那二百美元,他就公开地往坐椅边上显然是他私人的皮包里一扔,绝不给你开收条!可二百美元就二百美元,有了那签证能出去是真的!……"

蒲如剑再一次感受到简莹比自己早熟。但早熟的苹果未必香甜,听简莹这么一捋行情,蒲如剑更感到惶惑,他一瞥简莹身后自己那幅未完成的油画,痛感那画构思上的肤浅——为什么门洞外要用强逆光来表现?似乎迈出那个门槛便能沐浴上一派的人世光明;门洞外也许应画成一派浓雾,那在浓雾中转身召唤门洞内友伴的少女,脸上应有更复杂更暧昧的表情……

简莹谈兴正浓,意犹未尽,继续侃出国经说:"……用旅游签证到了那些地方,只要你磨得开脸,放得下架子,心眼儿活,双腿不拾闲儿,双手勤快,打工养活自己很容易,得着长期居留权也不难;有了长期居留权,那就活泛了,有的拉美国家,与美国、加拿大有相互免签的领事协定,那混进美国、加拿大就容易了,买张飞机票飞过去就是了!当然美国、加拿大那些个富国移民局防得很紧,而且据我知道大多数拉美国家的人进入美国、加拿大和西欧、澳大利亚,跟咱们一样的难;可那也总比窝在这儿强!我就知道有个拿着玻利维亚护照的人,是个女的,比咱们也就大上十岁,其实才从这儿出去五年,她就从玻利维亚转到香港,在那儿登记注册了一个公司,转过头就飞回来成了外宾,地方上大大小小的干部全鬃着她,顿顿宴请,天天游览,坐下来一谈判,她就成了投资一方的外商,很快就上马了两个合资项目,她其实也是帮外头的大公司牵线,她那名片上的公司头衔虽说确实注过册不能算假的,可她本人并没什么资本,她那公司地址其实就是她在香港的住处,整个儿是个皮包公司,但合资项目一签,她两头拿佣金,三下两下成了大阔人;你看,出了国就是不一样,'朗朗高空任鸟飞,泱泱水阔凭鱼跃'——这是电影《舞台姐妹》里的两行字幕——我看用在这儿最合适!个人施展了才能,发了财,过上了美满的生活,这边的政府也满意,因为你支援了'四化'建设,报上能给你发文章,说你爱国,了不起,你帮着拉纤的洋公司也满意,因为你对中国门儿清,不像他们那样,他们自己跑过来往往不得要领,不知道中国是怎么个决策机制,还以为出面谈判的人就能把事情定下来呢,其实满不是那么回事儿,还有背后的领导班子,一把手、二把手什么的,还要在文件上轮流画圈儿,还要报上级主管部门批准,上头的部门又绝不止一个……跟你说'研究研究''考虑考虑',那八成是要黄,最起码十天半月定不下盘子,你可别傻等!跟你说'问题不大',你也别心里打鼓,其实他可能已经没有问题,要跟你拍板成交……是个中国出去又回来的'买办'就不糊涂了,那么多把手里头,谁是关键的一位,见两回心里就明白了一多半还并不是花瓶似的头把手,这样你就好在关键的那把手上下功夫;什么现金、家用电器的贿赂,你可别来那一套,多半不敢拿,或者心里头确实不领情,认为你胡来,你会偷鸡不成反蚀把米,你也别冒那个险;什么小工艺品呀,签字笔呀,计算器呀,小礼品小玩意儿,你撒点也好,不撒也好,其实都无所谓,那你该怎么做呢?你要做的事只有一件;请那关键的人物组团出国访问,以考察为名嘛!就是只去趟香港也好;其实有时候很省钱,你发邀请,他们有了名目,来回机票什么的,他们可以公费报销……瞧,我扯哪儿去了,好像我跟那位玻利维亚女士一样,已经成为回国支援'四化'建设的爱国模范了!"

蒲如剑多少有点像被提住脖颈喂食的填鸭。那天在山姆叔叔快餐店,简莹一身妖艳的浓妆,却并没有跟他侃出国经,今天简莹一身纯情少女的淡妆,却忽然面对他黄果树瀑布般地倾泻出这么一通,这令他格外吃惊,但也渐渐并不怎样反感——毕竟,你同一个人交往,他对你坦率总是胜于对你深沉!

简莹跟蒲如剑,是高考双双落榜后才来往上的。在学校里,他们只是泛泛的同学。简莹比蒲如剑大一岁,因为她初中时曾因病休学过一年。蒲如剑觉得简莹对自己有一种说不清的吸引力。简莹的大侃出国经,使蒲如剑惊讶,也增加了蒲如剑对她的探究兴趣。

蒲如剑听简莹讲到一半时已经坐到床铺上,简莹讲完,他便双手撑住床铺,微仰着身子问:"既然你一心想出国,那怎么又考进这个大饭店里去呢?是想把那儿当成个跳板吗?"

简莹点头说:"可不。人总得骑着马找马。我原本也是打算上完大学,再考托福,联系奖学金,去美国的;现在我打算想另外的办法,实话说,找你爸,就是为了让他帮忙——你别这么样看着我啊,"简莹仰头笑了,"哈!你以为我是馁你行来了么?你放心!你爸当然把你放头一位,他要能把你办出去,他当然不会把那机会让给别人,比如说让给我;那机会我抢也抢不上,也不该抢,是不是?可也许,有的事情上,你爸倒只能帮上我,倒一下子帮不上你,只有通过先帮我,才能再通过我帮你……我也不跟你啰唆了,你爸呢?在吗?能带我见他吗?见了他,我跟他那么一说,你旁边一听,就全明白了!"

蒲如剑便挺直脊背,梗起脖子,一本正经地说:"那,你得先答应我一个条件!"

简莹咯咯咯乐了,用一方小手帕揩揩脖子,按按面颊,点头称赞说:"这就对了!你不应当放弃提条件的权利!你说吧!什么条件?"

蒲如剑:"你还要再来,就穿这身衣服,就这么个打扮,就坐这把椅子——你给我当模特儿,我要画张你的油画像!"

简莹很开心:"我答应!等我将来发了财,出了名,这张像我就把它挂在堂皇富丽的大客厅里!你要给我画幅大的啊!"

蒲如剑估计父亲午睡已起,便领着简莹去见父亲。

蒲志虔对简莹的头一印象果然很好。那不仅是因为她装束打扮得体,也是因为她在礼数上老到,并且谈吐极为爽朗大方。

蒲如剑让简莹看姚庆章送给父亲的那幅原作,简莹很内行地评论说:"超级现实主义的都市画派,把纽约的生活节奏画出来了!"蒲志虔很赞赏简莹的知识丰富和审美品味,蒲如剑心想,前些天在山姆叔叔快餐店里,简莹还根本不知道姚庆章何许人也哩,可简莹回去就能找资料或请教通家,到了这幅画前头能这么个气派,的确很不简单,她确实已是一枚泛着红晕的苹果!

三个人坐下来聊,简莹先是静听蒲志虔讲些美国风情,作些中西文化的比较,后来蒲志虔主动提及在美国做访问学者时,为一个合作项目还去过秘鲁二十多天,简莹便借机接过话茬儿说:"蒲伯伯,我很想知道,秘鲁跟美国之间,究竟有没有出入境免签的协议?另外,在秘鲁,像首都利马那样的大城市,如果只说英语,不说当地的西班牙语,能不能应付日常生活?利马有没有华人聚集的'唐人街'?……"

蒲志虔没想到简莹会提出一些如此具体的问题,他不由得反问:"听小剑说,你母亲是专门教地理的,她应该知道得很多呀!"

简莹解释说:"我妈教了一辈子地理,可她没出过国,国内也没去过几个地方,关于秘鲁,她知道得就更少了!"

蒲志虔带点打趣地说:"你问得这么细,倒好像你要去秘鲁旅行似的!"

没想到简莹的回答是:"是呀!是有这么个打算!我本来打算上完大学再争取去美国留学,现在中国的大学都没考上,去美国,留学还有什么戏?所以我打算不走自费留学的路子,走对方邀请、经济担保、短期探亲的路子,办旅游护照、签证,那么样地出去,出去了再想办法留在那儿,能上学当然要上学,拿学位,实在上不了学,我想也有别的发展自己的路子……可我们家在美国没有过硬的关系,您知道我姥爷爷吧?以他为本位算,我有个堂舅在旧金山,就是我姥爷弟弟的儿子,我妈妈的堂兄,倒是挺有钱的,也愿意让我去,可您想按美国移民局的规定,我跟他的那个关系真是够远的,说是去探亲,一定会指出我有移民倾向,不给我签证的;还有个姑婆,就是我姥爷爷的亲妹妹,我妈妈的亲姑妈,她可是在秘鲁,在利马,我们已经通了几次信,联系好了,她愿意让我去,估计签证也没太大问题,可我妈跟我都很犹豫;像问您的问题,为什么不写信直接问她呢?怕她不高兴,看出我有拿她那儿当跳板,往美国舅舅那儿跑的意思……您瞧,我把什么都告诉给您了,您别笑话,我现在就是每天都盼着快点登上越洋飞机!"

蒲志虔虽说早已感受到社会上有一股出国热,对蒲如剑的前途,自己的头脑也不是没往那个方向热过,但像简莹这样一个才二十岁冒头的姑娘,大大方方直言不讳地跟自己面对面地喷发出这么强烈的热气,心灵上还是感受到一处难以言喻的震撼。他先耐心地尽其所知回答了简莹的那些问题:"从秘鲁进入美国,好像不能免签;利马的一般市民,你跟他们交往还是得说西班牙语,只有受过高等教育的知识分子才懂英语;还有些居民连西班牙语也不怎么说,说一种克丘亚语,也算官方语言之一,那更得专门去学才行了;利马没有哪条街称得上是唐人街,当然有华人多一点的地方,但所谓华人,成分很复杂,不少是从越南、柬埔寨、马来西亚、菲律宾、印尼那些地方去的华侨或混血儿,还有从台湾去的,据我所知,大陆去的在当中目前还只是少数;到华人餐馆或越南餐馆、高丽餐馆打工,机会还是有的,不过很苦;秘鲁的钱称为索尔,不能随便到银行兑成美元,可以到黑市上去换;利马给我的印象还是不错的,市容美丽整洁,雨水少,但空气还不算怎么干燥,不冷不热的日子很多,一套牛仔衫足能对付过去……"说完这些,蒲志虔问,"秘鲁离中国可是很远很远啊,你小小年纪,又是个女孩,真敢去那么个异国他乡闯荡么?"

简莹两眼闪闪放光地说:"那有什么!越远才越有意思!我都打听好了,从这里去利马,要先飞往伦敦,在伦敦希思罗机场转机,飞美国纽约,再在纽约肯尼迪机场转机,飞美国的迈阿密,再从迈阿密飞玻利维亚的首都拉巴斯,拉巴斯已经在利马南边了,可联程机票就那么卖给你,让你从拉巴斯再飞利马,然后在利马机场入关;因为是用旅游探亲的名义去,所以买机票时,明知道你去了不一定回来,也规定你要买双程机票,双程就双程,到了那儿,想办法把损失再赚回来就是了!"

蒲志虔便问:"小姑娘,你能不能坦白地告诉我,你究竟为什么要向往那么样地飞、飞、飞?为了赚钱发财?为了过外国人的生活?"

简莹坦然地说:"那倒不是最主要的。最主要的是我想跑出去见识见识世界。"又说,"到秘鲁究竟还不甘心。听说巴拉圭、伯利兹那些地方,可以免签进入加拿大,不知道从秘鲁进入巴拉圭、伯利兹那些地方,是不是方便,第三世界国家的海关,多半给钱他们就放行,那样将来我就可以转往加拿大,再想办法转美国……"

"到头来,你还是想去美国,"蒲志虔感叹地说,"如今多少人都想往美国跑啊!"

简莹点头:"可不!您大概还不知道吧?现在有一股小小的热潮,就是通过在日本的亲戚朋友,往塞班岛办,赶着办的人也许对着地图,连塞班岛在哪块都指不出来,可有一条他们门儿清:塞班岛原是美国托管地,过不了多久,就不算托管,而正式并入美国了!所以去了塞班岛,不就等于去了美国吗?趁美国移民局没理会,赶快往那岛上去!我是没一点亲戚朋友能帮那个忙,要有,我就不打秘鲁的主意,就也奔塞班岛去了!"

蒲志虔受到更深的刺激。他没想到现在有的年轻人的思路已经活泼到这种地步!他忍不住说:"为什么都往外头跑啊!连塞班岛那样的弹丸之地也热火朝天地奔?为什么都想一去不回头啊!"

蒲如剑尽管头里已经听简莹侃了一些出国经,但到父亲书房旁听后还是感到有新的心理冲击,他看出父亲在承受这种冲击上比他更少经验,便爽性从旁进一步加重冲击说:"您以为人家真是一去不回头么?才不呢!要是能立马取得那边国籍,或者取得居留权,有了'绿卡',那人家可能掉转头就回来哩!当外宾,当外商,当国际友人,而且,更妙的,是当被报纸杂志登照片发文章歌颂的'爱国人士',因为早有那么一个逻辑:看,人家到了外国了,那边生活条件那么好,人家还是回中国来,为中国'四化'出力,说家乡菜好吃,家乡山水美,家乡人热情好客……其实,他们不过是把洋人投到中国的贷款,再帮着洋人加倍地赚回洋人的腰包里去罢了!"

简莹并不觉得这话有讽刺的意味,或者有所感觉而并不在乎,乐呵呵地拍手说:"对对对!就是那样!我很可能就是那样!到时候我回来住王府饭店,我请你们全家到王府饭店吃餐!"

蒲志虔有点哭笑不得。

简莹却又把话题拉到正题上:"蒲伯伯,我求您,在我真的飞往秘鲁之前，把您在秘鲁认识的人，他们的姓名、身份、地址、电话，开一张单子，提供给我好吗？我不会胡来的，您放心，我知道跟外国人该怎么打交道；可我确实也希望能从我姑婆以外，再得到一些帮助，多一个关系多一条路，多一个电话号码多一分运气啊！"

蒲志虔真觉得眼前不是位黄花闺女，他又惊讶又佩服，又感慨又惶惑……

家庭主妇下班回来了，她刚往书房一探头，简莹便起身迎出来，甜甜地招呼她："蒲伯母！您下班啦？"

蒲如剑的母亲听蒲如剑说过，有位女同学简莹下午要来，一见简莹那素而不俗的妆扮和落落大方的做派，便觉得清丽可爱，简莹不是叫她"阿姨"而是称作"蒲伯母"，也体现出一种超出一般市民家庭的教养，便热情地回应说："你简莹吧！多玩会儿啊！就在我们这儿吃便饭吧！"

简莹过去，接过蒲如剑母亲手里提的一大兜顺路采买的蔬菜食物，代为搁放进厨房，却明确地说："谢谢您！我妈让我一定回去吃饭，我再待一小会儿就告辞。"

"那就吃点果味冰激凌吧！"蒲如剑母亲说，"我买了好多！"

后来蒲家三口和简莹坐到一处吃冰激凌。蒲如剑母亲知道简莹是方天穹的女儿，想起方天穹的惨死，不禁油然生出许多同情，闲谈中便委婉地问："这些天里，常想你父亲吧？那可真是个人才啊！"

简莹微微一笑："我父亲又没出差在外，天天见着，想他干吗？"

蒲氏夫妇不禁先相对一望，又都望望蒲如剑，最后又都望着简莹，很是惊愕。

简莹便坦然地说："我父亲姓王，是商业部的干部，跟我妈结婚八年了。我们相处得很好。要说人才，那他也真是个人才。他书法特别棒,别看是业余的,他有十几件狂草作品入选了全国性的展览,刊物上也发表过他的书法,还有他的照片和文章……"

蒲如剑也是直到这时候才明白,简莹从法律上、道义上和感情上,都是同这位继父认同而与方天穹脱钩的,怪不得这些天她没显露出对方天穹的遇难哪怕是小小的悲痛。

简莹爽性进一步挑明:"伯母您想问的,是方天穹吧?他死了,很可惜!可对于我来说,他说不上是我的什么,他十多年前做的事,您们都知道……当然,现在我是他的遗产的合法继承人之一,我应当享有我那一个份额,我不放弃!"

蒲家老少三口对眼前这位年轻的女士都不禁刮目相看。

冰激凌还没吃完,门铃一阵乱响,只有做派风风火火的人,才会这样揿铃,要么简直就是来了打家劫舍的强盗,蒲如剑跳起来跑过去开门,门一开,鲍管谊就钻了进来,他额头汗津津的,提着一只沉甸甸的箱子。

鲍管谊进门就嚷:"真是学雷锋、做好事!把我累的!蒲兄啊,给你送货上门来啦!咱们是服务到家啊!这电脑,什么便携式,还不是死沉死沉的,携而不便!你就搁在台面上用吧!固定使用肯定错不了!唉哟快给我倒点冷饮怎么样?可口可乐雪碧都行!……"他那副模样,绝不像两年多没上门的生客,倒仿佛昨天才刚刚来串过门。

蒲志虔多少有点意外:"不是约好电话里敲定了再麻烦你送来吗?"

鲍管谊笑嘻嘻地说:"你这人!当今什么时代?容得了你那个老驴破车的决策机制!快,先拿冷饮伺候我是正经!"

简莹便赶忙告辞,蒲如剑送她出去。

鲍管谊瞥见了简莹,心中一警,心想,这不是方天穹和简珍生下的那位女公子吗?怎么会出现在这儿?……

但对鲍管谊来说,首要的还是落实将匡二秋的国产电脑推销给老同窗老朋友蒲志虔一事。

20

鲍管谊去匡二秋家取电脑之前,给简莹的母亲简珍打过一个电话。

鲍管谊在进入使他兴奋不已的社会层面以后,努力地编织各种有用的社会关系,简珍对他来说,本是无用的,当然他听到许多关于方天穹当年同简珍的种种轶事,比如宫自悦那个方天穹抓住简珍头发往墙上砰砰撞头的版本,他就既"精读"过也"发行"过,但那只不过是茶余饭后的谈资而已;方天穹当然必得上赶着去结识,那是一大名流,简珍是业已被弃置一旁的团扇,何况已然破旧,当然不必交往,但后来鲍管谊拉联谊会,搞活动,常求助于书法界人士当场挥毫,以壮声容,便一来二去地找上了简珍后来的丈夫老王,老王虽非专业书法家,更非大名流,但毕竟也小有了名气,作为一种搭配,亦不可少,这样,当然也就同简珍有了接触,对她的女儿简莹,也留有印象。虽如此,鲍管谊以往打电话给简珍家,即使是简珍来接,他也绝对无意与她对话,只是烦请她叫一下老王。但最近几天,鲍管谊却给简珍打过两次电话。

第一次约在两天前,打得颇长。简珍接电话后,听出他的声音,对他说:"老王到院子外头散步去了……"他却一反常态地提高声量说:"我找的是您,简珍同志,今天我倒没事情麻烦老王,我是有事情要跟您反映……"

简珍不禁吃惊。这位姓鲍的要跟自己反映什么?

只听鲍管谊在那边说:"是这样的,我听说方天穹留下一部长篇小说稿子,国内外都有出版社要出版,小说题目叫《蓝石榴》,是用当年跟您离婚那段事当素材写的,自然,对您的描写很那个;又听说这部手稿,有两份,一份在夏之萍手里,还有一份,在一位叫欧阳芭莎的女士手里,您听说过这人吧?当然,谁不知道她呢?您自然知道社会舆论对此人是怎么个评价……现在据说夏之萍考虑到小说内容太那个,决定不予出版了,那小说对她,也没什么好的描写;可欧阳芭莎呢,却执意要马上出版,据说出版时扉页还要印上'献给欧阳芭莎女士'的字样,您是聪明人,一听就知道是怎么回事了吧?这事,我听了,觉得有义务转告给您,您是一个弱者,总是受人欺侮,现在方天穹死了,还能让那稿子再欺侮您吗?怎么办?我想您一定能想出办法来,制止欧阳芭莎那么干,比如,您就可以用简莹的名义,向欧阳芭莎索回那份原稿,因为她是方天穹遗产的合法继承人,自然有权决定方天穹遗稿的出版事宜,欧阳芭莎有什么权利?当然,这就得请律师,打官司,官司必赢无疑,可恐怕很费时间;我倒有个建议,冒昧地提出来,供您参考,您无妨给匡二秋同志打个电话,匡二秋,您当然知道,也见过的,为什么要给他打?因为听说欧阳芭莎,要到他手下当外事处负责人,您想这么个人,这样的品质,干那个合适吗?您吁请匡二秋同志,要么别让欧阳芭莎去,从道义上支持您和简莹,要么,就利用他的影响,劝欧阳芭莎把整部手稿,交还给你们,至少要放弃擅自出版的计划……简珍同志,咱们素无交往,只不过因为我找老王,偶有接触而已,所以这个电话,真是非常冒昧,我实在是出于看不过去,也可以说是出于正义感吧,才打这个电话给您,您可千万别泄露出去,说您得到的这些个信息,是我提供的,说实在的,将来就是欧阳芭莎什么的上门找我算账，我也不能承认的！……"

简珍听了非常震惊、非常感动，当即表态说："谢谢您！要不是您告诉我这些事儿，我让人坑了还蒙在鼓里！我怎会把您说出去呢？我当然要跟那个欧阳芭莎打官司！我当然要给匡二秋同志打电话！您能把电话号码告诉我吗？他要问我，我就说从电话局查号台问的！……"

这天鲍管谊第二次给简珍打电话，内容很简单，只是问她给匡二秋打过电话没有？简珍回答说："打了。匡二秋同志很吃惊，说闻所未闻。又说调欧阳芭莎当外事处长的事并没定准。他问了我：你怎么知道关于欧阳芭莎调动的消息？这是很内部的事。我告诉他，是欧阳芭莎自己散布出来的，我辗转听说了，当然可以向你们单位反映情况。他也就没说什么。可是他一开头就表示，关于方天穹小说手稿的事，他们单位和他本人都不宜表态，更不宜干预。"

鲍管谊听了，心中很是满意。他把从宫自悦那里听到的一些信息，揉面团似的揉成了这么一堆，揉完了又抻，抻完了又加上不少作料，一烹一煮，推动简珍给匡二秋打了电话，那么，不管匡二秋原来是不是真要把欧阳芭莎调去当亲信，面对着两位爱过方天穹又恨上方天穹的女性对欧阳芭莎的纠缠，他肯定会放弃掉那个打算。妙极了！

撂下这个电话，鲍管谊便去匡二秋家取电脑，匡二秋忍不住跟他提起关于方天穹遗稿的事，说现在世界上的事情怪了，三个女人争夺一部遗稿！又说那《蓝石榴》的书名不知是个什么象征？石榴怎么会是蓝的？他妈的那稿子印成书准定很好看，说不定很有些个高级性爱描写，像《红楼梦》似的，明明有"王凤姐毒设相思局""贾天祥正照风月鉴"，以及多姑娘、鲍二家的等等污秽描写，可如今无人不夸赞其好，谁也不主张删去那些细节！……鲍管谊却恰到好处地装成不是对此话题不感兴趣，而是没有时间议论电脑以外的事情，只风风火火的忙着将电脑装箱以便送往蒲家，使匡二秋做梦也想不到，简珍那电话是他唆使的结果。

21

地下铁出入站的阶梯很高，没有一百级也总有八十级；有的站口根本没有滚梯，有的总算安置了一架，却只有上行没有下行，开梯时间本来不长，中午还要休息；不知当年设计时是怎么考虑的，大概认为老弱病残都没资格搭乘地铁，而来搭乘地铁的乘客必都有登山健身的兴致吧！

简莹以活泼的步伐，呈轻盈跳跃的姿态，一口气跑下了那长长的阶梯，她不必考虑成为老太婆的时候如何上下那长长阶梯的问题，因为她要飞、飞、飞、飞到公共场所到处有滚梯提供方便的地方去。

一进入地铁站台，简莹便看见了王逸。

王逸是个瘦骨伶仃的青年男子。他的形象在那地铁站来往的人流中显得特别古怪。他推了个光头，头发楂儿不到半厘米长，却蓄着胡须，胡须质量不佳，尽管蓄了很久，仍旧稀疏，而且有点发黄；他喉结和锁子骨都很突出，穿一件素净的白衬衫，穿一条混纺的蓝长裤，脚上一双塑料底黑布懒鞋，手里提着一只陈旧的没有花纹的草编包，草编包里露出些青菜。

王逸直立在站台上，不像在等车，倒像在参禅。他微合着眼皮，微翕着嘴唇。

简莹便跑上前去招呼他:"哥!"

王逸睁开眼睛,一见是简莹,微微一笑,回应说:"小莹!巧。是个小缘分。"

简莹便要帮他提那草编包,弯腰看,评议着:"又是一兜子草!"

王逸客气地拂开了简莹伸过来的手,蔼然地说:"今天小缘分很多。遇上了这种生菜,我买了十头。给你们三头,很好的,吃了肠胃清净。"

简莹便随他去,同他一起等车。

简莹管王逸叫"哥",其实,他们既不同母,更不同父。

方天穹遗弃简珍和简莹之前,简珍的父母已相继去世,原本他们能住那么个漂亮的四合院,全赖简珍父亲的民主人士身份,简珍父亲去世后,简珍母亲还在,有关部门就还让他们住在那儿,但过了没多久,简珍母亲也去世了,有关部门就来跟他们商量,要另外给他们房子,当然会比给一般干部分配的要多许多,比如说,在西三环以西的新型居民楼里,给他们三个二居室的单元,或两个三居室的单元,他们搬那儿去,四合院收回,以备安排新的民主人士头面人物入住。那时候方天穹恰同简珍闹离婚,一来简珍不愿住高楼而留恋胡同院落,二来不愿得到多个楼房单元后让方天穹占到便宜,便提出来请另在城区找小的院子换给她家住,后来有关部门就给她找了现在所住的这个小院子,已经谈不上"四合",只有三间北房、三间南房,东西全是院墙,院子也很小,但房屋质量不错,北房还是地板地,一律灰顶玻璃窗,此外还附有挺宽敞的厨房和带抽水马桶及浴盆的卫生间,还同意在他们入住前给安装上土暖气,简珍去看过一回便立即同意了,方天穹当然不好意思也不愿搬去同住——倘分的是各自独立的楼房单元,方天穹倒是打算入住其中之一的——后来简珍终于同意离婚,条件是

113

方天穹放弃住房权和一切财产，并且简莹归自己而方天穹要负担其抚养费至她十八岁。人们都议论说方天穹是被简家扫地出门了。夏之萍对此却拍手称快，她说越彻底地决裂越好，省得藕断而丝连！方天穹也义无反顾，他用离婚后很快又挣到的稿费，加上夏之萍的个人存款，提前一次性付清了给简莹的抚养费，从此同夏之萍另筑香巢，过上别有一番滋味的新生活。

人们大多以为简珍从此要陷于一种寡居的凄凉境况。没想到同方天穹离婚一年多以后，她便也重新结婚。她现在的丈夫老王是商业部的干部，中年丧妻，鳏居数年，同简珍重缔姻缘后，将原有的住房让给大儿子以便结婚成家，自己带着小儿子王谊入赘到了简家小院。很快地传来了他们一家四口过上和谐安宁康乐稳定的小日子的消息。老王是个面团团的胖子，必得到专卖中老年特体服装的地方才能买到合适的衣服，脾气特别地好，就连睡觉的时候也保持着一个蔼然可亲的笑容；老王还极善理家，北房三间，一间卧室布置得温馨爽净，一间客厅布置得典雅舒适，一间夫妻共用的书房则布置得书墨交香——临窗是老王施展书法的大案，文房四宝虽非一品，也都购自琉璃厂等处，"师出有名"；院落里，老王还带动全家栽花种草，春天，院东一株紫丁香繁花怒放，香气溢出院外；夏天，南北墙面上布满美国爬山虎，层层绿叶密密相叠，满院生绿；秋天，院西一架玫瑰香葡萄硕果累累，伸手可摘；冬天，东北角的一丛竹子，西南角的一株松柏，虽说不上青翠健壮，却也显示着一种岁寒中的温情；此外还有许多的盆花和直接植入地下的草花，随季随时，都有开放，姹紫嫣红，鹅黄粉白，轮流点缀着这小小的安乐窝；老王还善烹调，经常洗手入厨，烧出松鼠鱼、香酥鸡、栗子白菜等在饭馆中有正经名号的菜肴来，全家围坐一起，吃得好是开心！

有那茶余饭后惯会闲磕牙的人，比如宫自悦，就这样议论过："简珍是'塞翁失马，焉知非福'，听说那王胖子跟她，如今过得有板有眼、有滋有味！"

这类的议论传到方天穹、夏之萍耳中，夏之萍不过只是撇嘴，方天穹就刻薄到底地在枕边对夏之萍说："什么板眼，什么滋味！我弄文学的，什么不懂！简珍我太清楚了，整个一个病态的性冷感，后来与石女几无不同！而那位老王，你想想他那个体态，那个双下巴，那个鼓肚皮，我一眼就能看穿，早就阳痿，早就丧失了性生活能力！一个天聋，一个地哑，守作一处，不过是万分无奈，一丝补救罢了！所以说中国人常把夫妻叫作'老伴'，不过是各自找个伴儿，一处吃喝拉撒睡罢了，至于性快乐，对不起，既不懂，也不会……他妈的那叫哪门子夫妻？哪门子幸福！"说着，便动手动脚，对夏之萍一系列地撩拨和挑逗，弄得夏之萍又滚又踢，又笑又痒，方天穹还说："他们就算做爱，也绝不懂得什么叫技巧，什么叫风格……他妈的可怜的中国人，生倒是一窝子一窝子地生……"

夏之萍至今回想起来，同简珍加以对比，还很自豪。一个女人，守着个老王那样的面团，有何乐趣！

简珍对方天穹并未泯灭的爱以及越来越坚硬的恨，在方天穹遇难以前，她都掩藏得很深。她对与老王所架构起的新生活，总的来说确实心满意足。

老王带过来的王谊，比简莹大三岁。王谊长得像他原来的母亲，瘦高，文静。王谊很快地就与简珍、简莹认同，叫简珍"妈"，叫简莹"莹莹"或"小莹"，相处得毫无芥蒂。王谊和简莹，有几年里真有点青梅竹马的味道，当他俩在院子里追打嬉戏，或共坐在葡萄架下合看一本画报时，简珍和老王在书房里听到他们交织一处的清脆笑声，看到他们相叠在一起的青春剪影，常不免互相交换眼神，"尽在不言中"地微微叹息。两个老的怕两个年轻的生出那样的感情。尽管他们不同父也不同母，但既兄妹相称，倘若真发生恋情，乃至私下有不规行为，那么，小院的名声，就必然会被訾议得不堪入耳。

王谊高中毕业，报考的理工科大学，放榜时只考中了最后一个志愿学校，复验身体时查出肝功能不正常，校方准予保留学籍一年，简珍和老王都自责对王谊身体关注不够，怎么会出现了肝部的问题！可见家里的食谱光注意了口味，营养竟然欠缺！他们带着简莹也去医院查了肝功能，倒都正常，从此注意讲究饮食的营养，更特别敦促王谊多吃，以及加强身体锻炼。

说不清究竟是怎么一回事儿，也许是王谊在休学养病期间，看了一大堆关于特异功能、大气功师、周易详解之类的书籍；也许是王谊打了一张附近公园的年票，天天早上去那里参加气功班的练功活动……不知不觉之间，王谊发生了很大的甚至是根本性的变化。一年过去，到医院复查，肝功能已然正常，可以入大学学习，王谊在得到这个结论后，却对老王和简珍说："爸，妈，我决定了，不上大学，直接工作——我已经联系好了，去报考松下电器公司的显像管厂，当工人。"问他为什么，劝他不要如此，他只是静静地笑着说："我悟了。何必上大学？当个流水线上的工人，很好。"

他果然当上了那中外合资、日方经理管理的工厂的流水线工人。工作很累，上班时间要实打实地站着干八小时活，并且要搬动显像管，检查，凡需补焊的，要即时补焊；上厕所、喝水时间，都卡得很严，百分之一百的日本式管理，不能迟到、早退，也基本上不允许请假，请事假多了要被辞退，请病假多了也要被炒鱿鱼。但工资待遇很优厚，到目前，作为三年多工龄的技工，一个月他能拿到四百元上下的工资，每天早餐和午餐免费,早餐供应牛奶、大米粥、面包和馒头,还有精致的酱菜和果酱;午餐每人可选荤、素菜各一盘及一钵汤,主食米饭馒头随意吃,但一不允许带出餐厅,二严禁剩下不吃干净,一旦发现上述行为便有被开革的可能;每天一早上班时,工人进厂,日本经理带着中方经理及办公室人员在门厅内列队迎候,不住地鞠躬,不住地笑面招呼:"请多多关照!谢谢诸位了!拜托了!"

养病期间,王谊同父母妹妹分餐而食,病愈后,他主动提出来仍旧分餐。这两年,王谊有了更大的变化,他不仅同父母妹妹分餐,而且实行彻底的素食。在工厂吃早餐,有时供应鸡蛋,他放弃;午餐时,他总用自己的一份荤菜,换取别人的一份素菜;晚餐他从麻烦父母烧素菜,发展到自备锅勺自烧素菜,或者下班路上带些现成的素什锦,回来冲一碗清真方便面,就着吃。你问他是否皈依了佛门?他只是微笑,似颔首,又似表示:"并非那么简单……"

小院里的三间南房,一间作饭厅,一间王谊住,一间简莹住,不像三间北房那样,当中一个门进去,三间相通,而是每间各有自己的门。王谊那间,如今雪洞一般,少年时代所喜爱的那些冰鞋、羽毛球拍、四喇叭收录机、吉他琴、招贴画,或卖掉,或转送简莹妹,或竟爽性扔掉,如今就是一张床、一只装衣服的五斗橱、一张书桌、一个小书架、一把椅子。床上用品一律素白,就同医院的病床一样,五斗橱上除了一座正方形的闹钟和一面正圆形的镜子,别无他物;书架上只留有他认为最必要的书籍,其余的一概都处理掉;书桌上除了一个笔筒、一个墨水瓶,不写字时空空荡荡。整个屋子里唯一的装饰品,是挂在床头的一个卷轴式横幅,是烦请父亲写的一个大大的行书"逸"字。王谊自那"逸"字挂上后,便声称自己已改名为王逸,老王简珍从那以后也便顺着他叫他"小逸",简莹有时也叫他"逸哥"。

王逸做工的那个厂子,在去往天竺机场的公路一侧,每天上下班要换乘几次车子,包括一趟地铁,费时三个来小时;晚上回了家,他吃过饭,洗过澡,不看电视,也很少同家人谈天,只做两件事:或一个人待在他那雪洞里看书、沉思、入定,或一个人外出,去公园、河沿乃至奇奇怪怪的地方,说是碰撞机缘,见有那练武练功的人,先旁观,次模仿,后来就上去攀谈、求教,有时遭冷遇,碰钉子,有时得人家一二指点,有的则建立起一种联系,相约后会的时间和地点,渐渐来往频密、师徒相称;他吃得极少,又严格吃素,晚上睡得极晚,早上起得极早,在厂里又尽心尽力干活,因此近两年来瘦得惊人,老王和简珍不知劝说他多少次,担心他又犯病,后来押着他去医院检查,谁知医生不禁惊叹:他是瘦而不弱,所有器官都很正常,血尿检查也全无毛病,他其实比父母都更健康!

王逸工作后,从不到简莹屋中拜访,简莹有时兴之所至,也不管这位哥哥乐不乐意,便叩门拜访,王逸每次倒都满脸高兴地迎进简莹,让简莹坐到椅子上,自己坐到床铺上,有问必答,答到兴浓处,倒也眉飞色舞、滔滔不绝。

最近简莹就找王逸聊过一回。她发现王逸读的书,范围还是挺宽,有好几种当代气功师的传记以及论述气功科学的文集,有若干种关于《易经》的书,有若干关于佛教和道教的书,有从市庙的"佛经流通处"买来的佛经和从白云观买来的道教经典,还有市面上出的关于密宗的书、关于禅学的书——有好几本是日本人铃木大拙写成英文又译成中文的,也有从天主教堂要来的《圣经》和从书店买来的《可兰经》,还有一些关于人体特异功能、世界神秘现象以及关于UFO(不明飞行物)的书,以及《洛查丹玛斯预言》《2000年人类大劫难》和一些国内外谈面相、手相、耳相、占星术、催眠术的书,还有一些武术书、针灸书、中药中药食疗补膳书，介绍瑜珈功的书和圆梦的书，有那只能从个体书摊上买到的印制得粗糙不堪、出版单位很可疑、卖得很贵的书，也有一些正经大出版社出的弗洛伊德的、霭理士的、弗洛姆的、荣格的、卡西尔的一直到相当新近的西方学术著作，比如法国米歇尔·福柯的《性史》；简莹发现王逸书架上也有《封神演义》和《西游记》，那回的聊天便从那两部书引起。

简莹问王逸："哥！你到底也还是看小说啊！《西游记》挺好玩，《封神演义》我就读不下去……"

王逸便说："其实那都不是小说。一般俗人不懂，只当小说看，那里头讲的其实都有根有据，比如孙悟空的七十二变，比如《封神》里的掌心雷，其实都是早已存在的特异功能……"

简莹说："看起来，你是崇拜所谓东方玄学。我可是相信西方的理性科学。一切事物，总得经过科学试验，掌握大量的数据，作定性、定量分析，再经过一步一步的逻辑推理，才能被认知……"

王逸冷冷地笑着说："其实，宇宙间一切本来很简单，都是人类自己，把本来很简单的东西弄得那么复杂……"

简莹便问："可我看你，也并不那么简单，你究竟是皈依佛教，还是皈依道教呢？我看你都感兴趣，那你本身就多元了，就不是'一'了……"

王逸摇头："太执着了，看似归一，其实是走入死胡同。当年释迦牟尼未成佛以前，到森林里苦修，他不吃不喝，闹到皮包骨头，晕死过去，后来有个村姑，发现他晕倒在地，便过去，灌了他一杯牛奶，他喝了牛奶，身体很快复原；可四个跟着他的修行的仆从，见他喝了牛奶，认为他破了戒，就都失望地逃走，离开了他；但释迦牟尼恰恰是那之后，坐到菩提树下，达到了彻悟，成为了佛祖……"

简莹原不知道这段佛经故事,听了很感兴趣,便问:"牛奶从牛身上流出来,是荤的,佛祖怎么能喝呢?现在你不是连鸡蛋都不吃吗?"

王逸便解释说:"牛奶虽从牛身上流出,但你喝牛奶,并不危及牛的生命,甚至那奶你不给牛挤出来,它还会感到胀痛难过,会自动流泻出来哩!喝牛奶并不含有杀生的因素,所以没有关系;鸡蛋就不一样了,蛋,即卵,是一个生命的初始形态,吃鸡蛋,那就含有杀生的因素了,所以我不吃蛋……"

简莹便抬杠:"你真能做到彻底的不杀生么?比如苍蝇蚊子,来爬你的饭碗,吸你的血,你也不打么?"

王逸很认真地说:"我不打。轰开它们就是了。"

简莹笑了起来:"我既然那么爱它们,又轰它们干什么呢?蚊子叮你,你就把你的血献给它不得了!"

王逸仍旧很认真地说:"那不然。比如有的人,迷失了善,他作恶,那我们一旦发现,就应当制止,而不可纵容,但逮住了他,为防止他再伤害别人,我们只可将他监禁起来,却不必杀了他——现在世界上有的基督教国家,就有废除死刑的法律,我很赞成。"

简莹拍手笑了:"看!你又跟基督教文化搅和到一起了!我也翻过几本书,知道点新名词儿,给你贴标签,你这就叫泛神论,或泛宗教情绪!"

王逸便说:"道可道,非常道;名可名,非常名。贴标签,作判断,取名字,作阐释,都是最无必要的……"

简莹便抢着说:"可你自己,不就挺在乎名字吗?你本来叫王谊,现在非改成王逸,又为什么呢?"

王逸笑笑说:"逸,就是走开、隐藏起来,最后化解掉、消失掉的意思。我希望人们渐渐忘记我，并且我自己，也渐渐忘记我自己。这是个暂时的符号。至高的境界，那是任何符号也贴不上去，并且不需要符号的。"

简莹说："我看过台湾蔡志忠一大堆漫画书，介绍老庄、佛道、禅学什么的，你的这些个想法，无非是老子的消极、庄子的虚无、佛教的四大皆空、道教的清静无为、禅宗的所谓'菩提本无树，明镜亦非台'加在一起，煮成一锅罢了！你这是逃避现实！你说逸是走开去，说得太斯文了，其实逸是逃，是遁，是抱头鼠窜！"

王逸毕竟未修炼到家，听了这话，面色不快，也就尖锐地反驳说："哪像你，整天就想着出国，不也是逃避现实？连秘鲁那样的地方都巴不得快点去，不更是遁？你们慌慌张张办护照、搞签证的一群，不也可以形容成狼奔豕突？"

兄妹两人，谈着谈着，气氛竟紧张起来。简莹噘起了嘴巴。王逸双手合十，闭了闭眼，长吁一口气说："阿弥陀佛！实在罪过！小莹，你恕我一时唐突吧！其实我们两个，本来用不着争论的，因为我们两个，也许命中注定就是这样各有各的生命轨迹，各有各的存在道理的！"

简莹偏头想了想，却又顽皮地笑了："哈！其实，我们也许一个半斤，一个八两，好比一棵树上的两个杈儿，没太大的区别——都是逃，一个向外逃，一个向内逃，你是往内心里头逃，因为没逃干净，露出狐狸尾巴，给我逮住了，所以咱俩争了起来！"

王逸似有顿悟，"啊呀"一声，望着简莹，只是微笑，那笑容如花瓣落水，涟漪般一环环缓缓荡漾开去……

兄妹两人的这种交谈，并不多，但每谈一次，双方都感到在心灵碰撞之中，激发出了一些智慧。在简莹来说，是在躁动中获取了一些宝贵的冷静，在王逸来说，是在清静中更摆脱了无益的执着。有时他们在院中乘凉的交谈，三言两语地飘进了老王和简珍耳中，他们感到惊讶与惶急，却又不解而无奈，他们只是觉得，一个才二十岁出头的姑娘，一个还不到二十五岁的小伙子，也未免成熟得太早了！

兄妹两人这天在地铁站台上偶遇，站在一处等候来车。车来了，刚停站，打开气动门，突然从离他俩最近的那节车厢中，奔马似的冲出一位乘客，仿佛是在逃避什么人的追赶，拔腿便朝出口跑去，不管不顾地狂奔，使他一下子与王逸相撞，把王逸撞得倒退数步，差点一个屁股蹲儿或仰八叉跌下去，王逸手中的草编包，被撞到地上，包里的生菜，绿色人头似的滚了开去。而从相隔一节的车厢中，也果然飞跑出两个人来，呼叫着追赶那逃跑者，追跑中踩瘪了一棵生菜，踢飞了一棵生菜，一时间站台上的人们都很惊愕。

奔逃者和追赶者都很快消失到站台之上的那个层面去了。王逸立住身子，定定神，拾起草编包，这时简莹和两位好心的乘客一起捡起了那些生菜，包括踩坏的，给王逸装进草编包。王逸和简莹连连向帮忙的人道谢。站台上很快恢复了平静，王逸和简莹错过了刚才那趟车，只好再等一趟。

王逸微笑着对简莹说："你看。这也是逃，是遁，是逸啊！"

简莹告诉他："前头疯跑，撞着你的那位，是我中学的同学，外号叫 ruibin。他这是怎么啦？说不定是偷了、抢了人家的东西，人家要逮他吧？现在说不定已经让人给逮住了，被揍个臭死哩！"

王逸便微微合上眼皮，轻轻地说："阿弥陀佛！"

22

　　风把坟园周围的柏树吹得枝条晃动,仿佛那是一群高大的舞蹈者,在一个巨大的舞台上,晦暗的光线只勾勒出他们密集的剪影,他们正以手臂的交错摇摆体现出一种莫可名状的焦虑与渴求……

　　仲哥坐在坟园里的娑罗树下。这几个月他几乎每晚都要到那里静坐修炼两个小时。他带去了一铺草席,将草席铺在娑罗树下,盘腿坐于草席上,是一种佛教的趺坐姿势,脊背挺直,脖颈平正,双眼微合,下面左脚放在右腿上,右脚放在左腿上,脚底伸平;但他并不双手于胸前合十,而是自然垂放于膝盖之上,掌心落于髌骨,五指放松。仲哥自创了一套修炼的方法,他根据太极八卦与大自然的方位配合,再根据阴历节气和月建、日建的讲究,每天采取不同的朝向,这天他是背朝西南坤卦的位置而面对东北艮卦的方位。在入定的过程中,一开始,他耳边还响着身边草丛中的虫鸣,鼻中还嗅到草丛中野生多头菊散出的气息,颜面和脖颈还感受到夜风的清凉。渐渐的,他达到耳静、鼻空、身热,但心中还有丝丝杂念萦绕——特别是妻子的面影和瘫痪的身体;那面影上仿佛总挂着一种"对不起"的表情,那瘫痪的身体每晚都是由他从自制简易轮椅上抱起来妥帖地搁放到床铺上,此刻他似乎还感受到刚才抱放时,妻子那搂住他脖颈的手臂所传达出的一种复杂心态……但再静坐下去,这些杂念便也被摒除了,头脑中、心胸中一片澄明,而身体开始进一步发热,于是他便慢慢脱去身上的中式白褂,搁放一旁,裸露着上身,任晚风吹拂,再进一步,他的身体渐渐又清凉下来。最后，仿佛与周围的大气融合为了一体，并可随之轻柔地流动……

在一种得大自在的生命体验中，仲哥忽然感觉到有一丝越来越飘近的干扰，犹如春日艳阳下的垂柳，被随风而来的游丝粘住，摆脱不去，而有被缠绕的可能……

雷秀花悄悄走进了坟园。她在柏树林中站住，倚住一棵最粗的老柏，朝娑罗树下望去，她看见她心中一直深深挚爱着的仲哥，正端坐在那里，一副结实的身板，胳膊上、胸脯上、肩背上的肌肉线条明晰，却一点也不显粗蛮。仲哥合着双眼，一动不动，但脸庞上仿佛有一种勃勃英气，向外喷发；雷秀花心里打了好几个闪，凝望中，又感到阵阵雷声从灵魂中滚过，她跟跟跄跄地离开柏树林朝娑罗树下走去……

"站住！"仲哥睁开眼睛，发出命令。但那声音很轻，也并不严厉，不过明确而坚定。

雷秀花站住了。这时候她离开仲哥，还有五六步远。

仲哥没有改变姿势，望定她，问："你怎么到这儿来了？"

雷秀花借机又走近了两步，蹲下身来，与仲哥对望，她心里怦怦乱跳，连她自己也觉得有点意外，她结结巴巴地说："我、我找你、你来呀！你不是让我找、找你吗？"

仲哥语音里有了责备："你该到家里找我去，你怎么找到这儿来？"

雷秀花借势跪下，这样她离仲哥就只有两步远了。她本来是要找仲哥，讲关于小宾子的事；她原本只不过是希望能跟仲哥不当着他人单独地谈谈，而且确实也是要谈关于小宾子的事；她自己也没想到一进坟园，一见到是这样形态的仲哥（她原以为会看到一个在那里挥拳舞脚的人），便禁不住让另外的情绪涌了上来，并且如决堤之水，顿时汪洋恣肆地汹涌突奔……

雷秀花便下死眼盯着仲哥的面庞、脖颈、胸膛，咬咬牙说："仲哥！我心里闹得慌！我想你！我要跟你单独在一块儿，敞开心跟你谈谈！"

仲哥冷冷地说："这不是谈话的地方，也不是谈话的时候，并且我正在练功，也不能谈……"

雷秀花便激动地用拳头捶着杂草，倾诉起来："你好狠心！你的狠心杀了我一回，还要杀我第二回吗？我爱你，你当年也不是不爱我，可就为了一个臭面子，一个假模假式的'仁义'牌子，你非甩了我，非把我往坑里推，你害了我、杀了我，你知道吗？我除了你，还爱过哪一个男人？一个也没有！今生今世再没有！我如今那男人，是我赌你的气，才一跺脚嫁给他的！我不说他坏话，他除了贪酒，爱灌黄汤马尿，爱打麻将会输钱，倒也是个正派人，这不他遭了灾，让人给关起来，受罪，我不说他坏话，他没啥对不起我的地方——可你知道吗？你听着！别跟我装佛祖的模样，你有耳朵你就听着！每到晚上，我那男人跟我干那个事，我心里头想的，总还是你！我应付他，要是应付得好，那准是我闭着眼，把他琢磨成你哩！你知道吗？你害了我，你也害了他！你这个假仁假义的家伙！你好狠心！……"

仲哥听着，不动声色，也没改变姿势。到雷秀花停顿下来，他才徐徐地说："都过去了。都是过去的事了。都不必提了。"

雷秀花跪着往前蹭了一步，逼近仲哥面前，眼里闪着大颗要滚没滚出来的泪珠，一变控诉的口吻，而哀恳地说："仲哥！可怜可怜我吧！自我那男人栽进去以后，我天天晚上难熬啊！我不想他，不想别人，单想你！我知道公德，我不是坏女人，不是破鞋，不是骚货，我知道我不能破坏你的家庭，不能让仲嫂残了身子还伤心，可仲哥你想想你自己！四十好几了，半辈子了，统共过了几天舒心的日子？好容易你有了仲嫂，有了娑罗，家里生活也松快起来，谁承想仲嫂又遭了灾！咱们两家的灾，怕是老天爷安排的吧？一个撞死撞伤别人，受罪还债；一个让人撞个半死，再不能跟丈夫有夫妻生活！仲哥，仲嫂是永远不能让你得着那个快乐了！这不怪她，可仲哥你好惨啊！仲哥，你要了我吧！我不胡思乱想，我不会荒唐到跟我男人闹离婚，又破坏你家庭，非跟你结婚！我心甘情愿地悄悄地背地里地不让别人知道地把我的身子献给你，把老天爷从你那儿取走的快乐，赔还给你！你别那么样地看着我啊！我承认，我也是想得着跟你在一块儿的快乐！你答应我吧，仲哥，你可怜可怜我！"星光下，坟园中，娑罗树旁，一个浑身窜动着情欲的健壮女子，就这样向一个裸露着上身趺坐在草席上的健壮男子恳求着，大颗的泪珠从她眼眶里滚落出来，她的眼睛闪着灼人的亮光，面颊仿佛怒放的芍药，衬衫里圆实的身躯似乎在放电……

仲哥蓦地感到身子热了起来。他抓起褂子披上。他觉得身下的席子仿佛是一只船，本来静静地泊在水上，忽然波涛袭来，船身晃荡，转瞬间风狂雨暴，恶浪滚滚，船体不仅颠簸倾斜，而且不由得旋转起来……

仲哥本是一个性欲强盛的人。他结婚以后，有一回同教他练武的师傅一起喝酒，师傅问他："你一晚上，有几次啊？"师傅脸上，是关怀的表情居多，潜台词是不要因色淘空了身子；男人之间，兼师徒之谊，私下议论点房中之事，是正常的，仲哥不以为怪，并老老实实回答说："总得几次……"仲哥的道德自我约束力，强于一般世人，仲哥的房中强悍与坦然，亦强于一般世人。仲嫂因车祸而致瘫痪，所导致的家务负担加重、经济状况下降，对他来说，其实不算多么严重的灾难，他童年、少年和青年时期，经受的物质生活之苦远比这严重。仲嫂丧失了性生活能力，对他来说，那就确确实实构成一种只能隐忍而近乎永不能解脱的苦闷了。他正当壮年，遭此劫难，曾使他苦苦地思索过：倘若说因果报应的规则，真是"善有善报，恶有恶报"，那为什么应到他史仲奎身上，却恰恰相反？冥冥之中，到底有没有一个公平的裁判？他多年来苦守苦行的道德，到底有没有意义？人生一世的历程，对他来说为什么竟是如此的坎坷黯淡？……

雷秀花见仲哥神情有了恍惚迷乱之态，便爽性一下子扑过去，滚到仲哥怀中，用火烫的嘴唇，使劲亲吻着他的脖颈、肩窝、胸脯；而仲哥在不足半分钟的时间里，顿时清醒起来，他三下五除二地用几个招式将雷秀花从自己怀中强劲有力却又轻拿轻放地推托摒除到了对面杂草之上。雷秀花爬起来刚要再不管不顾地扑回去，仲哥伸出立起的双掌，发出一股令雷秀花晕头转向的能量，她身子一软，便歪坐于杂草中，再动弹不得。

仲哥保持着那个姿势，感到身下的船只渐渐不再旋转颠簸，船下的水浪也渐次平息下来。但他突然觉得身子发凉，便将褂子穿好，庄重地扣好每一个纽袢。

雷秀花望着他，心如刀割，泪如泉涌，恨恨地说："你又杀了我一回……"

仲哥静静地对她说："你也又杀了我一回……不过，咱俩都又一回大难不死。雷秀花，你这么一来，咱俩的缘分，就一丝一毫不剩了。小宾子的事，我也不能像那天跟你说的那样，把他收到身边管起来了……"

仿佛一大盆凉水，兜头朝雷秀花泼了下来，她清醒许多，抖抖身子，抹着眼泪，惶急地说："仲哥！你原谅我的糊涂！我实是爱你爱得狠，才这么胡来！可爱是没有罪的！我再不敢了！小宾子你哪能不管呢？我就是要把他托付给你啊！"

仲哥恢复成原来那样的趺坐姿势，合上双眼，冷冷地说："不成了！你今晚上这么一胡来，事情不能那么办了！"

雷秀花捶着杂草说："我赌咒发誓，再不这么打扰你！可小宾子的事你还得管！刚才我犯糊涂，又没有外人知道啊！你只当没有发生过……"

仲哥面色如玉，沉静地对她宣布："有另外一个人，她看见了，就在我身后，正南边，离卦的位置……"

雷秀花惊悚地移动身了，用眼光寻索，果然，正南边柏树丛中，有个人影儿一闪，转瞬便消失了……

23

淋浴喷头泻下使宫悦无比惬意的水流，他一边用小块香皂抹着身子一边快活地"嗷嗷"叫着。

宫自悦来参加这个在豪华宾馆举行的会议，照例并非本单位所派遣，照例并非原会议邀请名单中所包列，照例是他主动打电话给会议的秘书长，照例是会议的秘书长考虑到宫自悦是个可以扩大此会议社会影响的"会宝"，照例由会议秘书长将宫自悦作为特邀来宾临时邀请，照例是宫自悦来参加这个会他前面的四把手都有点不以为然，照例是匡二秋出面劝他只抽时间去列席一下就别住进宾馆了，照例是宫自悦要求会议秘书长为他专在宾馆中开一间房，照例是宫自悦对匡二秋说他当然不一定去"住会"，照例是宫自悦进入那间包房后首先要打开彩色电视机，照例是宫自悦要落实此宾馆的彩电能否接收太平洋上空卫星转播的美国、日本电视节目以及闭路电视中有否安排西方"猛片""劲片"，照例是宫自悦要钻进卫生间检查一下此宾馆所提供的小块香皂、小包洗发香波和小管牙膏是否名牌，照例是宫自悦要检查一下浴缸中的冷热水调节是否采用了最先进的圆盘手柄式左右转动便可自动调换冷热水混合度的阀门，照例是宫自悦要赤条条无牵挂地在淋浴喷头下一边用香皂抹身子一边快活地"嗷嗷"叫……

至今为止，有关规定仍限定这类的工作会议只能在招待所性质的地方举行，但此会议的主办者认为该会意义不同一般，关系到优良传统的弘扬，以及许多原则性的问题，兹事体大，所以才选择了这个豪华的宾馆。宫自悦对此极为赞赏，说仅此一点，便体现出一种开拓精神，但他也不过说说而已，放心，他决不会把这一评价，写进他的文章之中。

宫自悦正淋浴到得大趣味的境界，忽然卫生间中的电话发出响亮的蜂音——凡大宾馆卫生间坐桶与浴缸间都有室内电话的分机，一般都可接听，只是无向外打的功能——宫自悦一愣，随即便笑了。

宫自悦走出浴缸，任喷头仍哗哗地流泻着热水，伸手抓起了话筒，几秒钟里，他脑海里急速猜测着，会是谁呢？谁会知道他在这所宾馆里，谁能知道他所在的这个房间，并且，谁会在这个时候急着打电话找他呢？

他把话筒贴近耳朵，传来一个女人的声音。宫自悦立即作出判断：欧阳芭莎！只有欧阳芭莎才有如此高超的法力，能经过一番搜索，愣从浴缸中将他宫自悦提拎出来！

"啊呀，好一个芭莎！服你了！"宫自悦为压过喷头泻水声，喊叫起来，"我现在可是在浴缸里，赤条条的一丝不挂哩！亏你能把我这么样地逮住!"

"……是宫自悦吗?啊,真是你啊!……我到处打电话都找不着你……总算真把你给找着了!……"仔细一听,声音、口吻又都并不像欧阳芭莎。

宫自悦关上了浴缸里的阀门,握紧听筒问:"喂,你哪位啊?"

"我陈新梦……"

没有想到,竟是她。她怎么会搜索他一直搜索到这个浴缸里?

原来,中午时陈老突然昏厥,紧急送进医院后,现在正抢救中,恐怕是凶多吉少,陈新梦自然打电话通知了兄嫂——兄嫂另住在城内一栋公寓楼中,兄出差外地,只嫂子在京,嫂子立即给外地的丈夫挂了电话——刚才陈新梦接到哥哥从外地打给她的长途,除询问父亲情况外,特别叮嘱她父亲的一切遗物——包括以往所有的日记——都要等他回来后,再作清点。而就在几天以前,宫自悦到陈老家,刚让陈老首肯了一份委托书——委托他全权处理陈老抗战时期日记在海内外出版的事宜,陈新梦代陈老签了字并盖了章。

一听这个情况,宫自悦顾不上再进行淋浴,他赶忙问:"梦梦,你哥哥什么时候回来?"

那边回答他:"如果赶上下午的班机,傍晚他就回来了。"

宫自悦又赶忙问:"你现在在哪儿?在医院还是在家里?"

那边又回答他:"在医院。父亲已经进了病危观察室,大夫护士都不让我守在身边了……"

宫自悦想了想,便指导她说:"你自己现在怎么样?恐怕身体状况也很堪忧虑!你不如先回家休息一下,如果情况有变化,让医院立即通知你,你再赶过去;我马上去你家,我想,与病魔争夺你父亲的生命固然紧迫,与你那不懂人事的哥哥争夺你父亲灵魂的结晶,也刻不容缓呢！"

陈新梦在那边说："我听你的……"

宫自悦顾不得用喷头淋去身上的香皂泡沫，抓过一块浴巾便赶紧擦拭，他要立即奔赴陈家……

陈新梦和她的这位哥哥，同父异母。生她哥哥那位夫人，还生有一位大女儿，几十年前便嫁给了一位英国人，目前定居在加拿大。这位哥哥的母亲和陈新梦的母亲，都并没有过世，前者离婚后与女儿同住加拿大，后者虽未正式与陈老离婚，但早在陈新梦十一岁时，便以探亲名义经由香港去往美国，从此一去不归，人所尽知，她目前与一位从台湾去美国定居的名人——比陈老小十岁，却与她同龄——在洛杉矶筑巢同居，不仅再不与陈老联系，也置新梦这个女儿于乌有的境地。

陈新梦从小失去母爱，虽在父亲身边长大，但父亲身体早就衰弱不堪，近些年大脑软化更日渐严重，只有陈新梦照顾他的份儿，他何尝能给陈新梦父爱与关怀？陈新梦一晃已然三十八岁，却仍待字闺中，不知底里的人总以为她是自恃家庭地位高，挑花了眼，不肯下嫁，所以耽误了青春，其实却是从未有人追求过她，从未有男子——甚至包括老人和小孩——对她有过格外的关注，她固然生得不美，脸庞过狭而嘴岔太大，胸脯扁平而身材过高，但她毕竟是一个女人，她的花蕾期寂寞地过去了，如今她那青春的花朵已滚圆欲破，眼看就到了萎落飘零的边缘，却依然几乎没有哪个异性对她有采撷的兴致，你叫她怎不夜夜难寐、白日做梦啊！不幸之中的万幸，是近两年宫自悦频频来访，说是访陈老，但对陈新梦，似乎颇有一些特殊的兴趣，陈新梦明知宫自悦有妻子有儿女，并且看不到也没有勇气去展望宫自悦抛开现有家室与她开出并蒂莲花的前景，可是对于宫自悦那眉目、语言中的挑逗，乃至惯于拾起她手吻她手指和偶尔轻揽她腰肢的种种举动，她却已有了饮鸩之癖，之所以答应代父亲将抗战日记的出版权委托给宫自悦一人，盖出于她心中对宫自悦的一腔难与人言的柔情。不管怎么说，陈新梦活了这么大，真把她当作一个女人看待的，仅止宫自悦一人啊！

陈新梦那同父异母的哥哥，比她大八岁，名叫陈胜利。陈胜利的相貌与陈新梦大异，那大概是各自都集中了母亲遗传基因的缘故。陈胜利目前是个矮胖子，脑袋像一只倭瓜，而臀部像一只冬瓜，脖子短得几等于无，下巴起皱，望去总像嵌着一只大核桃。陈胜利从很小的时候起，就习惯于人们当面或背后指点着他说："这位就是陈××的公子"；他已经大学毕业并且工作多年以后，也还很习惯于人们在办公室中、私人客厅中、宴会上乃至会议上这样把他介绍出去："这位便是陈××的公子！"他迄今为止的半生中毫无任何个人建树，只知在父亲这株大树的荫庇中安坐乘凉；他考大学时分数欠佳，后来人家考虑是"陈××的儿子"，破格录取；"文革"时他正在大学中，因为父亲是被保护的人士，所以没有被"造反"，他也没有参与去造别人的反；到"文革"末期分配工作时，因为考虑到他是"陈老之子"，所以也就没有分到基层，而照顾他去了一个大单位；在那单位中他业务水平始终不高，工作态度也难称上乘，但一晃这么多年，他也没有被淘汰掉，因为他毕竟是"陈老之子"；也正是因为他乃"陈老之子"，所以尽管陈老家住着五室两厅的大单元，他妻子一闹着要另外单住，他也就分到了另一处三室一厅的住宅。陈胜利尽管在别的领域中思维总不够细密明快，在"我是陈老之子"这个领域中他却是思路活泼而考虑周严的。外界都传说陈家姑嫂不和，时闹矛盾，固然有一定道理，其实陈胜利防止陈新梦利用守在父亲身边的便利，侵吞父亲的剩余价值，才是他们家庭矛盾的总根源。在迁出另过之前，陈胜利将父亲剩下的文稿、笔记（都已不多）以及日记（留下不少）搜捡一处，锁将起来，并将钥匙把持自己手中，他自己心安理得，陈新梦也无可奈何。陈胜利只是没有想到，一位外三路的本是八竿子打不着的宫某人，却插足到他家，也成为了陈老剩余价值的榨取者和争夺者之一。

宫自悦坐着小荆开的伏尔加直奔陈家，开到楼门口宫自悦嘱咐小荆说："别走！等着我！我一会儿就下来！"

小荆却不买账："等不了！匡二秋早跟我订好了，一会儿还得拉他去哩！"

宫自悦却说："你管他哩！他一贯嫌这伏尔加破，宁愿叫出租，反正他都能报销！"

小荆顶撞说："您不也可以叫出租，可以报销吗？到底他官比您大一格儿，是不是？我要不接他去，不是比得罪您那罪过也大一格儿么？"

说完竟把车开走了，宫自悦骂了声："他妈的！"便冲进了楼门。

一进陈家单元，宫自悦恨不得就查问陈老的那些个日记本究竟锁在了哪儿，陈新梦一见宫自悦，却把别的事全忘了，她深情地主动靠进了宫自悦怀里，眼泪滴成串珠，哽咽地说："我可怎么办、怎么办啊……"

宫自悦少不得用一只胳膊搂住她，用手掌拍着她瘦棱棱的脊背，柔声柔气地说："别难过！别着急！有我呢……"

陈新梦从未得到过这样的抚慰，新忧旧愁，一齐涌上心来，便爽性搂住宫自悦身躯，把头更深更紧地偎进宫自悦怀抱，痛哭失声。

宫自悦费了老大的劲儿，才摆脱掉陈新梦的这一纠缠，终于把话题转到正经事上："你父亲的那些抗战日记，究竟让你哥哥锁在哪儿了呢？"

陈新梦便依旧哽哽咽咽的，把宫自悦带进了陈老的一间大书房，四壁的书橱都高及天花板，密密麻麻地排满了新旧书籍，陈新梦引宫自悦到东壁的书橱前，弯腰指指下面说："我记得他是锁在这里面的。"

那书橱最下面不及一米高处，是向外凸出的暗柜，柜门上装的是书桌式暗锁。宫自悦蹲下去，用手试了试，确实锁住了，哪里打得开。宫自悦想了想，便当机立断地对陈新梦说："去！去找个改锥来！大一点儿的！"

陈新梦弯腰望着他，一时没明白他要干什么。

宫自悦满脸紧张，还夹杂着严肃和郑重："梦梦！你还愣着干什么！这是为了你自己的权益！也是为了捍卫陈老的尊严！也是为了履行我们签下的协议！……快去呀，去找个改锥来！要大一点儿的！"

陈新梦觉得鼻息中还有宫自悦身上的气息，她梦游似的去取来了一大一小两个改锥。

宫自悦接过改锥，又命令陈新梦说："去拿一个旅行包来！大一点儿的！"

陈新梦弯腰望着他，又没明白那是要干什么。

"哎呀！"宫自悦不耐烦地提示她，"为了尽快转移呀！难道你愿意你那位仁兄回来霸占吗？"

陈新梦刚转过身，宫自悦又对她说："拿完旅行包，赶紧打电话叫个出租车！我那司机他妈的溜号了！"

陈新梦这回倒是立时明白了他的用意，并且极爽利地回答他："不用。一会儿就有小车从医院接我来。"

宫自悦急得冲她挥动改锥："你呀！我提着这包日记，能搭你那车吗？"

陈新梦如梦初醒，忙去找旅行包、打电话。

陈老那书柜是用料和做工都很讲究的，但宫自悦顾不得许多，他跪在那书柜面前，用改锥粗暴地撬起锁来，用尽了吃奶的力气，终于"嘎嘣"一声那暗锁被撬开了，书柜的柜门是朝下打开的，立时"咣当"一声砸向了地面……

"啊呀！"

陈新梦听见宫自悦一声怪叫，她拎着个空旅行包紧忙跑拢，只见宫自悦一屁股坐在地板上，转过一张充满愤懑的脸，向她吵骂似的宣布："他妈的！空的！"

24

"为什么一定要住到我家呢？"

尽管匡二秋把赖仑封为了爱国主义的楷模，对于这次赖仑从外地回到北京后，已经入住了四星级豪华饭店，却还执意要迁往他家小住三天，还是有点参不透；赖先生一说是要教他使用那从国外带来的电脑，二说是可以更深入地促膝谈心，但要做到这两条，依匡二秋想来，赖先生依旧下榻饭店，每天叫个"的士"来他家也就都可以达到目的了。当然，赖先生说了，他是想体验一下国内知识分子的日常生活，这也许确是一种正当而善良的愿望，但不管怎么着，赖先生的爱国热情发展到要来爱匡二秋的家，却怎么也不能使匡二秋感奋起来。

匡二秋去饭店接赖先生。他有意比约定时间早去了四十分钟，按响门铃后，赖先生一看是他，脸上不免现出意外的表情，下意识地忙伸腕看自己的手表。匡二秋进屋后忙解释说："因为恰巧单位有项外事活动也在这里举行,刚完,所以不打算回去再来了……"

赖先生便望望写字台——那里摊放着信封信纸等物品——搓着手说:"哎呀,二秋兄,也真对不住,要么,我这就随你去了,可还有几封信还没写完……"

这正中匡二秋下怀,他忙说:"您写!您写完!我不过来通知您一声,告诉您我就在这饭店里头,我到前堂去等您,咱们还是约定的时间走,如何?"

赖先生便连连歉然地弯腰点头说:"恕罪!恕罪!容我把信写完,劳您大驾,先屈尊到前堂等我一会儿,请先生在那儿喝杯咖啡……"

匡二秋也忙弯腰握拳谢罪:"哪里、哪里,是我未遵礼节,唐突打扰,还请您多多海涵……"

俩人这么一来一去,又都忍不住笑了起来。

赖先生便说:"其实,你我二人,又何必如此客气哩!"

匡二秋顺竿往上一爬:"正是!恭敬不如从命,我就下楼去前堂,喝杯咖啡……不过,这里连咖啡也是要收兑换券的,只怕我喝完以后付不出款,那就把我这件上好的夹克衫脱给他们吧!哈哈哈……"

赖先生立即把带有三寸长的有机玻璃牌子的门钥匙递给匡二秋,笑着说:"啊哈!你那上好的夹克衫还是留着穿吧!哪,给你这个,喝咖啡,是可以凭这钥匙牌记账的,你还愿意喝点什么,威士忌、白兰地,都请便,这一点东道,我还做得起!"

匡二秋接过钥匙,依旧笑得眉眼紧缩,摆摆手说:"好呀好呀!今天我要不把你那信用卡喝到透支的地步,决不罢休哩!你就从容地写你的信吧,写上它一百封情书!反正弟妹芬妮是个最贤惠的东方女性,根本不懂得'嫉妒'二字为何物!你什么时候下楼来都无所谓!好,我去前堂慢慢享受了!哈哈哈……"

匡二秋下到前堂，转到咖啡座中，拣个空处坐下了。他伸腕一看表，恰是他约鲍管谊来这里相见的时间。

一位服务小姐走上前来，笑容可掬地向他用点什么，他说先来一杯黑标威士忌，多加点冰块。鲍管谊从旋转玻璃门那里出现了，往前走了几步，似乎就被这豪华饭店前堂的富丽景象震住了，呆立在那里，蠢头蠢脑地挡着路，很不得体地耷拉着下颔四处张望。匡二秋远远望着他，用右手拇指和食指托住自己下巴，摩挲着，心中暗自发笑："这位老憨！可见进入涉外领域还浅，瞧那副大惊小怪的模样，怎上得了大台盘！还想到我这儿当外事处长哩，可笑！……"

鲍管谊总算于眼花缭乱之中找到了匡二秋，忙大步走过去，刚登上略高于大堂其他地方的咖啡座中，便大声地招呼起来："匡二秋同志！"

匡二秋打个手势让他坐到一处，待他落座便小声地提醒他："别嚷嚷！这地方可不兴语惊四座！也别同志、师傅地叫，这地方还是称先生、女士得体……"

鲍管谊顿感惭愧，连忙点头。

匡二秋便问："你来点什么？"

服务小姐将匡二秋点的威士忌送来了，是半跪式的服务，雕花玻璃杯里约有小半杯琥珀色的威士忌酒，小姐放下玻璃杯后，又取出托盘里的银制冰壶，用一个银色的弯嘴夹给匡二秋往杯子里夹冰块，每夹一块都柔声地问："可以了吗？"夹到第四块后，匡二秋点头制止，小姐便不夹了，但仍半跪着，微笑着问："先生还要点什么？"

鲍管谊这时拿着桌上的饮品单，只顾看，看来看去，他也不知道该叫份什么；鲍管谊所参与的那个层面的种种公款消费，毕竟以中式餐饮为主，他也只喜欢中式的东西，而这饮品单上，差不多全是洋式玩意儿,倒让他一时难以委决,犹豫了一阵,他说:"来杯苏打冰激凌吧……"

匡二秋便含笑劝阻他说:"那一般是女士的爱物,你何不来杯咖啡呢?这里的咖啡苦得极香!"

鲍管谊便点头,匡二秋便向小姐点了两杯咖啡。

匡二秋约鲍管谊来这里,是交割转让电脑的款项事宜。俩人都愿在单位和家庭以外的地方进行交割。匡二秋当时通过关系购那电脑,实际上只花了七千元,他对鲍管谊说花了八千五,转让只收七千,其实是一点也不想有所损失。鲍管谊则收了蒲志虔八千元,中饱一千整,匡二秋估计鲍管谊在"转让"中会赚些辛苦钱,不过没有估出鲍管谊如此饕餮的胃口。

俩人凑拢身子,小声交谈时,服务小姐已将咖啡送达。鲍管谊正把一个鼓鼓囊囊的信封,推送到匡二秋面前,一边说:"七千元整,全是百元大钞,共七十张,你点一下……"匡二秋一边伸手取那信封一边说:"九成五新的电脑,七千转让等于白送,点个什么!"

服务小姐半跪在他们一侧已有数十秒,他们没有发觉;这里的服务全是轻手轻脚不带声响的,且经训练,都懂得必须在客人交谈停顿时,方可插进去招呼。服务小姐待他二人一个将钱收起,一个点头冲收钱的人微笑,这才仿佛刚抵达他们桌旁似的甜甜地笑问:"加奶?还是加植脂末?加糖吗?方糖?木糖醇?"一边笑问,一边先把托盘中的咖啡轻轻放到桌上,等待着客人回答。匡二秋点点头说:"都放到这儿,我们自便吧!"服务小姐便将牛奶壶、植脂末(伴侣)罐、方糖缸和木糖醇钵一一布到桌上,然后静静地退走了。

匡二秋和鲍管谊且呷咖啡。鲍管谊注意到,匡二秋那半边桌上,撂着把与刻有房间号的淡紫色有机玻璃牌相连的钥匙,便猜定匡二秋一定是因某项外事活动与外宾同下榻于此饭店中,并可将招待他的这笔费用悉数加在住房费中报销,心中不禁暗自叹息:到底他们那个单位气派!这才叫搞外事啊!那外事处长的肥缺,怎容欧阳芭莎染指呢?自己一定要力排众阻,将那肥缺占据!

大堂里演奏台上,一个弦乐四重奏小乐队奏起了莫扎特的《弦乐小夜曲》,优美的乐音绕梁不止,鲍管谊呷着咖啡,心旷神怡地张望着并没有多少客人的大堂,又不禁感叹:自己那个层面的公款消费,至多只是有高级音响里传出的浪漫小曲助兴,无非曼托瓦尼、拉斯特之类,哪及这里高雅,竟动用了真人!

匡二秋小声提醒他:"搅拌完了,你喝的时候小勺应当放到托盘上去……"他再次感到惭愧,连忙将咖啡杯中的小勺取出,往托盘上搁,谁知搁重了,"咣踏"一声,匡二秋含笑瞪了他一眼,他忍不住吐吐舌尖……

这二位咖啡座中的客人,哪里知道,那位为他们服务的小姐,此刻并没有别的客人需要照应,便站在一盆绿萝缠绕成的图腾柱前,冷笑地望着他们。

那位服务小姐是饭店正集训中的新员工,这还是她头一回进入现场实习。她不是别人,便是简莹。

25

葡萄架下,王逸与蒲如剑对坐。

王逸接待蒲如剑,本出于无奈。父亲母亲参加父亲单位组织的郊游，去"京东第一瀑"了，而约请蒲如剑来家的妹妹简莹，却不知为何过了约定时间尚未归家。蒲如剑既来，王逸只好放下正在研读的《金刚经》，且在小院葡萄架下摆上竹椅小桌，敬以清茶，笑颜款待。王逸心想，这也算是小有缘分。

蒲如剑早听简莹提起过她这位异父异母哥哥，说是一位苦修的人物，原来对世界上几大宗教的兴趣近乎平分秋色，最近其信仰大大地向佛教倾斜，已利用业余时间踏访过城内外许多佛寺，拜谒过不少寺中的和尚，看起来大有削发为僧的架势。蒲如剑原以为简莹不过是夸大其词，语含调侃而已。没承想一见王逸其人，便大为惊异，觉得简莹的描述，其实还相当地保守。

王逸刚又剃过一次头，青青的头皮，让人联想起剥了壳的松花蛋；蓄了许久的胡须，虽然依旧显得稀疏，最长的几根却已接近半尺；素白衬衫黑布长裤，脚上一双不知哪儿弄来的洒鞋；眼睛深陷，但瞳仁极有神气；面颊凹缩，但面部皮肤细腻光润并泛着微微的红晕。

蒲如剑同王逸寒暄毕，饮了口茶，忍不住说："小莹告诉过您了吧？我是画画儿的，我们画画儿的，自然最重视色彩、线条、质感、实体……真难理解那'色即是空'的说法，如果'色即是空'，那么我们干脆就别画画儿了！"

王逸微笑着，蔼然可亲地回应说："色是表象，表象不仅可以绘画，还可以用雕塑、摄影等等方式加以重现，包括当代高科技所提供的电影、电视乃至全息摄影，都能完成这个任务，西方的造型艺术里，不是还有夸张、变形的抽象艺术吗？那也是再现表象，以色现色，只不过角度有所转换罢了……佛门不仅不轻色，还很重色，你看寺庙里有多少绘画、雕塑的艺术品！只不过，佛门希望众生透过色的表象认识到体的空无……"

蒲如剑便笑着说:"你这佛门弟子,还能用当代高科技来解释你们的教义啊!算是佛门里头的现代派吧?"

王逸并不以这话为揶揄,认真而耐心地说:"当代高科技的发展,不仅没有使佛经黯然,反倒使佛经更加光灿照人。比如,根据基本粒子学说,你这人的身体,是若干分子原子及种种极微小的基本粒子组成的,仅原子这一层次,它那原子核同周遭电子之间的空间,就非常之大,好比一个足球场,四周的看台倘是电子层,那么原子核也就只有一个乒乓球那么大,也许还更小,甚或只有一粒豌豆那么大——那么,你想一想,由这样一些原子组合成的事物,空不空?而且,根据基本粒子学说,组成原子核的质子、中子,以及原子周遭不断旋转的电子等等基本粒子,又都具有不断衰变的特性,你再一细想,岂不更空?《金刚经》上说:一切有为法,如梦如幻如泡影,如露亦如电,应作如是观。其实,那不就是一种关于万事万物由基本粒子构成的精确描述吗?……"

蒲如剑听了,大受震撼。自己那幅屡画屡废的《青春的门槛》,之所以立不起来,是否就是因为不能透过似乎密实的色相,看到其如梦如幻如泡影如露亦如电的空无真谛呢?

突然小院的门被急速地打开,简莹像干豆荚里蹦出的一颗豆子,活泼地冲了进来,一进来便拍着巴掌双脚起跳,欢笑着宣布:"哈!我拿着护照啦!"

王逸和蒲如剑都不由得站了起来。

王逸问:"莹莹,你怎么回事?今天不是你头一回上岗实习么?"

简莹原地旋转了一圈,扎染的裙子开成一朵紫喇叭花,她得意地说:"是的!今天是我头一回上岗实习,但,今天也是我最后一回实习!"

原来简莹申请护照之前，央求中方经理保留她的合同工资格，得到同意，所以一路参加培训到上岗实习，这天下午收工时她接到公安局护照科的电话，让她去取护照，她原本约好蒲如剑在她下班后到她家找她，因为取护照，所以回来迟了。她也顾不得向蒲如剑道歉，而完全沉浸在成功的欢乐中。

蒲如剑不由得羡慕地说："你真是扇扇门户都能敲开啊！人家打电话去公安局公安局还不理哩，你倒有公安局的人上赶着给你打电话！"

简莹先弯腰操起葡萄架下小桌上的茶壶，摸了摸壶身，觉得正好温热，便也不去拿杯子来，对嘴便咕嘟咕嘟喝了起来。喝完了，这才又得意地说："我简莹就有这个本事，见面熟！人人爱！前门后门我全不怵！我能眼观八方、耳听六路、一心二用、见缝插针、不动声色、手到擒来！"她觉得这样评价自己一点也不过分，比如说，当她头一回招待咖啡座的客人，便于无意之间，捕获了一桩秘密——那两个搞金钱交易的人，其中付款的一位，不就是那天在蒲如剑家遇上的那位吗？当时他正好把"转让"的便携式电脑给蒲家提去，他要了蒲家八千元，却只按七千元的价码付款，自己一吞就是一千元，可真够黑的！那位收款的，带着房间钥匙，钥匙牌上的号码是605，记账的时候电脑显示出他的名字是赖仑；按规定简莹她们上岗的时候是不许私接私打电话的，可简莹利用上厕所的一小会儿空当，便将蒲如剑的电话号码和名字写在小纸条上交给了中餐厅刚下班的阿珠，央她这就给蒲如剑挂个电话，请他下午六点以前务必到达简家。瞧，她要办的事这不都办成了！而且在她下班时，竟还有超级的好消息！

蒲如剑很想知道，简莹约他来究竟有什么要紧的事。看来拿到护照这件事并非原来一定要发生的，简莹绝非为此事把他约来。但简莹却让一张护照塞满了头脑，她满嘴只是关于去秘鲁的事儿，面对着活生生的蒲如剑，她竟全然忘却了约请他来的初衷。

王逸对妹妹的狂喜，只是默默地念佛。他认为简莹的此种心境表现，是佛教所谓"十二因缘"中最低一档的状态，称作"无明"亦即愚痴无知，恐怕她今后的一切烦恼，都将肇始于此了！眼下也不是劝说点化她的时候，因此他便打算退回自己的住房，再去潜心钻研《金刚经》。

谁知简莹却把他叫住了，也不避讳蒲如剑，便单刀直入地说："哥！这下我护照到手了，签证估计也不难，就只差买机票了，听说凭旅游护照买机票，非让买来回双程的不可，怎么着也得五六千块钱，头几个月咱们全家在这丁香花树边上可说定了的啊，一旦我真能飞秘鲁，爸爸出一千，妈妈出一千，我自己凑一千，那三千，可都得由你出啊！我到秘鲁一挣下钱，马上还你们，头一个还你！"

蒲如剑从旁看去，简莹那全然不像玩笑。的确，全家中，倒是王逸最趁钱，他工作已逾三年，每月三四百元的收入，除按月交父母五十元钱搭一餐晚饭外，其余的开销真是少之又少，所以按最保守的算法，他每月只存下二百元，现在手头上怎么也有个六七千的，拿出一半来借给妹妹买机票出国，该不是难事。

王逸听简莹这么一说，不由得双手合十，闭目垂头。简莹和在一旁观看的蒲如剑都以为那是应允的表示，谁知王逸却又抬起头来，张开双眼，缓缓地说："真没想到，你这就要走，我上星期日刚去了房山云居寺，把七千元现款，捐给了他们，为的是尽快修复那座辽代的十一层压经塔。现在我手头，只剩下几百元而已了……"

"什么?！"简莹一跺脚，瞪圆了眼睛，两边两个扇形耳坠秋千般地晃动，她逼近王逸一步，双拳紧握，使劲一抖，嚷叫起来，"你捐给什么……破庙了！七千块现款！你疯了！你是个疯子！白痴！

蠢材!"

王逸不作任何辩解,面色和悦,依旧双手合十,闭目垂头。

蒲如剑感到,王逸的话是绝对的实话,把几年来攒下的七千元一次性捐给远郊荒野中的一座尚未修复好的古寺,只为尽快恢复那座十一层的辽塔,王逸是做得出来的,凭他在简莹回家之前,坐在葡萄架下讲的那些话,他就做得出来。

极度意外的欢乐忽然碰撞上极度意外的失望,简莹心中像有阳电和阴电陡然相逢,顿时激出癫狂的电闪雷鸣,她不管不顾地伸出手就给了王逸脸上一巴掌,发出一声脆响,蒲如剑赶忙上去拉劝,简莹在蒲如剑胸怀中挣扎着,哭骂着:"什么东西!不是好人!跑到我们家来白住着,装什么洋蒜!什么逸不逸的!伪君子!臭狗屎!……宁愿把钱送给野和尚!存心阻挠我飞走!我恨你!我讨厌你!你给我滚!滚蛋!……"

挨了简莹一巴掌的王逸,面颊上留下了简莹掴下的指痕,他却依然面带微笑,双手合十,闭目垂头,只是嘴唇急速翕动着,他在默诵《般若波罗密多心经》,同时心想,这便是所谓"无明火起"啊,可怜的简莹,竟已堕入魔罗之网,煞是可怜!看来引导她明心见性,难度很大啊,只能静候机缘,再作道理……

蒲如剑使劲握住简莹的两个手腕,好不容易才把她制服,简莹消解了全身气力,松懈下来,可是她仿佛忽然又意识到了蒲如剑的存在,她睨视着蒲如剑,歪着嘴说:"你!你怎么在这儿?!你干什么来了?都让你听见了瞧见了!你开心了是吧!你走出这门去到处跟人家讲是吧!我护照有了签证快了,反倒没钱买机票了,你解气了是吧?你拍手称快了是吧?你望着我干什么?你在这儿待着干什么?你滚!你也给我滚!滚蛋!"

蒲如剑可不能像王逸那样心平气和。他一时身上冒火，瞪了鬓发蓬乱的简莹一眼，二话不说，扭身便朝院门而去，而他刚走拢院门，院门也就从外头把撞锁打开了，他几乎同由门外进入的人撞个满怀。

那是简珍和老王，他们郊游回来了。

26

北京城渐渐拥有两个世界第一：高档豪华饭店数目与密集度第一，"卡拉OK"歌厅数目第一。

在建国门外，不足两公里长的马路两旁，便密布着长富宫饭店（日本新大谷饭店分号）、天平利源饭店、赛特饭店、国泰饭店、贵友饭店、建国饭店、京伦饭店，从这饭店密集区东望，不远便是高耸指天的国贸大厦，那里又有国贸饭店和五星级的中国大饭店，而朝西望，不远又有顶层是旋转餐厅的弧形大厦国际饭店；在王府井的金鱼胡同里，则密聚着台湾饭店、和平宾馆，以及据信是目前最豪华的王府饭店，而稍走不远，则又有天伦王朝饭店，据说其内庭之宽阔雄奇，在亚洲堪称第一，它的北边又有松鹤大饭店，对面又有皇冠假日饭店，以及再往稍东的文学会堂大饭店和新华侨大厦饭店……敢问伦敦、巴黎、纽约、柏林、罗马、东京、香港，你们哪座城市中，能有如许多宏伟瑰丽的动辄数十层的豪华大饭店密集如斯？

不仅许多豪华大饭店设有"卡拉OK"歌厅，几乎所有中档宾馆乃至招待所也都附设"卡拉OK"歌厅，一些稍具规模的饭馆也都以附设"卡拉OK"歌厅为招徕顾客的手段，更有一些小门脸的场所，把"卡拉OK"作为其主要的营业内容,这样,一条一公里长的街道上,有时候会有四五处燃亮着"卡拉OK"的霓虹灯,有的不分昼夜总在那里红着、绿着,坏了几处灯管缺横少竖也依旧灿灿然、熠熠然。

瑞宾正朝一处"卡拉OK"歌厅走去。那是郊区一所乡镇企业性质的饭店附设的"卡拉OK"歌厅,由一位个人所承包经营。那歌厅场地不算小,差不多有一百平方米左右,屋顶正中悬着个"霹雳球"旋转灯,还有若干一闪一闪的小灯串,四围是若干低座沙发和小圆桌组成的酒座,一头是演唱"卡拉OK"的设备和略高于地面的演唱台,另一头是酒吧柜台,柜台前有排高脚凳,演唱"卡拉OK"的间歇中客人可以在当心的场地中跳舞,是一处集酒吧、舞厅和"卡拉OK"三项功能为一体的娱乐场所,但门口霓虹灯只强调其"卡拉OK"的一面。

这家"卡拉OK"歌厅算是比较低档的,因为所进的设备虽然也号称"四声道回环立体声",其实却是别处淘汰下来的一般音响,画面显示也不过只是一台二十一英寸的国产彩电;装潢上相当土气,点缀其中的假花假草造型恶俗色彩刺目;出入这家"卡拉OK"歌厅也都只是些城郊的三流暴发户或城里粘着暴发户哥儿们混吃混喝混乐子的混混们,再有便是些到北京捞钱而竟捞到不少的外地人。虽说低档,算是同类场所中收费便宜的,一进场也得二十块人民币,除了白供应你一杯用低档橘子粉兑得稀稀的橘汁,其余酒类、饮料、小菜,对不起,一份最少八块钱,唱一首歌或点一首歌都得花六块钱,一对情侣到里面消磨一晚,没有百儿八十块钱是对付不下来的。

瑞宾走进去的时候,那里面烟雾腾腾、笑语喧哗,一个小伙子,额前几绺头发染成了金黄色,穿着一件印有"烦着呢,别理我"字样的圆领衫,正举着喇叭筒握拳跺脚唱着"你就像那冬天里的一把火",

但几乎没有任何人在欣赏他那蹩脚的演唱。瑞宾环顾了一下整个场所，便拦住一个端送饮料的姑娘问："大葱呢？"姑娘摇头，不停步，往前走，瑞宾就又追上凑拢她问："那油饼呢？"姑娘这才煞住脚，望着他，问："你谁？"

"我瑞宾！"

姑娘眼光里还是透露出不放心来，她刚又摇头准备离开，瑞宾不客气地握住她胳膊，更大声地问："他们在哪儿？今儿个的房间号？"

姑娘挣脱了他，托盘里的杯子差点翻掉，白了他一眼，才低声告诉他："你去203试试。"

那地方每晚都有一些与承包人最磁的常客，聚集到一间客房去寻欢作乐，因为怕治安联防的特别是警察来找麻烦，所以几乎每晚都换一个房间。

瑞宾出了"卡拉OK"歌厅，拐个弯，上楼，楼上甬道满铺着红得刺眼的化纤地毯，越往里走，越显得冷清。瑞宾到了203客房门前，敲门。这宾馆客房没安门铃，门上却安着窥视镜，瑞宾敲了好半天，里头才把门打开，开门的是大葱，他一把将瑞宾拽进里头，责骂着："你丫头养的吓唬谁哩？他妈的胡敲！"原来这晚上熟客之间的暗号是急敲三下慢敲一下再急敲两下，瑞宾不知道，自然是"胡敲"。

那是一间双人客房，带卫生间。瑞宾从大葱肩头望过去，只见两张床之间是一桌麻将，而原来摆沙发写字台的地方是一圈用扑克牌"拱猪"的牌友，显然他们从别的地方移来了折叠方桌以及许多靠背椅，写字台上和地毯上横七竖八地摆满了空的和实的以及剩半瓶子的易拉罐饮料和瓶装饮料，香烟和酒气形成的浓烈气味儿令人窒息。

"你他妈的！"大葱继续责骂瑞宾，"该来的时候不来，不该来的时候倒他妈的来了！"

"我就找你,几句话,三分钟的事儿,"瑞宾对大葱说,"今儿个我不玩,我不想玩了……"

"瑞宾!"里头有人边甩着扑克牌边大声叫他,"你他妈小子过来啊!"

打麻将的那一伙有人和了,"哄"地吵骂起来,瑞宾听见油饼大声地嚷着:"遭灾了!他妈的遭灾了!我要回去了!回去了!"

大葱就把瑞宾引到卫生间里去,连卫生间洗手池旁的台面上也搁着一些酒瓶子。

瑞宾揿了下排风扇开关,排风扇呼呼转动起来,他这才深深吸了一口气。

"怎么啦?"大葱端详着他,"又绿啦?"

"没有。"瑞宾从裤子的屁兜里掏出四张一百元的大票子来,递给大葱,"这'四棵'你收下,那转角沙发的钱。"

大葱接过那"四棵",一张张对着洗手池上头的电灯照看检查,边查验边说:"现在他妈的造假钱太容易了!听说有那彩色复印机,咔哒咔哒两响,正面反面就全复印出来了,乡下老戆,哪个不认!"查验完,却又把那"四棵"往瑞宾手里回送。

瑞宾不接,大葱便骂:"谁他妈要你这'四棵'!就是他妈的'四方'又有什么稀罕?!""一棵"是一百,"一吨"是一千,"一方"是一万,"四方"就是四万块,确实,这屋里的人不会有谁对"四方"大惊小怪的。

瑞宾鼻子上的青春痘胀得通红,他对大葱说:"我妈让我给你拿来。你他妈的掖着!我妈说到眼下那还是她的家,她家的沙发她要坐,坐着不能烫屁股,她不能坐不明不白别人白扔给她的沙发……她让我谢谢你给送沙发去,又让我把钱给你,说他妈的不许你嫌多嫌少,你送去的那沙发是地道的坑人玩意儿，样子货，给'四棵'不多不少恰可好，咱们两清！"

大葱把"四棵"掇起来了，却皱着鼻子对瑞宾说："两清？！清得了吗？你以为你拍拍屁股就干净了？那天你跑什么？跑得了和尚，还跑得了庙？这不，你自己就又来了！……"

俩人正说着，油饼钻进来了，一边解裤子哗哗往马桶里撒尿一边冲瑞宾打招呼："你他妈来得好！一会儿不搓麻了，咱们大家伙一块儿玩'强者'，把两张床并一块儿，我央人画了一大张地皮图，足够大家伙龙争虎斗一通宵！"

大葱便对他说："你还买地皮啦！你老家的地皮都淹完了吧？"

油饼那张油汪汪的圆脸上便现出真正痛苦的表情，一边抖落最后的尿滴一边又仰脖凄怆地叫喊起来："淹了！他妈的淹了！真他妈遭灾了！……"

油饼是从南方来北京撞大运的人，在北京他运气不错，发了笔财，还获得了一个地道北京味的绰号，可近日他家乡遭受洪水之灾，他往家乡挂长途电话，已然不通，使他忧心忡忡。

油饼出去了，大葱对瑞宾说："留下来玩'强者'吧，带钱了没有？没带，这'四棵'你就先拿着当本儿！"

瑞宾叹口气说："等我也跟你们一样，发了财再玩吧！我这么总给你们这号人当'托儿'，从十字街头一直当到这荒郊密室，几时算了呢？到底我也是个正经的高中毕业生，一样没考上大学，你看人家出国的出国，搞艺术的搞艺术，最不济的也考进个饭店、工厂什么的，整头整脸有个正形儿，我再这么下去，老大不小的，算怎么回事儿呢？"

大葱抓起洗手池边台面上的半瓶啤酒，咕嘟咕嘟喝了几口，抹抹嘴唇，忽然极表同情地说："是呀，你爸又惹祸蹲了大狱，你妈除了你没别的亲人，孤儿寡妇的，总这么瞎胡混确实不是个事儿，要不，你也起个照，正儿八经地练摊儿，怎么样？"

大葱出来点人味儿，瑞宾挺感动，便继续倾诉说："我们家也真是人丁寥落，不过，昨儿个我姨从东北来了，带了个孙子来，我从没见过她，可她跟我妈一见面就搂着哭，哭完又笑，笑完又哭……我也这才知道我姥爷爷究竟是怎么回事儿！……是呀，我不当'托儿'了，我该正儿八经练练了！……"

正当此时，下面有人打了个电话上来，告知警察抓赌来了，满屋子的人顿时乱作一团，随即就都朝门外涌去，瑞宾和大葱在卫生间中，自然处于最不利的地位：一些逃得最快的人，出门就冲到旁边的防火备用楼梯上，那聪敏的人，便不往下跑而是往上跑，跑到上面几层再装作与这一层无关的人，乘电梯或走楼梯下到夜宵餐厅或"卡拉OK"歌厅，那就算逃跑成功了；瑞宾和大葱因为落在最后，当他们终于能从卫生间中出来并朝屋门外冲时，已被顺甬道大步赶到的警察截住。

这下，瑞宾可真的"绿了"。

27

一场风雨过去，池塘中的荷叶乱了秩序，还没有完全绽开的荷花，落损了张开的花瓣，剩下的花苞瘦骨伶仃，一派劫后余生的景象。

夏之萍坐在池塘边的长椅上，凝望着池塘中的荷叶荷花，觉得自己的命运，真像这一池残红乱绿，凄怆得投诉无主，排解无计。

这些天来，她一直在苦苦思索：方天穹为什么会迷上欧阳芭莎？她把自己，同那欧阳芭莎细细地作了一番对比，觉得有太多的方面，欧阳芭莎难望自己项背，固然欧阳芭莎比自己年轻，但就容貌而言，她之无妆自丽，人所共识，欧阳芭莎之浓妆矫饰，人所暗嗤；她体态丰腴娇夭，富于成熟的性感，方天穹曾多次由衷夸赞，欧阳芭莎身材不雅，三围不相称，以方天穹那样一个在性感要求上苛刻之极的家伙，怎会忽然有了嗜痂之癖？要论修养、谈吐、气质、风度……欧阳芭莎之玩世不恭、张牙舞爪、任性怪诞、不计后果，难道是值得欣赏爱恋的？……真真叫人不可思议！

　　夏之萍后悔，自己以往没有特别警惕欧阳芭莎。她们在某些社交场合见过面，有一次方天穹在家里搞"派对"，夏之萍张罗了一大桌自助餐，来的十多个人里，也有欧阳芭莎，不过她好像是不仅迟到许久，也早退了多时，夏之萍记不清那一回方天穹同欧阳芭莎之间有什么"双人镜头"，真是万万没有想到，也许就在那以后不久，方天穹同欧阳芭莎便有了当众（只是瞒着了她夏之萍）喝"交杯酒"的行径！而现在，方天穹仙去之后，欧阳芭莎竟声言她手里握有《蓝石榴》的最后几章，并扬言该书一旦出版，扉页上要标明"谨将此书献给欧阳芭莎女士"！方天穹同她，后来究竟是怎样的一种关系？她凭借着什么，使方天穹的情感世界从简珍那里旋转到我夏之萍这里十来年之后，竟又旋转并落定在了她那里？

　　荷叶无言，荷花默立。没被荷叶覆盖住的池水，绿幽幽的没有一丝涟漪。

　　夏之萍越想越有气。就在欧阳芭莎打来那个形同勒索的电话第三天，果然就有一个衣着时髦的小伙子找上门来，手里拿着一纸欧阳芭莎从外地电传来的"便条"，上头写着："请将《蓝石榴》手稿（或手稿复印件）交小钟转我，谢谢！"口吻不啻一个女皇，似乎夏之萍是她的臣属，必须恭接圣旨、立即照办。夏之萍问那小钟："你是欧阳芭莎什么人？"答曰："帮她办事的。"夏之萍心想：欧阳芭莎能给你什么好处，你这么卖力地为她办事？这话当然问不出口，夏之萍又问："欧阳芭莎究竟在哪儿呢？"答曰："外地。"这不是废话吗！夏之萍追问："外地哪儿？"答曰："我也不知道。"夏之萍说："怪了！你不知道她在哪儿，东西怎么转给她？"小钟从容地回答："我只管帮她取东西，送东西，另有别人帮她。"夏之萍心想：一个欧阳芭莎，怎么会有那么多人心甘情愿地帮她，还各人只管一段，她哪来这么大的谱儿？她究竟算老几？夏之萍没好气地说："我这里没她要的那份手稿。再说，有也轮不到她来要。"小钟却不慌不忙地说："给复印件也行。您要没现成的复印件，又怕我拿走原稿不还给您，您可以跟我一块儿去复印，楼下我有车……"欧阳芭莎支来只管一段儿的走狗竟还有小轿车，都是些什么人物！夏之萍便下逐客令："你走吧！也别再来！你愿意告诉她你就告诉她，她说的那稿子已经让我给烧了，我对那稿子有法定处理权，我处理的办法就是烧成一堆纸灰，你走！开着你那车快走！"那位小钟走后许久，夏之萍还坐在沙发上气恼得瑟瑟发抖。

……想来想去，欧阳芭莎所吸引方天穹的，无非就是她那山高水深的背景。有一回方天穹在家中忽然吟出"侯门一入深似海"的句子，细加推敲，也许恰是与欧阳芭莎幽会后、送她返家归来的感慨。方天穹在简珍那里找到了躲避社会风暴的小巢，社会风暴过去，自己筑巢已非难事，方天穹便弃巢而出，在夏之萍这里找到了温柔和性爱，夏之萍为他经营的这个小巢比简珍那边更有现代城市风味，所以方天穹遗弃简珍而自己却无所失，那么，估计方天穹近来又从欧阳芭莎那里找到了所谓上层的神秘与快乐，倘若老天爷不及时将他收回，那么，也许他便会演出遗弃夏之萍的一幕，而去同欧阳芭莎共享那一层次的荣华富贵，在那里，方天穹既有不亚于当年简家的安乐巢，又定能找到填补夏之萍空缺的性快乐（倒不一定从欧阳芭莎身上获取，夏之萍知道，那一层次的享乐方式绝对是开放型而非保守式的），方天穹所损失的，也许仅仅只是一点点他并不以为多么可惜的优雅型的温柔，但他所获得的，几近于整个世界——多亏老天爷终止了这一进程！多亏！

夏之萍在方天穹死讯传来后，头一回由衷地为他的突然死亡感到快意！这快意充溢上心头并朝肢体流泻时，夏之萍不禁为自己的此种心态而惊悚。她打了一个激灵，并且觉得满池的荷叶荷花似乎都在偷窥她的心态，不由得掏出手帕揩起颜面上细小的汗珠来。

"好呀，对呀，能出来散散心了！应该呀！"

"谁？"夏之萍一扭头，竟是宫自悦，不知什么时候已经站在了长椅旁。

宫自悦不请自坐，坐到夏之萍身旁后便滔滔不绝地说："好呀好呀，这就对啦！我一直担心你精神上总处于紧张压抑的状态，被一桩又一桩接踵而来的刺激搞垮，这就对了嘛！来公园散散心，跟大自然拥抱一番，这样你精神就安逸了嘛！我们朋友们也放心了嘛！我去你家找你，按了半天门铃也不见开门，我就作出了一个乐观的估计：你是到附近公园散心来了，果不其然！你看这公园虽小，景色不错嘛！荷红柳绿，波光粼粼，可以清神，可以静心……之萍女士，我来找你，还是为了纪念茶话会的事啊……"

所谓半官半民的方天穹追悼会，因为一无遗体可供告别，二也无须一纸空洞的悼词，所以一些朋友便主张开成个以评价其文学贡献为主体的"纪念方天穹茶话会"，宫自悦对此事最为热心，拉赞助，找场地，联系报社和电视台，安排会后少数人的"便餐"，种种事宜，进展都颇顺利，但没想到却受到了夏之萍的抵制，宫自悦打电话说不通她，便找上门来，不得其门而入，便追踪到这公园荷花塘边上。

夏之萍冷冷地对宫自悦说："要开，你们自己开。我是肯定不去的。"

宫自悦再作耐心劝说："那怎么行呢！没你出席，会能开吗？我知道，你主要是怕有那让你讨厌的人物出场，尤其是那位芭莎，但我们不给那样的人发请柬嘛！据我的可靠情报，芭莎现在是在南京，下榻金陵饭店，一时回不来，所以，我们抓紧开，她也不会闹出硬闯会场的事来！别的还有谁你见不得呢？你尽管说！我把他名字立时从名单上删除！简珍我们本来就没必要请，那个简莹，原来考虑过她，是为了想在会快开完的时候，让她以方莹的名义出面爆个冷门——控诉欧阳芭莎霸占了她父亲的遗稿《蓝石榴》，大大地轰动一下！你那销毁手稿的事，只有天知地知你知我知，谁也不会知道；欧阳芭莎手头究竟有多少章手稿，别人也都不清楚，我们就说成她全霸占了嘛！让她出个丑！给她个难题！……"

夏之萍鼻子里"哼"出一声，问他："那你怎么解释，方天穹一部新小说，手稿会不在自己家里，不在自己妻子手里，而在一个离婚独身的女子手里？"

"太好解释了！"宫自悦用急速的语调说，"原来你是顾虑这个！不用顾虑！解释起来很简单：方天穹把原稿交给我，请我代他复印，欧阳芭莎是从我那儿把手稿拿走的，至于我怎么会让她把手稿拿走，以及她不认账怎么办，等等，你都不用操心，我一定能自圆其说！你看，人们听了，丝毫不会想到方天穹跟芭莎有什么猫腻，更不会让你丢份儿！"

"我现在不想有什么轰动！我不想开任何会，我只想安静，我要安静！"夏之萍激动起来。

"好好好……我们就开个安安静静的会，不找简莹，也不向记者们抖搂什么冷门，行吗？"宫自悦说，"不管怎么说，天穹兄死得那么惨，我们作为他的亲人、朋友，总该聚在一处，寄托寄托我们的哀思啊！"

"我没有什么哀思！"夏之萍脱口而出。

"怎么?!"宫自悦没有想到。

夏之萍有点后悔，但一言既出，驷马难追，她毕竟是个有杀阀的职业妇女，便也不怕宫自悦四处去散布这一最新消息，她站起身来，撑足全部精神，对宫自悦明白无误地宣布："是的。我现在对方天穹没有什么哀思。我觉得他是死得其时。我现在对于他没有爱，只有恨！"

说完，夏之萍便挺直腰肢，管自走开。

宫自悦站在荷塘边的柳荫下、长椅旁，先是愣愣地望着夏之萍离去的背影，后来，他颜面上便渐渐浮出一个油腻腻的笑容来。

28

农贸市场的蔬菜品种丰富、鲜亮新翠，而且价钱比国营菜市场的还略便宜些，最大的优点是你可以任意挑拣，而不至于招致国营商店惯见的"家藏白果"。

匡二秋提着个塑料兜，一个摊棚一个摊棚地巡视着，看有没有赖仑特意提及的空心菜，在他们家乡又称作藤藤菜或蕹菜，此菜在原产地是最便宜的一种蔬菜，而且农民种植它甚至主要是用于喂猪，但在这距产地数千里之外的北京，它可就是一种难得的口味菜了。

如今农贸市场的菜摊也并非全由憨厚老实的郊区农民经营，很有一些外地的菜贩子，看准了如今北京有一大批原籍外省的市民，以及专愿尝新试奇的富裕户，所以经常从外地贩运来一些特别的菜蔬，例如茭白、生菜、百合、芥蓝、西蓝花、青菜头、紫包心菜……

匡二秋一路巡视过去，腿脚有点酸痛了，却依然未见空心菜踪影，心中不免烦躁起来。

赖仑原说在匡二秋家小住三天，现在三天已满，却又说还要再续住两天。匡二秋原以为赖仑住进来，可以既给自己带来许多新鲜而细腻的外部世界信息，又给自己带来许多生活上的方便——比如，匡二秋以为自己老婆既正好出差在外，安徽小保姆又早在一个月以前同老婆闹翻另觅新主，家中如此空虚，赖仑入住后该主动提出每晚叫个TAXI（出租车）去外面吃饭，且由他做东，那对于他来说，似乎并非难事，但赖仑却"既来之，则安之"，不仅绝不提出来请匡二秋外出吃饭，反而一日三餐都在匡家心安理得地吃白喝。

白吃白喝倒也罢了。毕竟人家白白赠予了自己一台最新型号的家用电脑；而且，早餐无非煮咖啡、煎蛋、面包抹黄油果酱，所费也无多；中午匡二秋在单位食堂吃，请赖仑自己打开冰箱，爱吃什么拿什么——赖仑也就往往只取出点熟食、西红柿、生菜叶什么的，用面包片自制个三明治，配上一只苹果或一只甜橙，喝上一听罐啤或一听可乐，便算一餐，那实在也只能赞之为简单俭朴；但晚餐，匡二秋自第一天宣称要"好好做一顿"后，赖仑便不仅竭诚拥护，决无谦阻之辞，并且竟决不帮忙，俨然坐享其成的架势，这倒也还罢了，从第二天起，还出起难题来，什么想吃家乡豆腐呀（北京并不那么容易买到南豆腐！）、想吃绿豆芽呀（北京农贸市场黄豆芽好买绿豆芽难寻！）、想吃烧鲇鱼呀（偏鲇鱼北京最难遇到！）……这不，今天中午匡二秋往家里打电话，问赖仑午餐吃得如何？他说不错，自己做了个热狗，喝了杯奶红茶，吃了两牙西瓜，服了些施尔康全营养素药片。问他晚上想吃什么，他便出了这道新难题："哎呀，想死家乡的藤藤菜了，你看能不能买点回来，清炒一下……"

虽是下午下班之后，阳光依然灿灿，匡二秋在农贸市场转得满头油汗，仍未见到藤藤菜踪影——往常倒是常能遇上的，今天怎么偏不凑巧？末后，他发现有个摊子上有一堆木耳菜，那木耳菜的味道同藤藤菜似有共同之处，都有某种野生植物的特殊气息，叶子滑溜溜的，口感特异——于是他便买了两斤木耳菜，他想自己为赖仑，也真算是鞠躬尽瘁、死而后已了！

农贸市场离他家并不太远，但他并没有让送他从单位返家的司机小荆就此开车离去，他让小荆把车停在农贸市场的街口外，采购完，他再坐进车，让小荆恪尽职守，把他送到他家楼门口。

小荆并不知道他家入住了贵客，见连续几天这位领导都亲赴农贸市场采购，不由得夸赞道："您可真行！我在我们家可是吃现成的，买菜啥的全是老婆子的事。要评模范丈夫，您准榜上有名！"

匡二秋听到这话很高兴，便呵呵地笑着说："你们呀，以为我们当头头的全不食人间烟火吗？我们也是人呀！"

小荆头一回听到匡二秋说出这样的话，心里一动，便有点顺杆爬了，他放慢车速，替小万求情说："家家有本经，您说是吧？您不也得买菜、做饭、过日子吗？小万他自打丢了那奥迪以后，愁得不行，不发他出车费了，他一月立马少了六七十块钱，那六七十块钱往月可都是打在生活费里的啊，听说这月他家连西瓜都没买过一个哩，也太惨点是不？其实，车是贼偷的，小万没责任对吧？依我看，您们几位头头高抬贵手，照发他出车费不行吗？……"

匡二秋一听这话立刻绷起了脸，紧闭嘴唇，嗓子里干咳两声，小荆从反射镜里一看，便知自己又一次出言不逊，只好加快速度，把匡二秋送到楼门口了事。

匡二秋进了楼，发现电梯口立着块牌子"停梯修理"，顿时火冒三丈，下班时间，电梯居然又"罢工"，是可忍，孰不可忍？但不忍也得忍，谁知几时才能修好？而且此刻是否有人在修，也大可狐疑。不得已，只好爬楼！平时遇到这种情况，手里无非只拎个公文包，今天可好！除了公文包，还有一大塑料兜菜蔬，真是行路难，"艰哉何巍巍！羊肠坂诘屈"，过的什么日子！

匡二秋喘着气，走走停停，停停走走，往自己所住的十八层爬去。一边爬，他一边对坐在自家单元里的那位悠哉游哉的赖仑烦怨起来了。

原来他虽真诚地封赖仑为爱国楷模，到底对此公还缺乏立体化全方位的了解，这回把赖仑请到家中小住，才发现原来此公并不那么简单。

首先，赖仑在他面前暴露出"香蕉人"的真面目。何谓"香蕉人"？就是赖仑其实除了一层皮是黄的，即华人人种、华人文化产儿或者说华人爱国者而外，剥开了那一层皮，则是地地道道的白肉，即不折不扣的全盘西化的文化意识和生活习惯。比如说，即使在匡二秋家，卫生间当然比大饭店的小许多、简陋许多，并且所安装的燃气热水器总出故障、调温功能失灵，他赖仑还是要中午、晚上都淋浴一番；香皂，他只用法国产的爵士牌，剃须刀，他绝不用电动的（他说那是东洋人才爱用的玩意儿）而只用欧洲产的一次性的手动刀；咖啡他不能容忍速溶的必得经电咖啡壶现煮的，匡二秋往咖啡里加绵白糖他睁圆了眼睛大表诧异，认为如果没有方糖那就该喝无糖的黑咖啡；煎蛋倘若把蛋黄煎得凝固了，他便简直认为无法下咽；对于匡二秋餐桌抽屉中没有餐巾纸他大表遗憾，递给他卫生卷纸请他擦拭（已经是高档的金鱼牌了），他简直是提着鼻子才勉为其难地撕了一段，结果还是没用那纸擦嘴；晚餐喝汤时匡二秋啜唇咂舌的声响大了一点，他竟微笑着提醒："不出声音，岂不更好吗！"……这些都还罢了，最体现他那香蕉气派的，是匡二秋请他住进了自己的书房（匡二秋所有藏书及文件资料文稿以及赖仑所赠的电脑都在那间房中，匡二秋为赖仑在那里面安置了一个沙发床），赖仑竟常常把门虚掩着，匡二秋如果随便推门进去，赖仑眼光中便显露出一种明显的惊诧与不快，匡二秋在两回这种遭遇后，自觉地采取了敲门求访法，赖仑居然大为满意，在里面应声曰："请进！"或"请稍候！"而绝无"何必这样客气？""这是你的家，你进出请便！"一类的谦让之辞……而他之所以心安理得地由着匡二秋采买、烹制、供应晚餐，也显然是基于西洋人那种"既然说好你招待我，那么我便受之无愧"的文化心态……

　　匡二秋总算终于爬拢了自己住的那一层，站在自己门外呼呼喘了半天大气，待气息稍平，这才掏出门钥匙打开了单元门，按说他开门和进屋时声响都颇大，赖仑也许会闻声从书房里迎将出来，道声辛苦，却并未！匡二秋把买来的菜蔬搁进厨房，到卫生间洗了洗，便去敲书房的门，里面是赖仑极其欢愉的回应："密斯特匡，你回来了！请进！"

　　匡二秋脸上堆出一个中等程度的笑容，推门进去，只见赖仑坐在大书桌前，正使用电脑在搞资料存储，而摊放在桌面上的资料，都是从匡二秋书架上取出的这几年的内部刊物——那些内部刊物说不上算什么很机密的东西，但毕竟都在封面左上角印明了"内部刊物，请勿外传"字样；匡二秋倒也没有特意向赖仑提供这些刊物，赖仑入住书房后，曾搓着双手问过："二秋君，这书架上林林总总的读物，我可以自由取阅么？"匡二秋当时爽快地回应他说："当然！只怕比你家的藏书，单调多了，见笑！见笑！"匡二秋没有想到，这几天赖仑所最感兴趣的，便是他早想当废纸处理掉的这些内部发行的明日黄花。头两天，匡二秋心里头倒也没怎么嘀咕，赖仑，爱国主义人士啊！能从中国农村里娶去一个地富女儿，想想就令人感动得浑身打战，而且在海外坚持弘扬中华儒学，宣传中华国粹，国内一大批崇洋媚外的人，一大批总想着自己国家人均收入太低、平均受教育程度太差的人，该在这位赖仑先生面前愧死啊！这样的海外、党外的布尔什维克，让他翻阅翻阅并不算怎样机密的内部刊物，有何不妥呢？赖仑先生，自己人嘛！……但这天匡二秋回到家，进入书房，见到赖仑坐在电脑前，旁边摊放着那些内部刊物的情景，不知怎么搞的，心里头却有点不自在起来，因为他明白，赖仑是把认为有用的文章、段落、数字、索引，用电脑储在了软盘中，那软盘，不消说他是要带往国外的……赖仑这样做，究竟有何必要呢？难道他执意要在自己家小住，这就是目的之一吗？

赖仑仿佛一眼便洞见了匡二秋的心思，从转椅上站起来，搓着手说："二秋君，妙啊！我那篇论文，构思终于成熟了，题目便可定为《儒学传统与中国大陆的沿海政策》，你提供给我的资料，很可以为弘扬我中华固有威仪作为佐证啊！"

匡二秋不得其要领，只好笑笑说："且把你的论文放一放，看我为你烧一份清炒木耳菜吧！"

……晚餐过后，匡二秋和赖仑坐在书房沙发中，各自握着一杯加冰块的威士忌，促膝谈心。那威士忌倒是赖仑以前送给匡二秋的，匡二秋一直存着没喝，现在羊毛出在羊身上，匡二秋请赖仑喝，赖仑也真能喝，匡二秋一杯未尽，赖仑却已经第三次自斟那金黄浓稠的酒浆了，而且每回也只加一块冰略予稀释而已。

匡二秋便请教，问赖仑他那论文大的立意如何，赖仑便大谈孔夫子的大同思想与近代社会主义理想的契合，又大谈"民人以食为天""民非谷不生"，说他主张保持中华民族的务农本色，而反对引入西方社会的金钱意识，对现今大陆所出现的"天下熙熙，皆为利来；天下攘攘，皆为利往"的局面，真是忧心忡忡。他认为中国大陆沿海，历史上的优势一为鱼米之乡，二为织造盐务之地，应恪守这一优良传统，自得淳朴之乐，现在大搞什么乡镇企业，使农民弃耕织而务工商，更有什么深圳珠海之类的特区出现，令他深感失望！更进一步说："你社会主义就该有个社会主义的样子！不要弄得僧不僧、尼不尼，非驴非马，失却了固有的传统美感！"也许因为酒量太大，意识之流动更活泼也更紊乱吧，赖仑又回忆起前些年重返家乡的情景，说看见村溪边，村姑卷起袖子，用皂角树上掉下的皂角洗涤衣物，用木棒槌在青石板上捶打衣物，心里真是漾着甜蜜的波环；而头一回见着芬妮时，一头从未被洗发香波污染过的黑发，粗粗拉拉编成一条大辫子，那从未被面膜、美容霜、护肤脂、洗面奶、防晒液侵袭过的红喷喷的双颊，真令他陶醉；又说乡路上鸡公车（未加轴承的独轮手推车）的叽嘎声，滑竿弓子的吱哑声，与城市里人力三轮车清脆的铃声，都令他深深地感受到一种中华民族深沉的生命韧力和固有的文化美感；唉，他真是热爱这一切美丽而奇妙的东西！但他这些年一次次地回到大陆，却一次次地发现了这些东西的消失，一次次目睹了诸如可口可乐、肯德基炸鸡、玻璃幕墙大楼、立体交叉桥之类现代化文明垃圾的增长！所以当夜里他搂着芬妮那带有乡土气息的鲜活肉体时，往往禁不住为大陆本土文化的沦丧而深深叹息！……

匡二秋也有点醉了。他不太能进入赖仑的思路，那思路未免太别致了，但他听了赖仑这些谈话，更铭心刻骨地感佩赖仑的爱国，看看人家！听听人家！想想人家！试问大陆上的衮衮诸公，清夜扪心自问，谁愿意搂着一个傻大黑粗的芬妮即马世芬睡觉呢？

"今天真聊得痛快啊……唉，二秋君，学剑学书总不成，唯有饮酒得真趣！我是要把这一瓶喝光才能罢休的了！你……再拿一点开心果来，如何？"赖仑红光满面，优雅地举着雕花玻璃杯。

再拿一点开心果来？匡二秋一愣。这下赖仑又显露出他那香蕉人的本色了——是的，西洋人喝威士忌，佐以开心果、腰果、美国大杏仁、加州西梅（李子脯）……确是很平常的事，但在中国大陆，匡二秋虽贵为副局级干部，也终究置备不起那么多的此类小食品啊！他已经端出并主要被赖仑吃光的那盘开心果，在北京市面上已值七元多人民币，合他匡二秋一月工资的三十分之一，"再拿一点来……"他匡家何尝有那么多的"一点"！匡二秋也没有非洲腰果和美国杏仁、西梅、提子干，只好去取来一包国产太阳牌锅巴，推荐给赖仑说："味道很香的，时下在大陆很流行！"赖仑拈起一片，仔细端详着，认真地问："搁了什么样的添加剂？"匡二秋答不出，赖仑便将那一片放回去，用一块餐巾纸仔细地揩尽手指，叹口气，干啜威士忌。

值他们灯下的促膝谈心，毕竟是十分投机的。

赖仑谈到一个段落，闲闲地引入说："这几天里，总算教会你使用这台电脑了，我自己试用它，也检验出其质量确属一流……《红楼梦》里小红说得好，天下没有不散的筵席，我后天便要登机回去了。在你这里住的这几天，我算是实实在在地体验了一番大陆知识分子的家居生活，你的款待，真可谓色色精细……只是，我还有两件事，想托你代为想法——"

他还有两件事!匡二秋一听,耳朵耸了起来。

但恰在这时,外面厅里的电话响起了蜂音。

29

"仲哥在家吗?"

这是一种乡下人的拜访方式,不按门铃不敲门,一边招呼着一边就推门往里迈脚。

仲哥正在给病床上的妻子扎针。他自学针灸按摩推拿拔火罐点耳穴掐脚穴,颇有一定水平,在工段上邻居中都有相当口碑,令他困惑的是,每当他将这些医术施之于亲人时,不是事倍功半,便往往收效甚微。但他仍希望能通过自己耐心而坚韧的施治努力,可以使已被医院大夫宣布了不治的妻子重新站立起来。

仲哥迎向屋门,只见进来了三个人,头一位似面生却又面熟,未等他开言,那半生半熟的女子便爽朗地自我介绍说:"别把我忘了呀!雷秀英!当年您给我打的那口箱子,如今家里有了多少新家具,我也没扔没毁!"

原来是雷秀花的姐姐,从东北回来探亲,已经到了两三天了,这晚是特意来仲哥家拜望的。

"还不快叫仲叔!"雷秀英把一个肥肥实实的少年人拉到仲哥面前,那少年腼腆地叫了声"仲叔!"便又缩到灯光照不亮的地方。

"姐回来两三天了,"雷秀花仍站在灯罩投下的阴影中,只望着从里屋迎出来的仲哥老娘说,"一到家就说来看大妈,看仲哥,可又不好意思打扰……"

"这话说哪儿去了！"仲哥老娘走上前，一把攥住雷秀英手，上下打量着她，喜笑颜开地说，"胖了！还养了这么个宝贝疙瘩，好福气！……"

仲哥就把雷秀花介绍给病床上的仲嫂，仲嫂微笑着向来客点下巴，仲哥代为解释说："穴位上还停着针哩，一时不好说话……"

仲哥麻利地沏茶，老娘指挥三位来客就座；仲哥把茶壶茶杯摆到折叠圆桌上，这才看清雷秀英在那圆桌上搁放了几件礼物。

"仲哥给我们姐俩的恩，咋报答也报答不清……"雷秀英打开第一个纸包，里头是一只玻璃匣子，匣子里红绸衬底之上，是一头人参，她截住仲哥老娘的话头说，"这能贵到哪儿去？如今俺们没发大财，日子过得真还挺火！东北乡下人，能有啥往京城里带的，这个我还真带对了，大妈您吃一半，我仲嫂吃一半，岂不正好！补元气的，可灵哩！这是我那男人亲自去药铺选的，认识那儿的人不是，所以一准是真货，不掺假的……"接着她又拍拍第二包礼物，那是一只捆扎着口子的布袋，她说，"这就别打开了吧，您们可别见笑，就是最平常的大豆！不过我可是一粒一粒选过的，个个都跟我这二小子似的，肥实着哩！怎么着吃都行，磨豆浆、点豆腐，那可没治了！……"第三样礼物，搁在个纸盒子里，没打开，她先笑，笑完两只眼的眼角又往下弯，语气一变，话也结巴起来，"你们想也想不到……这、这东西……"

雷秀花一旁帮她说完："当年我们糊涂，砸了您家的，如今姐专门到瓷器店去挑，挑了多少家都没有，后来就托店里找窑上专门给烧了一个……"

雷秀花帮助姐姐把那纸盒打开，取出一只老样式的圆柱形大茶壶来，还有八只茶杯，那圆柱形茶壶上，绘制着八仙过海的图案。

仲哥老娘一看，笑得露出豁着好多空当的牙床，拍下手说："咳！我早把它都忘了！瞧你，心眼儿还真细！"她一生从不懂得记仇，对于"文革"中"破四旧"的那些个事，她的不快也确实早已灰飞烟灭，所以见了那壶，只感到一种意外的快乐。

仲哥心里却滋味复杂。他想到《易》里的"复"卦，"复，亨。出入无疾，朋来无咎。反复其道，七日来复，利有攸往。"失而复得，固然是一桩好事，然而这也意味着，一种宁静状态的终将打破……

仲哥老娘端来了两笸箩待客的零食——一笸箩炒花生，一笸箩炒葵花子，这也是她家自己的常备零食，晚上看电视的时候，小孙女婆罗总要吃出一地的皮壳。

仲哥去为仲嫂取出身上穴位中的留针，又为她小事按摩。他们的闺女婆罗从外头玩完回来了，仲哥老娘让她叫大姨二姨，又让她跟那小哥哥认识，他俩倒说得上话，坐一处打开电视看上了连续剧。仲哥伺候完了仲嫂，大家围坐一处拉家常。

雷秀花心里的尴尬愁闷，渐渐浮现到脸上来；她偷瞥仲嫂几眼，心中很为那晚婆罗树下的孟浪愧悔；她把眼珠从下往上瞟仲哥，瞟定后又赶忙闪开，她真怕仲哥已在心里判定她是一只破鞋；她没心思旁听仲哥老娘对姐姐的那些热切的问询，以及姐姐回答她老人家的那些带有自满自足意味的话语……

雷秀英又反过来向仲哥和仲哥老娘询问史大哥史大嫂一家的情况，以及另外那几位兄弟姐妹的情况，听说小弟不仅上了大学，还当过什么研究生，毕业以后分到挺了不起的部门工作，除了离家远点，轻易回不来家，那真是十全十美的状况，羡慕得了不得，她回想当年，自己跟妹妹在中学里也都是拔尖的人物，又是劳动模范的家庭背景，要没那至今想起来还让人发愣的"文革"，不也是上了大学，早成了学有专长的知识分子了么？现在，自己却"老大嫁作农人妇"，一片北京的叶子，飘到了遥遥远远的冰雪之乡，唯一可庆幸之处，就是叶子没有腐烂，而在那里生了根须，又发出了新芽，展出了新叶，唉，日子，生活，人的命，人的运，谁能掰得清、算得明？

雷秀英感慨一番之后，发现妹妹和仲哥两人话都太少，便推推妹妹雷秀花胳膊肘说："你怎么回事呀？跟仲哥这儿还有啥不好意思的呀？多邪乎的事，仲哥都帮过咱们，如今这事，其实也还没邪乎到哪儿去，你就一五一十地跟仲哥说说呀！"

雷秀花心里发酸，泪水涌上了她的眼眶。她觉得自己整个儿地不争气。男人不争气，儿子不争气，自己确确实实也不争气，心里头总长满杂草，整天昏头昏脑的，理不出个头绪，看不见个目标，没有个奔头……净向往些个实现不了的事！仲哥是属于那病床上的仲嫂的！自己心里怎么总赶不走那股子火烧火燎的感情？经过那晚娑罗树下的事儿以后，仲哥还愿帮助自己吗？说是那事只有天知地知我雷秀花知他史仲奎知，可那晚柏树林子里，分明有个人影儿一闪，那不干不净的传说，怕已经散布开了吧？我自己纵使让人们用唾沫淬死，也心甘情愿，可连累了仲哥，我死了也得不着安宁！还不得在地狱里头，受那应得的煎熬！雷秀花啊雷秀花，你这遭的是什么孽啊！还不如当年随姐姐去了东北，在那粗粗黑黑的田野上，建立起一种大豆般朴素而肥实的生活！唉，我该怎么办啊！活着还有什么意思呢？活着真累，真难，真没脸啊！

"她开不了口，那就还是我来说吧！"雷秀英对仲哥说，"小宾子越来越拴不住笼头了，前儿个在一个不三不四的宾馆里，让公安局抓赌给抓进去了，秀花那张嘴，去了一趟，没把情说下来，倒越发地让人家起了疑，仲哥，你救人要救彻，我跟秀花一块再去的时候，劳您个大驾,跟我们一块儿去,好好跟人家说说,没什么大事,就放了他,我们保证以后好好管教,要罚款,我们认罚……"

仲哥老娘心软,一听就冲着仲哥说:"那你还有什么说的,人家雷家如今没个主心骨儿,你帮着给说说情还能累着你什么?"

仲哥平时并不嗑葵花子儿,这时却一粒接一粒默默地嗑着。这事,他出面并不合适。公安局的人怎能理解,他算雷家姐妹什么人?况且,雷秀花心里头,窝着一腔对他的感情,那是他不需要,并且于他有害的……

"你就帮帮她们吧……"躺在病床上的仲嫂,发出了微弱然而真诚的声音。

几双眼睛,一时都集注到了仲哥脸上。

仲哥不动声色,只是仍旧嗑着葵花子儿。

30

天下还有谁比自己更加不幸?!

陈新梦一边走,一边哭,街上不少行人都对她侧目。这是怎么啦?穿着打扮都挺讲究的,不像是谁家的保姆,更不像是盲流进京的外地人,远点看甚至像个海外华人,属外宾一级,怎么用手绢子一会儿抹眼睛一会儿堵嘴巴,呜呜咽咽地往前走……敢是高级精神病?

陈新梦的确到了精神崩溃的边缘。

父亲已进入弥留状态,大概不是今晚就是明天便要辞世。在这样一个沉痛的时刻,哥哥嫂嫂不是守在父亲病榻边恪守孝道,而是趁陈新梦不在家时，闯进去在所有父亲遗物上加封条，举凡柜子、箱子、抽屉乃至于壁橱，凡他们认为存有值钱物品的地方，都毫不客气地加上了盖有"陈胜利"印鉴的封条，并署上了日期。陈新梦从医院回到家中时，一见那景象真是吓了一跳，"文革"时她还很小，"红卫兵"也曾来抄过家，但来的"红卫兵"不是学校里的学生而是机关里的干部，较为文明，记得除了拿走一些东西，也在父亲书柜等处加上了一些封条，后来父亲很快得到"保护"，也就没有再遭劫难；万没想到这么多年过去，封条竟又出现在她家！陈新梦在惊愕万分的心态中，读到陈胜利留给她的一张字条，搁在一进门靠墙壁的半月桌上，字条上写着：

新梦妹：

　　为合理清点及合情继承父亲所有遗物（主要是手稿、手迹、藏书、字画、文物及现金、存款），不得已采取了封存方式，以俟父亲后事妥办毕从容解决。请见谅，并请协助！

兄　胜利

暨　嫂

年　月　日

又：为何私撬书柜？转移了什么重要物品？

请妹自爱、自重，并请届时作出可信解释！

陈新梦看了，几乎晕倒过去。

好容易支撑着没有倒下，她摇摇晃晃地从这间屋走到那间屋，望着那些白色带黑红斑点的封条，只觉得是一条条斜趴着的狰狞怪蛇，仿佛随时都要跃起将她脖颈缠绕、抽紧、咬啮!

她该怎么办呢?谁能帮助她呢?

她自然又只好找宫自悦。宫自悦很不好找,但她已经积累了一些经验,你可以打一个又一个的电话,追踪他的最新活跃地点,上一回,她不是在一家宾馆的卫生间里,找到自称是"赤条条无牵挂"的他了吗?

大约打过六个电话以后,她终于在一家专营韩国烧烤的高档饭馆里找到了宫自悦,那是一家什么炊具公司宴请外商,宫自悦自然又有某种非常充分的理由参与其盛,柜台小姐请宫自悦去接电话,这回他没有去猜欧阳芭莎,他心中有数:八成是那位排骨西施!

果然!

"宫自悦吗?啊呀可找着你了!你快帮帮我吧!我哥他……"

宫自悦这回满心不耐烦,不痛快。你哥哥你嫂子跟我有他妈什么关系?!贴了封条?你撕了它不结了!惊惊乍乍的干什么?!找我,我能给你保镖是怎么着?我宫自悦该你的欠你的了?你们家那点儿破事,从你老子那儿就让人起腻,我现在是一点儿兴趣也没有!……

当然,宫自悦满肚子这些个杂碎,倒还没趁着酒劲往电话筒里呕吐,他只是装腔作势地说:"哎呀,新梦,实在对不住,部长刚到,我实在不能细听这个电话,你先沉一沉气,晚上往我家再挂一个吧!"说完,也不管那边陈新梦多么着急,怀抱多么大的期望,"呱嗒"便把话筒一扣。

其实哪来的什么部长!宫自悦是看见服务小姐正往烤炉那儿端生田鸡腿,那肥嫩的田鸡腿烤起来再香不过,他若再让这个无聊的电话绊住,田鸡腿肯定让那几位饕餮鬼一抢而空!宫自悦回到自己那一桌烤炉边。韩国烧烤的烤炉炉面与桌面平齐,炉面上是一排铁箅,燃气火在桌子下面，桌子上方有可以下拉上推的粗大的排烟管。他一回到桌子边便动手烤田鸡腿，同桌的人问他："谁呀？能把电话打到这儿来？"

宫自悦一点也不保密，一边往田鸡腿上浇作料一边说："那位挨得了今儿个挨不到明儿个的陈老的千金，陈新梦，跟她哥哥嫂子在窝里掐起来了，还不是为了瓜分遗产的事！"

一位略知点前情的胖子便问宫自悦："咦，你不是揽了个事由，要把陈老的抗战日记，交由香港一家出版公司出版吗？"

宫自悦一边大嚼田鸡腿，一边给自己酒杯里斟长城干白，以"三年早知道"的口吻告诉同桌诸位说："那都是传闻。跟你们说吧，陈老在大脑软化以前，早立了个遗嘱给有关部门，现在有关部门一等他咽气就马上要公布的，他将他收藏的所有四九年以前的图书，包括线装书、珍本、孤本、秘本，还有所有的名人字画，所有的道光以前的文物古玩，所有明代家具，以及他个人所有的手稿、手迹、日记、札记，全都捐献给国家；那陈氏兄妹所能瓜分的，无非是些现款、存款以及一般的衣物家具用品等等，估计也没有多少！陈氏兄妹，到这会儿还都蒙在鼓里哩，还在那儿争什么文物手稿，告诉你们吧，他们一件也捞不着！那陈老头在遗嘱后头开有清单的！遗嘱还说，不开追悼会，不保留骨灰，不进八宝山，骨灰送植物园当花肥，遗体送医院做医学解剖……"

宫自悦一口气说完，连饮三大口长城干白，咂着油嘴，同桌的人大佩服——偏他宫自悦什么都门儿清！

其实宫自悦也是来吃这韩国烧烤之前，才打听到这个可靠的消息，当时他一听也不禁悻悻然，在陈老大脑软化的情况下，利用陈新梦跟他的那点说不清道不明的黏糊劲所拿到的抗战日记出版委托书，在那份掌握在有关部门手中的遗嘱面前，自然只好算是一张废纸，并且最好不要再亮将出来——他已决定将其投入机关办公室的碎纸机中；他对陈新梦那点本来是勉强支撑起的兴趣，自然在获得这个消息后立即化为了乌有，可是陈新梦"商女不知亡国恨"，竟还来纠缠他宫自悦，你说讨厌不讨厌?!

陈新梦没有想到宫自悦那么快地挂断了电话。而且，她从电话听筒里感受到一种冷森森的气息。她深切地意识到自己的悲苦无告，她一头扑进长沙发，痛哭失声。

……来人把她迅即用小车又接到了医院。父亲已溘然长逝。她扑到灵床前，被护士们拦挽住了。陈胜利哭得泪人儿一般，而且毛孔中冒出的汗与泪水似乎一样的多。嫂子也用手绢擦鼻子，看来她那眼泪也并不是假的。乱哄哄之中，一位什么报纸的记者说他要采访陈老的家属，没等单位里的人和医生说话，陈胜利便立即上前献出正身，主动握住记者的手说："我是陈老国内唯一的嫡子，我真是难过得不知道说什么才好!……"

陈新梦晕死了过去，被护士送到一间空的病房里救治，后来她醒了过来，趁护士不在身边，她走出了长廊，走出了医院，走上了大街……

悠悠长街，茫茫人生，陈新梦失去了理智，她一边哭，一边走……

31

"阿姨，你找不着家了吗?"

一个大约刚上小学的女孩子，拿着一块紫雪糕，仰着头问陈新梦。

陈新梦的视觉这才从如烟如雾的状态中聚焦复还。她停止了哭泣。小女孩咬着紫雪糕跑开了。她的小裙子是粉红色的,她头上扎小辫的绳头上有一只淡紫色的翘鼻子象,是用有机玻璃打制的。街上飘动着混杂的车辆行驶声。刚驶过去的公共汽车可以看出来是挤得满满的。一辆有长形篷的客运三轮由一位精瘦的车夫蹬踩过去,车上是两位东张西望的洋人,一个男的,一个女的,那女的戴着一对又圆又大的耳环……凡此种种,都使陈新梦的意识清晰到足以"看图识字"的程度,但她简直想不起来,自己何以站在那一处人行道上,也没有力气去想。

陈新梦下意识地拐进了街边的胡同。胡同里有很高的椿树,不会是香椿,肯定是臭椿,树干很粗,树冠很高很大,分列开的树叶每片都不小,凑起来很密,撒下的荫凉很让人心里舒坦。但这究竟是什么地方?自己到这里来做什么?

陈新梦的情绪平息得犹如雨后的池水,渐渐地没有一丝波环,可以平静而准确地映照出周遭的一切,却又没有任何流动。信不信由你,也许医生不仅相信并且以为并非什么稀奇的心理病例——她竟似乎什么都能回想起来,唯独忘记了父亲的撒手升天和与异母兄陈胜利的争端。

陈新梦所走进的这条胡同,是简珍家所住的那条胡同。简珍从胡同那一头拐进来,回自己家。陈新梦梦游似的快穿完整条胡同时,迎面遇上了简珍。陈新梦并没有认出简珍。即使在完全清醒的情况下,她也可能与简珍错肩而过却浑然不觉。她们两家的社会地位和大体境遇有着某些相近似之处,准确地说,是简珍的父亲和陈新梦的父亲不仅相识,有过交往,而且在"文革"中均属遭受轻伤后便被保全的人物。简珍比陈新梦大许多,陈新梦就是叫她阿姨别人也不会奇怪,但简珍知道从父辈关系上算,她若叫她只好称"新梦妹"。简珍在自己父亲亡故和与方天穹婚变后,再没有去过陈家也没有在别的场合看到过陈新梦,她意识中实际已几乎不存在这样一个人物,但这天她在快接近家门时,陡然发现陈新梦两眼发直、脚步僵硬地出现在自己面前,却不由得心中"啊呀"一声,思忖道:"这不是陈老的女公子吗?她这是怎么啦?怎么会出现在这儿?"

简珍便抢上几步,劈面叫住陈新梦:"新梦妹!你怎么来这儿了?"

陈新梦愣愣地望着简珍。简珍正想自我介绍一下,陈新梦却淡淡一笑:"啊,简珍大姐!"

原来他认得自己。本来也该认得的。

"你怎么来这儿了?"简珍又问她,"你是来找我的吗?"

"对,找你的,简珍姐!"陈新梦条件反射式地回答。

简珍多少有点疑惑,但还是把她带到自己家中去了。

简珍想向陈新梦询问陈老的情况,但见陈新梦有点恍恍惚惚的样子,便心里猜想陈老的健康状况恐怕不妙,问也无益,且容易触动陈新梦的忧思,于是在请陈新梦在客厅坐下后,一边给她沏茶一边也就且先找些最琐碎的话题来说,简珍心想,陈新梦总会自己将来意说出来的。

简珍问起陈新梦,她以前不是戴眼镜的吗?怎么现在不戴了?敢是那近视经按摩气功什么的矫治好了?陈新梦便讲起自己戴隐形眼镜的经验,开头戴海昌牌的,不适应,后来改戴博士伦牌的,挺好,但下了班以后,也就经常不戴;简珍说不总戴,那不会反使近视程度增加么?陈新梦便笑着说:"也不至于……"

老王、简珍招待陈新梦吃晚饭,陈新梦胃口居然不错。陈新梦见到王逸自己另外做饭吃,提出疑问,简珍便以揶揄的语气讲到王逸的信佛吃斋,陈新梦听了,瘦长的脸上更绽出许多笑涡……她也还记得有个简莹，问怎么不见，简珍便叹口气说："一匹套不住笼头的马，人家现在时兴在外头吃西式快餐，今天肯德基炸鸡，明天力士汉堡包，后天又是加拿大邦尼炸鸡，还有什么美国的山姆叔叔，法国的美尼姆斯，匈牙利的什么什么……"只是没说简莹忙着准备出国，陈新梦听了，也帮着叹息："那些东西，哪儿有中国的饭菜好吃！那也算吃饭么？……"

简珍跟老王递眼色，老王不明白，憨笑，简珍心里可实在纳闷："这位陈小姐到底是怎么一回事儿？她万年不来，今天来了，究竟为个什么？"

吃完饭，天色依然没有暗下来，大家便在小院中乘凉，陈新梦赞叹东西墙爬得满满的美国爬山虎，说比葡萄藤和丁香树，乃至比那些花盆中的月季和石榴花都更美丽。简珍见实在不得要领，自己想小憩一阵，便把陈新梦引到王逸的雪洞中，对王逸说："你现在已然是正经的居士了，又最会占吉凶卜前程论因果，你就给这位陈小姐卜卜前程吧！"又对陈新梦说："我看你今天莅临寒舍，恐怕缘分就在此一卜上。我们'逸斋居士'轻易不给人占卜的，一占卜，那说辞可多了……"

见王逸和陈新梦对上了话，简珍便抽身出屋，暂且偷闲。

王逸的屋里，只添了两样东西——五斗橱上正中安放了一尊江西景德镇烧制的千手千眼观世音造像，观世音像前一只小小的仿古铜德炉，炉中燃着檀香味的线香。陈新梦坐在书桌一侧，先望望屋中景象，再望望坐在书桌前的光头长髯却异常年轻的王逸，不觉心头冰凉，仿佛一池静水，又浮着些个薄薄的冰片。

王逸便静静地对陈新梦说："陈女士你眉心黑气淤积，怕是有不顺之事哩……"

陈新梦点点头："我是多年不顺，诸事不顺……"

王逸便问陈新梦的生日，陈新梦说出公元年、月、日，王逸手头一本万年历，很快查出阴历年、月、日的干支，接着便问陈新梦记不记得自己生在什么时辰？夜里？白天？前半夜？后半夜？陈新梦讲不清，王逸便叹息——如今多少中、青年人都不记得自己诞生的时辰，所以按生辰八字的四柱推衍，一般都少一柱，即落生的时辰；简莹曾跟他抬过杠："世界上那么多人生生死死，四柱完全相同的人，命运有的却全然不同，你搞那生辰八字完全是封建迷信！"王逸跟她耐心解释过："四柱的推衍，一是统计学，二是概率论，三是模糊数学，把握住这三个角度，便不是迷信，更不是宿命，当然，这只不过是探究个体生命奥秘的最低限度参数而已，我们需要的，是在此基础之上的更多参数……"不过陈新梦有问必答，不仅不抬杠，也不嬉笑，神情相当专注，这就使王逸有了探究她命运轨迹的基本信心……

　　不过，交谈了大约一刻钟以后，王逸便发现陈新梦两眼不住朝窗外斜视，而且渐渐显示出越来越浓郁的心不在焉与心猿意马——王逸本以为那是很快可以克服的，因为外来的干扰，本是小小的，无非有人按了门铃，来了位新的客人，一位男客，似乎不可能与眼前的这位陈小姐有什么关系，大约无非又是来找父亲，让他到什么公开场合去当场挥毫的……

　　陈新梦心中那一池静水，却在屋外院中的某些话语声中动荡起来，她虽隔着玻璃窗看不真切那来客的面容，但那语音却是何等的熟悉！当她猛地意识到在院里同简珍说话的是宫自悦时，她心中的一池静水陡地变为了火上的一盆沸汤，滚动、翻卷、嘶叫、冒烟……

　　陈新梦突然站了起来，眼睛睁得溜圆，瞳孔四周的眼白全显现了出来，王逸来不及采取措施，她已经猛地冲出了屋门，双臂伸向天空，双手痉挛仿佛要抓挠天空，只听她凄厉地喊叫起来："哎呀——我的爸爸——他死啦！死——啦！"她朝无比惊愕的宫自悦扑过去，还没扑到，便一头栽倒在地上。

32

宫自悦中午一点多钟的时候，在吃韩国烧烤的地方残酷地挂断了陈新梦千辛万苦觅踪而来的电话，但当他打着饱嗝回到办公室不久，就得到了陈老仙逝的消息；他本想将那份关于陈老抗战时期日记交由他全权处理的委托书搁进碎纸机中，略作思索后又改变了主意；他急急忙忙又让小荆开车送他到医院去；他早已知道陈老向有关部门立下了遗嘱，死后不搞向遗体告别仪式、不开追悼会，以及向政府捐赠几乎是全部有文物价值的遗物，但最新消息又使他知道将有中央的某位首长亲临医院，且有电视台和报社记者相随，首长将以向陈老遗容简单告别代替以往这类人物死去后常有的一大串礼仪性活动，并且也算是满足了陈老的遗愿，首长将揄扬陈老的这种胸怀和新的风尚，大概还要接见一下陈老遗属，并且将有记者采访遗属，请他们就自己父亲的遗嘱发表感想……这当然又是一次凑上去出镜的机会，并且也可让报社向自己约稿，刊出一篇颂扬陈老高风亮节的文章。

宫自悦赶到现场时，恰好是首长在陈老遗容前略作默哀状，电视摄像机咝咝作响，当打光的副摄像高举强光灯的关键一刻，他立即凑到首长肩后，使摄像机无论从什么角度拍摄，也绝不可能将他略去，并且编制新闻播放时，也绝不可能将他的图像删除在外；他目睹了陈胜利上赶着让记者采访，却又在记者面前大大地露怯——他竟然事前一点儿也知道自己父亲有那样可怕的遗嘱,但他也不得不暗暗为陈胜利叫好——那小子略为镇静后,便立即随机应变,仿佛他真为自己父亲的高尚情操而自豪似的,他预感到陈胜利将在执行遗嘱的过程中大耍花头,纵使陈老开有所谓的捐赠清单,但遗属说其中有的东西确实无从查找或确实已在此前分赠他们,有关部门又其奈他何!既然那批抗战日记早已被陈胜利转移,那么,他宫自悦拿着那张委托书,去同陈胜利做交易又有何不可?难道陈胜利想出版那些日记,能自己找到合适的出版商吗?他宫自悦要价可以伸缩,陈胜利感到他这个中间人不可或缺,那委托书岂不是现成而又现成的吗?何必毁掉呢?亏得在办公室时没有因一念之差,而使其葬身碎纸机中!……当陈胜利接受完记者采访后,宫自悦便走上前去,满脸哀戚,以双手握住陈胜利的双拳,什么话也不说,只是抖着下巴点头,他自信陈胜利心中肯定大为感动——这就为不日相见交谈合作事宜铺垫下了很好的心理基础!

宫自悦在医院那乱哄哄的场面中,竟浑然没有觉察出陈新梦的不见踪影。这就如同他在赞叹完一条烧鲥鱼的美味之后,绝无兴趣再去顾视那光秃秃的鱼脊鱼刺一样……

宫自悦这晚没有公费宴请可去,闷闷的,然而中午的韩国烧烤也实在吃得胃囊饱胀,所以他就没有吃晚餐,只喝了一听海南天然椰汁;他晚上到简家,并非找老王,更无关什么字画,他是来找简珍和简莹,建议简莹出席下周举行的那个"方天穹创作生涯研讨会";他万没有想到,小院里会有从天而降的陈新梦,并母夜叉般地朝他扑将过来……

33

那《青春的门槛》,究竟该怎样表现?蒲如剑已经撕揉、割破了不知多少幅草图,而留存的草图和半成品,也已逾二十来张。

蒲如剑在自己的画室中检阅着那些留存的草图与半成品。采取具象绘法的,黑色的墙体、上方呈圆弧形的门洞,以及门洞内少男的身姿,大体上都没怎样变化,但对门洞外的处理,则有着许多的变体:面目清晰的回头凝望的少女,面目模糊的舞动的少女,变形的如幽灵鬼怪般的少女……这还都是用高调的处理;另一种则是用略比墙体灰白的次低调处理,上有闪烁如星如光的游动的斑点和射线,隐约可以看出灰色中的人群,或一位少女的剪影……又有一幅,绘满鲜绿的草地,草地上有一象征性的长方形门框,门框这边斜放两只鞋,那边则飞动着几只鸽子。蒲如剑将这幅在手中停留良久,但终究还是扔开了它;再有若干幅完全是抽象的绘法,门已经衍化为一个不成形状的空缺,槛已无从辨认,一些色斑和线条、划痕似乎意味着突破的欲望与闯出的游移所交织出的痛苦;最后两幅则采取了"超级现实主义"的绘制手法,绘制的都是一扇门上所开的猫洞,一幅是从内向外看去的视角,没有猫的形象出现,另一幅是从外向内望去的视角,黑乎乎的猫洞内有两只猫眼在窥测着外部的世界,体现着迈出与不迈出之间的内心斗争……

蒲如剑最后扔掉了全部画幅,仰身倒在床铺上,双臂屈向脑后,双掌交错手指枕于脑下,望着天花板发愣。也许,那并不洁白然而没有任何色块与线条的天花板,才恰是《青春的门槛》之最佳构图?

电话铃响了,蒲如剑跳起来,到门厅里接电话。

"你别挂断!你要听我说,我是简莹!……"

蒲如剑握话筒的手抖动了一下,他确实想挂断,不过简莹的声音似乎有一种魔力,他就仍握住话筒,但没有吱声。

"蒲如剑!你别挂断,我一来向你道歉,二来有重要的事情要告诉你……"简莹在那边一口气如喷水池喷水般地潺潺往下倾诉,"那天当然是我不对,我已经找了心理医生,人家已经跟我谈过了,我那是一种心理病态,是不正常!是心理卫生不够讲究、心理健康状态不佳的表现!我现在已经康复了,已经清醒了,所以主动向你先在电话里道歉,并且还要当面再向你道歉!我跟逸哥也道歉了,不过他说他对我连一秒钟的怨恨也不曾有过,他说我那是'无明','无明'就是没有智慧,丧失理智,不懂事,没德行,他说'无明火'是一种最可怕的内热,'无明火起'就跟发高烧一样,是一种病态,所以,你瞧,他一个居士,分析起我来,跟笃信现代科学的心理医生简直没有区别……蒲如剑,你听着吗?你一定要原谅我,你知道一个人心理上发生病变时,他最需要的就是别人的理解、同情、谅解与宽恕!你告诉我,你原谅我吗?"

蒲如剑便告诉她:"我原谅。"

"那好,谢谢你!不过,除了请求你原谅,我还有很重要的事情要跟你说,并且要跟你父亲说,当面说!不过我现在电话里先告诉你,你知道那天我请你去,为个什么吗?当然不是为了让你目睹我跟逸哥犯浑,更不是为了专门把你找去当我那'无明火'的出气筒;我找你,是因为那天我在饭店当值的时候,恰好发现了一个秘密,详细情况我见面的时候再跟你们细说,现在我只把这个秘密简单明白地告诉你:

你爸爸买那台便携式文字处理电脑，多花了一千块钱！那个姓鲍的家伙，讹了你爸一千块钱！转让那电脑的人，要价只是七千，可姓鲍的让你爸给了八千是不是？你爸，你，你们家的人，都太老实了！瞧，人家一玩你们，就是一千块！……你爸今天晚上在吗？要不，今晚我就上你家去，详详细细地把我发现那秘密的经过讲给你们听……另外，我也是要看看你那《青春的门槛》，究竟画得怎么样了，我猜一定画完了，而且特棒，对吧？……"

　　蒲如剑全线崩溃，不仅原谅了简莹的一切，而且请她当晚就来他家，并且回到自己屋里，蒲如剑便把几天来一直扣放着的简莹的油画像，重新翻转过来，靠放在书桌之上。画上的简莹一头男孩式的发型，浅浅地甜笑着，两眼里闪着聪慧而狡黠的光。

　　妈妈先回的家。蒲如剑先告诉妈妈，爸爸下午一个人到故宫转悠去了，对此，妈妈倒有良性的评价："对呀，一天到晚总囚在家里，摆弄那电脑干什么？到楼外头走走，光是接接地气，也能对他有好处！"妈妈在厨房做饭的时候，蒲如剑便忍不住把简莹传达的秘密揭示给了她，并且宣布简莹晚上便会来家将整个情况和盘托出。

　　妈妈是不听则已，一听，岂止是"无明火起"，简直要同煤气灶一同燃烧，她扬声责骂起来："鲍管谊真是黑了心！怪不得！这二年原本断绝了来往，死不上门，面对面都装成不认识的模样，我说怎么突如其来地一盆火地赶了来哩！敢情是为了坑咱们家一千块钱！这家伙忘恩负义且不说，这么干不等于打家劫舍吗？就我这么个穷酸的'白衣战士'，你爸那么个倒霉的赋闲秀才，俩人归里包堆一月才拿多少银子？攒上一千块钱容易吗？好，他姓鲍的一口就咬下我们这么大一块肉！……"骂完鲍管谊，便又骂丈夫蒲志虔："鬼迷了心窍！不老老实实待着，买什么电脑！那玩意儿是他这种倒霉鬼玩的吗？他那人，死要面子，人家鲍管谊起码口头上是说先不忙给钱，过些时候再说，他呢，你那晚瞧见了吧，人家把电脑一提来，他就催着我进里屋去给他数出钱来，倒好像咱们该人家欠人家交罚款似的！你爸那个人呀，活该他倒霉，你算算，有多少件事，他心里头明明没那么个想法，起码没那么个兴头，可让人家一说一劝，一哄一带，他就卷进去了！他就脱不了手了！他就掉坑里头了！也不知道他那心是为面子活着，还是面子该为心挂着！……"蒲如剑他妈在这种心境下哪里还炒得好菜？炒煳了一个肉丝苦瓜，本来还想炒一个西红柿鸡蛋，也完全没有了心思，说切几个咸鸭蛋，凑合着吃一顿算了："一千块钱一千块钱地随便由人坑，这日子还过它干什么?！"蒲如剑心里挺后悔，还不如先别把这消息告诉他妈！

　　蒲志虔差不多在游人已然散尽，安放在游览区的广播喇叭频频提醒游客已然静园、请速出园的情况下，才慢慢走出了夕阳残照中的紫禁城。

　　蒲志虔所从事的自然科学研究，不仅与工程技术尤其是新兴高科技的发展有休戚与共的关系，也与社会科学中的哲学、历史、社会学、心理学、行为科学与文学艺术有着复杂的相切、相割、浸润、交融的边缘关系。他游览紫禁城，每一回都大异于一般的游客。据说在明代紫禁城建成伊始，每当夜深人静，在这座庞大的宫殿中，便有一处位置，能够在那里听到白天前门外、鼓楼前乃至东四牌楼、西四牌楼等市民商业活动区储留的"市声"，明、清两代都有感兴趣的皇帝，择一月朗风清的夜晚，钻到那对外秘而不宣的位置上，去聆听一下他的臣民一日里所发出的"混声合唱"，以获得一种心理上的特殊满足。早在三十多年前，他还没有从大学毕业时，便对这一传闻充满了实地考察、验证与论述的兴趣，但由于可以理解的大的小的政治的社会的以及技术上的种种原因,他的这一夙愿,始终未能对外公开,当然也始终不能得以履行。这天他出得紫禁城北边的神武门,一边沿着筒子河缓行,一边默默地重温着他的旧梦,他想,要是能堂而皇之地进驻紫禁城,当那夜深人静之时,能比较迅速地找到那一确能储留和发散出白日市声的立足点,该是多么令人振奋的事情!然而,如今的他,更没有这个条件了!接着,他又再一次感到悚然——多少年来,他也曾暗暗思忖过,倘若在月黑风高的夜晚,紫禁城里绝对没有第二个人,只剩一位皇帝待在里面,他的心理状态,该是如何?大概已经顾不上感到寂寞和空虚,而会充满了深沉的恐怖!倘若是一位当代人,他晚上被孤独地关闭在这座庞大而繁复的建筑群里,纵使把各处的灯烛全都点亮,除非是神经系统麻木或心理上有着超人素质的人物,否则,以他蒲志虔而论,他也是会恐怖得不知所措的!又哪里还会真有寻觅到聆听白日市声最佳位置的心情!可以设想,静园以后,一个游人被锁在了珍宝馆里,他并非盗贼,绝对不想偷窃任何宝物,并且珍宝馆里的电灯全为他一个人而燃亮,他可以在珍宝馆中任意走动而绝对不受干预,他会是怎样的一种心情呢?听见他自己脚步声在那宫殿中发出的回响,感觉到自己那鼻息声清晰而浓重,看见自己的影子拖得长长的,并因光源的方位不同而不时散化作几簇阴影,又或从罩住宝物的钢化玻璃上照见了自己模糊的面容,所有这一切,大概都会使神经脆弱的人恐怖到疯狂的边缘!倘若当他静止不动时,偏听见了隐隐绰绰的咳嗽声,或远处廊檐下闪烁如萤的烛光缓缓移动,那么,他的心脏,就有可能因承受不住恐怖感而当场破裂!……

这种种阴森而生动的想象,使蒲志虔自嘲并自剖起来,他脸上挂出一个揶揄的微笑,心里头嘲笑自己说:你这家伙!又想干某种匪夷所思的单枪匹马的具有独创性突破性的事,但又患有最深切最细腻最脆弱的孤独恐惧症！那简直是不可克服的！并且，说真的，那也确是自己从未真正想加以克服的……

蒲志虔离开筒子河，穿过马路，沿着林荫道，缓缓朝自己家所在的方向走去。

他想到了自己这二十多年来的经历。"文革"爆发时，他还不到三十岁，扪心自问，对于那个古怪的运动，他从一开始就不曾彻底认同，他没有一个完完全全的"受蒙蔽"时期，即使在周围的人们呈现出最一致的狂热状态时，他内心里也仍储留着腹诽和怀疑，当他头一回听到人们唱《语录歌》时，他比头一回目睹"造反派"狂暴地揪斗"黑帮"还更惊诧，人们为什么要如此这般？但他这些内心中的良知，并没有能推动他做出任何明显的特立独行的事情来，他也跟着贴了大字报，在炎炎烈日下坐在广场上开会，举手高呼口号，并且当满脸油汗的积极分子教给大家唱《语录歌》时，他也一点不比别人声音低哑地跟着学唱……在"文革"的前期和中期，还可以把自己的这种表现，解释为自卫本能，但为什么到了"文革"后期，人们在私下里的不轨议论已经比比皆是，他就在自己家里，与鲍管谊等人一边喝酒一边不仅刻薄而且可以说确实是相当"恶毒"地攻击过江青；对于报刊上那轰轰烈烈的"批邓"，人们甚至在公共汽车上也敢流露出不以为然和不感兴趣，然而，他蒲志虔仍然同绝大多数人一样，出席批判会，听取或起码是假装听取别人念批判稿，并且在一份由某某人根据抄录报纸上文章写成的大字报末尾处，在一大溜名字后面用大字笔蘸墨加签上了自己的名字……那时候不那样做已经不仅不至于有杀身之祸，而且应当说相当容易蒙混过关了，然而他蒲志虔还是逃逸不出那一历史时期群体的生存模式，逃逸不出那一历史时期潮流的裹挟方向，逃逸不出那一历史时期群体的语言架构和行为惯性……

近十年来，他又何尝不是如此！举例说，他对他所从事的那一学科研究中风靡一时的源于美国康奈尔大学的 H·B·J 理论，确确实实不仅存疑而且足以证伪，然而，当群体都争先恐后地朝其顶礼膜拜时，你那样做便会招来"保守"的恶谥，你无法逃逸出一种时髦的潮流，你无法逃逸出一旦兴起便充满了霸权味道的新型学术语言架构，你眼睁睁看着明明并非高明起码是并非最高明的某种东西在富于侵略性地膨胀，不仅无可奈何，而且，到头来，你也只能附和进去，至多用一些模棱两可的、小心翼翼的、先捧后疑的语言架构，显露出一点自己的小小学术个性——不过当后来一旦把那 H·B·J 理论之类的舶来品宣布为有害时，原先哓哓不休的鼓吹者在鸟兽散之余，却又纷纷表明他们早已超越出 H·B·J 理论了，他们确也早已超越——因为他们对任何理论的拥抱都只有不足三分钟的热情，他们朝更时髦的理论张开臂膊时，便把你留给了指斥那"旧"理论有害的榔头，而且他们甚至可以从那最新的高度帮助那榔头证明你的落伍、骑墙、无价值乃至于投机与无聊！而你自己，竟绝无能力逃逸于那榔头的捶击，因为你那些模棱两可、小心翼翼、先捧后疑的自以为是显露出小小学术个性的论文，却都在显示出你对 H·B·J 理论之类唯心论破烂货的鼓吹与推广，从而活该你倒霉！

蒲志虔回到家中的时候，妻子和儿子早因等不及他而吃过晚饭了，并且简莹也已到访一阵。蒲志虔一进单元便感到气氛有点不对，妻子铁青着一张脸，儿子和简莹招呼他后便双双进入儿子的房间，似乎是看画去了。他一瞥桌上纱罩中的菜盘，更大感不快——今天不仅数量大减，质量一望而知是少有的"败笔"。这是怎么一回事？

他吃饭的时候，坐在饭桌对面的妻子不等他喝完汤，便将简莹告知的情况一五一十向他细捋了一遍，末后激昂地说："你赶哪门子时髦呢？非这时候买电脑？你买电脑，又为什么非听那鲍管谊的主意，让他牵着鼻子走呢？他一坑你就是一千块，还算个人吗？你就交这样的朋友！而且那天他是没跟你约好就自己闯来的，你完全可以先不付款，可是，瞧你那副模样，马上让我进里屋拿钱，倒好像咱们该他欠他被罚了款似的！……"

蒲志虔对这一切完全没有思想准备。妻子报告的情况给了他一个很深的刺激，仿佛在他心上拉了一个口子，而妻子的埋怨更如同往那口子里撒了盐，使他难以承受和忍耐，他脸色大变，突然把饭碗往饭桌上一顿，把筷子往饭桌上一拍，气急败坏地对妻子嚷叫起来："你少废话！电脑我就是要买！我愿意从谁那儿买就从谁那儿买！我就愿意用八千块钱买！我的事不用你们管！听见吗！我蒲志虔总还有买电脑这点个人的自由！懂吗?！……"

妻子当然不懂，她怎知道蒲志虔在紫禁城转悠了一个下午都形成了些什么思绪？她怎知道蒲志虔在回家的路上恰恰对自己的不能特立独行有过感伤的自嘲自叹？她为丈夫如此出人意料的粗暴无礼而惊诧莫名，她哭了，并且大声地抗争起来："什么？你愿意用八千就用八千？那八千是你一个人的吗?！那里头有我的血汗！我有发言权！我没阻拦你买电脑就够贤惠的了，你还要怎么着？让人坑了一千块钱，你不心疼我心疼！你有能耐跟你那坑钱的朋友嚷嚷去！你倒欺侮起我来了！你说，这么些年，我哪点对不起你？你良心让狗吃了！……"

蒲如剑和简莹出屋来看，一时不知所措。蒲如剑有点后悔，不该这么急着让简莹来自己家；简莹也感到自己有点孟浪，或许，该耐心等到蒲伯伯回到家中、吃过饭，再心平气和地把获悉的秘密公布出来才好。

蒲志虔感觉额头两边的太阳筋跳得挺高，头痛，恶心，他意识到自己的失态，尤其是暴露于简莹之前，很不得体，但他一如既往，缺乏将自己心态调整到超越群体无意识的纯粹理性高度的能力，他可以清醒地惊悚于自己的这种无力，却无法逃逸于这种无力……

他其实在一听妻子报告那消息时便确信自己的被坑蒙拐骗，但他不能正视与鲍管谊多年的交往在社会变迁中的质蜕，不能正视鲍管谊的忘恩负义、人性黑暗，不能正视自己那天一见电脑便让妻子去拿钱是极其浅薄的好面子行径，不能正视妻子对自己完全正确到无可辩驳程度的批评，并且，最要命的是，他在几秒钟里就明白了在这样一种处境中，他是完全不可能有特立独行的作为，去费时费事硬心破脸向鲍管谊追索那一千块钱的，这桩事仿佛一面更大更平更亮也更无情的镜子，照出了他灵魂的猥琐、苍白、无能与无告！

蒲志虔只觉得眼球胀疼、喉头发堵，他用拳头捶了一下桌子，便禁忍不住，"哇"地一声呕吐起来，溅了自己一裤子一鞋……

34

怎么说好呢？"吃一堑长一智"这话用在瑞宾的遭遇上还不够确切，也许，"吃一堑长一惧"于他倒比较适用。

拘留所的一番经历，不堪回忆，进去脱光了让胶皮水管子猛滋，本来发烫的皮肤顿时触电般抖出鸡皮疙瘩，以及头两天"循例"要睡在马桶边，还时不时让"房头"把自己脑袋按到马桶紧边上，叫爷叫爹讨饶才得安生，这样一些其实稀松平常并非特殊的细节，便让回到家中的瑞宾觉得家中的床铺不啻天堂的神榻，他抱着睽别多日的枕头，害怕，怕一合眼再睁开，竟还置身在拘留所那个"笼子"里……

瑞宾可不想再"绿"了！据说也有"绿"来"绿"去，后来突破了恐惧线，一不仅不再怕"绿"，而且"绿"出来以后，竟只因为浑身痒痒，而又迅即更"绿"的，直到"绿"得成为"常青树"，方才罢休，甚或直到"树倒枝裂"，才结束其"绿史"，但瑞宾现在是发誓别让自己再"绿"了！

大姨的劝谕，母亲的哭诉，特别是仲哥那言语不多却语重心长的点化，使瑞宾心里头窝着的一团脏冰终于融化，但离澄清淘尽，当然也还有一段距离。

仲哥为了帮助他早日从"里头"出来，破着脸去求了他的一个徒弟——听说那徒弟是个信佛吃斋的居士，在护城河边多次旁观仲哥练武术和气功，后来主动上前拜师求教的，仲哥教他次数不多，俩人也没怎么来往，但那居士留下了个纸条，上有姓名和住址；仲哥为何找他帮忙？因为有一天仲哥正指点那居士走"八卦图"，来了几个旁观者，居士走完，一位警察上前同居士打招呼，两人谈起话来，原来那是居士高中同学，如今在区分局里工作，居士将他向仲哥作了介绍，仲哥同那警察握了手，那警察也笑说得便要来向仲哥学上几招，但后来大概是因为忙，并没再露过面；瑞宾母亲和大姨为瑞宾的事求到仲哥，仲哥想来想去，便决定先找居士，再找那警察，问明瑞宾情况，倘确实只是受牵连而无大罪，便请求将他在拘留期到日子之前，提前放出来由家里人管教。仲哥找到了居士，居士热心地带他找到了那警察，那警察果然帮忙，当天晚上瑞宾就回了家，仲哥见着瑞宾的头一句话是："小宾子，光长骨头长肉长下水长钱眼，那不叫人也不叫活着！……"

瑞宾出来了，大葱却仍旧留在里头；瑞宾主动交代了许多有愧于心的事——包括那天晚上，为贪大葱应允的白给一套新转角沙发的代价，便按大葱的要求把家里旧沙发乱扔在了自家墙外的胡同空地上，第二天对门邻居一来说丢了单位里的车，瑞宾就意识到自己帮着别人干了多么缺德的事，但他自己确实没参加预谋，更没参与窃车，所以采取了一口抵赖的泼皮态度；后来跟大葱一伙的赫特喝（当然也是外号，什么意思，瑞宾说不出），还有二合子，追着瑞宾要他当晚一块儿去白洋淀"涮夜"，说有现成的小车、小妞和大把的票子，瑞宾隐约感觉到那"现成的小车"恐怕就是那辆"奥迪"，所以他就嬉皮笑脸地跟他们说他当晚有"蜜"（就是有女朋友候着他），趁赫特喝和二合子划拳时从聚会的餐馆溜了，俩人追出来，一直追进地铁，终于还是没追上他，当晚也就把他饶了，而那以后赫特喝和二合子也没再露面；赫特喝和二合子跟油饼更磁器，对油饼言听计从，这些，瑞宾也都跟警察说了，油饼那天没被堵着，不知去向，或许回老家去了……

左思右想，瑞宾觉着还是从油饼、大葱他们那个生活圈子，回到母亲、大姨特别是仲哥这个生活圈子里，更舒服一些，这个圈子里没有灯红酒绿、蛇妆乱妆、卡拉OK、宾馆包房、豪赌狂赢、拍胸掳臂、肉香唇甜……可有的是安安全全、亲亲热热、干干净净、朴朴素素的普通人的散发着煮嫩玉米气味的生活。

瑞宾家对门的司机小万，骑车下班回家，听家里人说瑞宾无罪开释出来了，心里好生别扭。自从奥迪车被偷后，单位领导让他写书面检查，已让他窝囊气不打一处来，往公安局跑断了腿，公安局也不能说不重视，但多日来还是破不了案。在单位里，领导便指派他干最烦人的平时都是雇临时工来干的那些活，例如给公函信封贴收件人地址签、倾倒各办公室字纸篓、清除碎纸机中的纸屑，等等，连小荆也同情地说："他宫自悦玩命用车，半夜三更才完事儿，难道没责任？车丢了都赖司机，合理吗？以后中国机关里别设小车司机这一行，发他们当头的一人一辆车，让他们自己开，丢了他们个人负责！"可这话也不过是帮小万撒撒气罢了，苦果，还得小万自己吞……

晚餐的饭桌上，小万沉着脸，也不主动夹菜，都是因为听到瑞宾被释放回家的消息。尽管他也知道瑞宾这回栽进去是因为聚赌的事儿，但他总企盼着通过公安局的审讯，能顺便将窃车的事儿一并摘瓜，因为这事目前唯一的线头，就是个瑞宾。

小万的宝贝儿子雄雄几口吃完了饭，便闹着要找柱子玩，小万问："谁是柱子？"妻子小尤便告诉他："对门大姨的孩子，东北来的，比雄雄大一头，俩人倒能玩到一块儿……"小万把眼一瞪："她是你哪门子大姨？什么柱子棍子，甭跟他玩！"小万的父母便齐声责备上了他，一个说："有你这么说话的吗？……"一个说："对门雷家姐妹都是好人，小宾子是仲哥托人说情放出来的，你瞎疑人家什么？……"小万听是仲哥帮了忙，才不再言语。按辈份小万该叫仲哥叔叔，可是他随这片地方全体人等的习惯，只叫仲哥，他心想仲哥既然也判定瑞宾没直接参与窃车，那么，那些车贼究竟是哪儿跑来的呢？又把车他妈的开到哪儿去了呢？开上天还是开进海了？……

晚上下起了雨，开头小雨，继而中雨，再后大雨，小万、小尤和雄雄住的那间屋是自己盖的，平顶上不过铺了层席子，糊了层水泥，抹了层沥青，哪经得住这样大的雨，早滴滴答答漏起雨来，雄雄管自酣睡，小万和小尤搬来脸盆钢种锅接水，渐渐不能支持，小万便决定出外爬上屋顶往上头铺塑料布。

小万穿上雨衣，拿上大块塑料布，出了屋，他那屋与瑞宾家的屋只隔不足一公尺，瑞宾家也亮着灯，似乎也在漏雨，也在锅碗瓢盆地安排接漏……小万搭着凳子，正考虑怎么才能上到房上去，瑞宾家门开了，恰是瑞宾本人，他手里托着一叠沉甸甸的东西，只听他说："万哥，给，这苦布顶用……"小万一愣，正想扭头不理他，又见瑞宾他妈从瑞宾身后探出头来说："你用吧！那是他爹单位当年折价处理下来的，大货车上的苦布，铺上你那屋顶足能抵挡一阵！"小万还发愣，又听瑞宾大姨在吆喝："小宾子，还不把家里梯子搬过去，帮把手儿！"小万便说："你家自己用吧！"瑞宾直把那苦布往他手里擩，一边大声说："我们家漏得不算厉害！"

……瑞宾搬来梯子，又递上压苦布的砖头，苦布铺上以后，小尤在屋里隔窗喊："果然管事儿！还在滴水儿，可都是留在底下的水儿了，一会儿准停！"……

再睡下以后，听着窗外的雨声，小万躺在那儿，似乎睡着了，其实意识层里仍流动着清明的思考：果真没瑞宾的事儿，那么，谁干的坏事呢？大葱？大葱背后又是谁呢？瑞宾借苦布、帮忙堵漏，会不会是收买我心，好去掉我的怀疑呢？人，可真难看透；人心，可真跟深井似的莫测……

35

从一家借小学教室开业的外语学校上完西班牙语课程，简莹挎着月牙包快步走向什刹海前海西岸的"荷花市场"。几十年前，位于北京市西北城的什刹海湖边存在过以卖各种京味小吃的"荷花市场"，许多新旧书籍上都有有关记载和描绘。现在有关部门企图恢复当年"荷花市场"风貌，在什刹海前海西岸设置了若干亭式摊档，租给个体户们经营风味小吃，练摊的商贩把各式各样——大都因陋就简——

的一些桌椅板凳陈放在沿湖铁栅栏边的大柳树下，供买下食品的顾客坐下享用。除了摊档，也有一些小的或中等的铺面，可以入内就食，有的门外摆放着详尽的菜肴价目表，并在门窗玻璃上标明"冷气开放，内设雅座"以广招徕。

夕阳西下，晚饭时间尚未过尽，饕餮之徒的夜宵时间也已来临，按说这"荷花市场"应该生意兴隆才对，但简莹走进有着"荷花市场"字样的木牌坊以后，却发现顾客并不太多，许多遮阳伞下的桌椅都空空落落，一些个体户老板雇来的外省小姑娘，站在摊档柜台后高声吆喝着食品的名称，敲打着碗筷锅勺，并向过往的行人招手兜揽生意。随风飘来一股各类食品混杂成的催人口涎的气息。简莹便走近那些摊档，想挑拣一种好吃、洁净但又不至于过分挨宰的食品。

烤羊肉串、卤煮火烧、炒肝、包子、烧卖、面茶、切糕、豌豆黄、牛肉拉面、担担面、荞面、馄饨、爆肚、灌肠、豆汁、焦圈、小笼蒸肉、炸田鸡腿、炸鱼、炸虾串……温州鱼丸、朝鲜冷面、铁板烧、粤味煲仔饭、荷叶粽子、八宝莲子粥、绿豆粥、水果刨冰、热狗、牛奶洋蛋糕……一路检阅过去，简莹是几乎每样都有兴趣，但又拿不定准主意。当年的"荷花市场"大概不会如此东西南北大荟萃、中外古今熔一炉。到底是如今。

最后，简莹选择了一种煲仔饭，揭开砂锅盖子，只见饭上面盖着广东香肠片、鹌鹑蛋、红烧排骨和炒豇豆，热烘烘香喷喷，她便又要了一瓶冰镇燕京啤酒，都拿到湖边一张圆桌上，坐进白色的阳台椅，从月牙包里取出自带的香味擦手纸，先细细地擦拭了塑料杯和方便筷，这才吁出一口气，打算好好地享用一番。

但就在简莹进餐前，随意地一顾视湖上景象，便不禁胃口大败。什刹海前海的东部，种植了很大一片荷花，荷叶田田，荷花高耸，本来倒也绿肥红瘦，颇有诗意，但不知为什么，过往的游人，还有在湖边就餐的食客，都那么喜欢往湖里乱扔东西，尤其是各种软包装饮料的外皮，以及简易塑料食品袋，风浪把多少天来所扔的东西吹拢在一起，形成白沫镶边的好大一片！最奇怪的是面对那么大一片水上垃圾，人们不仅并不急于将它们清除，还心平气和地穿着游泳衣跳进湖里去游泳，只不过小心翼翼地避免同那一片水上垃圾接近罢了！早已经出伏，不过是"秋老虎"而已，游泳的人却还很不少，许多父母带着孩子，租用着湖边个体户提供的充气浮垫或救生船，兴高采烈地在脏兮兮的水里捞取一点岸上所无的清凉，而湖边还有不少临时推着小车来兜售生意的小贩，那些嬉水的人们中，大有购买了饮料后便将包装信手一扔的人在，因而那水上白沫镶边的垃圾场，俨然就要从东边的荷花区，迤迤逦逦地漂到简莹身边的西岸栏杆下来……

简莹只好把头扭回来，不再去看那北岸新修建的仿古亭廊、有西洋式彩色帐篷的湖心岛（那是一个游乐场，不过当时没有开放）、湖东密集的荷叶与稀疏的荷花、在近岸处如同煮饺子般的游泳嬉水者、一大片仍在扩大的水上垃圾等等互相矛盾的景观所构成的一种现实。

真是一个象征。简莹心里想。

是一种文化。简莹心里又想。

因为责任不在我，并且，我无能为力，所以，拜拜！简莹接着想。

简莹啜着啤酒，偶尔夹一点香肠，想心事。

现在护照已经有了，突击一个月的西班牙语，便可以去秘鲁使馆办签证了。机票款不够，另外，也需要再倒换些黑市美钞，带在身上打基础；逸哥的确可恶，不过，又其奈他何！……

仔细想来，那天伸手去打逸哥，固然有种种心理的、性格的、病态的、偶然的因素在交互作用，其实最根本的，还是自己同逸哥对于生活的态度,绝然地相反,如阴阳电之不可长久和平相容,纵使有那和平共处之心,也会在不经意的微小冲突中,出乎双方意料地爆击出电闪雷鸣……

什么居士!什么佛,什么道,什么禅,什么易,什么太极八卦,什么瑜珈气功,说到头,不过都是把生活视作一种罪愆,一种苦难,因此,逃避生活,保存自我,而自我在逸哥那种人看来,不过是生命本身罢了,因而,使生命尽可能地不消耗,或极其俭省极其刻板极其无聊赖地点点滴滴地消耗,便是他们那种人至高的目的,也是极高的境界,他们有时间不仅不去享受,不去求欢,而且藐视理性,摒弃科学,不读科学著作,不学外语,不关心世界局势,不介入社会现实,他们一天到晚企盼着从所谓东方神秘主义中得到感应,预知前程,占卜因果,浑浑噩噩,懵懵懂懂……

像逸哥那种人,居然很多!各社会阶层的人都有!那天不是有位一眼望去便是从"都市里的乡村"来的,尽管干干净净整整齐齐仍掩饰不住其土里土气怯瓜怯菜的筑路工,逸哥叫他什么仲师傅,来到我家小院吗?也不知他找逸哥,叽咕些个什么,可能又是一位居士吧!那人走后,逸哥居然有兴致向我夸赞起来,说是那真乃风尘中的豪杰,底层中的黄金,不仅人品高尚,心地善良,而且思想深邃,多才多艺……还有什么上孝下悌啦,乐于助人啦,坐怀不乱啦,等等,等等,总之一大堆在我简莹看来都是散发着霉味儿的优点;那当然是一位至少跟逸哥一样值得尊重的货真价实的好人,然而,正是因为这种收敛型的、保守型的、本分型的、道德型的人物太多,才使得那些绝无创造性和创造力,只有侵略性和破坏性的坏蛋,得以没有多大障碍地贪赃枉法、胡作非为、寡廉鲜耻、穷极无聊地一路活跃下去!

逸哥的父亲老王,现在我简莹也叫他爸,应当也划入这一类……

或许连逸哥、仲师傅一类人都更不如,因为他的生活观念更平庸,更乏味。当然,他现在有一点寄托,便是弄书法,但我实在不能理解,无论谁来请他到一个什么哪怕是很低档很无聊的场所去"当场挥毫",他答应下来的同时,第一句话总是:"我可是不会写字啊!只好勉为其难,当众献丑了……"其实我觉得他写得已经很不错了,他所缺少的,只有一条,便是狂气,他为什么不挺起胸膛(挺不起胸膛至少可以挺起他那大肚皮),大声地说:"好!我就给你们写去,让你们眼睛都唰地一亮!"他倘若能那么说,能用那么个心劲去写,写完能用那么个气概面对别人无论是褒还是贬,他肯定早跻身一流书法家中了!

妈呢?妈跟爸,是一个萝卜一头蒜,相差有限,所以他们那旁人看来很滑稽的结合,竟一直持续下来,并且大有不仅白头到老而且秃头到老的地步!妈最近的生活比较有起色,因为方天穹之死,是一个强刺激,激起了她的仇恨,她要借机会报复那个叫夏之萍的女人,当一个人有足够的社会伦理和法律做后盾,凭借着仇怨去实行报复时,那也能构成一种创造,因而生活也就超出了平庸,得以放射出一种异样的光彩,但妈的美中不足是没有冲劲,或者说她的冲击力没有后劲,瞧,日子稍长,她就优柔寡断、游移动摇起来!……

有的人,比如蒲如剑的老爸,那位颇有名气的学者、专家,我本是很景仰的,没想到如同许多照片上、屏幕上的风景,不可以真的身临其境一样——一旦真的到了那跟前,便会发现不过尔尔,乃至大为败兴;那蒲志虔对别人施之于他的不公正乃至欺凌,居然忍气吞声!居然毫无办法!更古怪的是居然用自虐的方式来平衡心理上的畸变!他的生活,也许只光明灿烂于他那个瘦伶仃的躯壳之内,对躯壳外的一切,他简直没有驾驭的能力,看得出他常常被人牵着鼻子走,并且还常常自穿鼻孔、自备鼻环!

蒲如剑那个德行，很像他那老爸，瑞宾他们都叫他"剑把儿"，一点不错！只是不断地让人握住舞来舞去，而全无闪光的锋刃！那天我去他家，道歉、告知他家被人坑了一千块、看画……除此之外，我还提去了一兜子"资料"，供他为买下了出版社书号的个体出版商设计封面。我告诉他怎样利用那些从港澳台和东洋西洋杂志上裁下来的彩页，要巧妙地剪贴拼合，刚要露出"大波"（就是女性肥大的乳房）便立即用一个人民警察的头像斜着遮住（这类正面资料很好找，不用我再提供）；似隐似现地有一点床上做爱镜头，却又压上一幅人民海关缉私的大幅照片，诸如此类，以蒲如剑那个聪敏劲儿，应当是一点就通，蒲如剑也确实一点就通，我并且告诉他，这费不了我们多大工夫，可一个封面，多的能有上千的报酬，最少的也能得着二百。他设计，我经手，等于他是艺术家，我是经理人，得了报酬我们两人对半劈；嘿，听了我的计划，他先是说："那算什么艺术？"这话倒对，那他妈算什么艺术！接着他又说："这太危险了吧？"这话就古怪了，太危险怎么着？难道你蒲如剑一天到晚因在你那破屋子里画什么谁也不要看谁也不想要绝对没人买的一听那画名儿就能让人嘴角撇到耳根的《青春的门槛》，安全倒安全了，你生活就有意义了？再说，你不想法子挣点钱，老大不小的了，光那些个绘画纸张、颜料、用具，一个月就得投资多少，总让你爸你妈供着，也好意思？就算你那《青春的门槛》真是他妈的艺术，也得靠挣钱去养那艺术，给个体书商设计封面，就是挣钱的捷径，就能养你那艺术，因而也便是一种艺术！……

危险？对了！在我简莹看来，生活就是为了消费生命，而且要有滋有味地消费！当然，这消费的核心含义是创造，而任何一种创造必立足于革新，任何革新便都必是一种冒险！生活就是冒险！就是历险！你看我考大学时，除了地理、英语两门以外，其他几门为什么分数都让那些个僵尸般的判卷者大把大把地扣掉了？绝不是我根本不会！也不是我脑慢手夯！主要是我总想换一个比标准答案更有创见的答法！是的，危险！并且我果然因此被刷了下来，但我一点也不后悔！我从考进大饭店到决意赴利马到终于拿到护照，哪一步不是险棋？并且前面还面临着更大的风险，但人生中本来最活跃最多变最饱含机遇最能任创造力驰骋的，不就是一个险字吗？我简莹冒险是冒定了！以身赴险，是我天然的权利！谁也不能剥夺！

……当然，谁也别误会，以为我简莹是要胡来，冒险与胡来完完全全是两码事，从几十层的楼房顶上一头跳下去，那是胡来，但从几十层的楼房顶上用固定得绝对可靠的缆绳把自己技巧地缒下去，那就很可以视作一桩乐事……对了，瑞宾，那也是个同学，听说他果然"绿"了，栽进局子里去了，他那不是什么冒险，就仿佛不懂得化学知识的人，偏认为白色结晶的农药跟盐巴没什么大的区别，不听别人劝告非要逞能往嘴里搁一样，那是愚蠢，不是冒险！……

那位名叫鲍管谊的人呢？据说是蒲如剑他老爸的大学同学，多年老友，可他愣下手来坑了蒲如剑他老爸一千块钱，那是不是冒险呢？当然也不是我简莹心目中的那个冒险。冒险是一种游戏，而游戏是要讲规则的，打牌要按牌理出牌！社会上普遍承认的道德准则，公众共同厘定的法律秩序，这是人生游戏应当遵循的规则，冒险，应在这规则范畴内进行，所谓突破，也应只是在道德与法律的空隙间（有时那空白处很大，已并非缝隙而是飞地）游动；像鲍管谊那样干，至少明显有违道德，是犯规行为，倘不对这类小人的犯规行为实行惩罚，那么，积累多了，形成风气，社会上便只能形成越来越多的忍气吞声的苟活者，而像我简莹这样想按规则冒险的人，便要两头受阻，不得快活，所以，哼，纵使蒲志虔和蒲如剑都不采取行动，我简莹也要让鲍管谊这家伙尝尝社会正义所施惩罚的滋味!……

……都说我简莹早熟,我其实熟得并不比王熙凤早,王熙凤还没我这么大就早主持上荣国府的府政了,还把不按规则游戏的贾瑞恶治了一通,还协理宁国府……对,像鲍管谊那号人,就欠出来个王熙凤,给他来个"毒设相思局"!……

……方天穹呢?还有那个名字怪有趣的欧阳芭莎,他们算是哪一号人呢?尽管妈妈提起他们,尤其方天穹,便咬牙切齿,但即使从妈妈那些否定性的描述中,我也感觉方天穹——我真正的爸爸——大概是一个算得上具有冒险精神的人!我不爱他,但他毕竟是我的生父,流动在我血液中的冒险欲,多半就是来自他的遗传!欧阳芭莎我没见过,关于她的信息也很模糊……对了,关于她,有两个人来报过信儿,一位便是那个鲍管谊,我直到昨天才听妈妈说起,原来此人前些日子很奇怪地给我妈打过很长的电话,说是欧阳芭莎手里有方天穹一部遗著叫《蓝石榴》的全部二十多万字的原稿,他鼓动我妈以我的名义将那遗稿的保管权和出版权要回来;另外一个报信儿的则是那个叫宫自悦的人,他是到家里来跟妈妈讲的,他的主意跟鲍管谊有所不同,他说毕竟夏之萍是那遗稿的第一继承人,我只处于第二位,因此我不好强索那遗稿的保管权;而且,一部遗稿,夏之萍和我这么两个人也不可能各存一半,所以,最好我们都委托他作为那部遗稿的代管人和出版事宜经办人,他说夏之萍已经写了正式的委托书,建议我也写一个,经过公证成立后,他将在夏之萍同我(其实是多半同我妈)之间实行"统战",共同对付那位欧阳芭莎,但他又说欧阳芭莎不能过分得罪,我们只应就《蓝石榴》论《蓝石榴》,千万不要牵三挂四……对了,你看,这个宫自悦跟那个鲍管谊的主意很不相同,鲍管谊就唆使我妈牵三挂四,我妈听了他的指派,给一个叫匡二秋的打了电话,说是不让人家调欧阳芭莎去那里当外事处长，你看这是哪儿跟哪儿呢？这不又犯规了吗？一个单位的外事处处长由谁担任，跟我妈有什么关系呢？跟那人手里捏着什么书稿有什么关系呢？……显然，鲍管谊没安好心！不知他是为个什么，总之绝不是为了我妈和我好！你想能向多年的好朋友下手坑骗一千块钱的家伙，能对八竿子打不着的我妈和我雪中送炭么？至于宫自悦，当然，他是为了图好处，他可不是白给夏、简两家当代理人的，但他话撂在明处，毕竟是按牌理出牌，按规则游戏，这就跟鲍管谊不一样了……

一瓶啤酒不知不觉中喝光了，煲仔饭上层的肉肠豇豆鹌鹑蛋也吃了不少，但那红烧排骨的味道不雅，把下面的米饭也带累坏了，简莹只尝了几口便决定放弃。她用擦手纸揩过嘴、拭过手指，便站起来，背着月牙包快步离开了"荷花市场"。

她不是回家。她已经打听到了鲍管谊晚上将在何处活动。她要去给他来个突然袭击，让他措手不及。生活中除了大的冒险行为，比如说飞洋过海去往秘鲁利马，令人心荡神驰而外，许多小的冒险行为，比如现在去找鲍管谊，让他当众出丑，确也令人无比兴奋！

简莹想到这里，脚步更加急促有劲，高跟鞋底敲击路面咯咯咯一路响过去，她伸出双臂拢拢脑后发丝，不由得笑出了声来。

36

从天竺机场送别赖仑回来，匡二秋坐在伏尔加后座上心情大畅——总算把这位仁兄送走了！请神容易送神难啊！

司机小荆从反射镜中看出匡二秋满脸如释重负的开心表情，不禁暗暗吃惊。当那位赖先生进入海关通道之前，匡二秋同他不是一般地握别，而是相互拥抱，紧紧拥抱，一边拥抱还一边互用手掌拍击对方脊背，让人从旁看去，真是恋恋不舍达于极点，当时小荆都以为，那俩人眼里肯定噙满了泪水儿，只因为"男儿有泪不轻弹"，才强忍了回去。可怎么离那场面还不到一刻钟，这位匡头儿便整个儿地换了副面貌换了个精神啊！匡二秋一般坐车时总是正襟危坐，想他自己的心事，很少主动同司机扯闲篇。可这天不知怎么的，送走了赖仑，他却忽然有了颇浓的谈兴，他伸手拍拍小荆肩膀，问："怎么样，你觉着这位老外？"

小荆大感意外，不由得说："他老外么？我还以为……"

"以为什么？"匡二秋截断小荆的话，嘿嘿地笑着说，"你以为非得黄头发高鼻梁蓝眼睛浓汗毛才是老外么？这位仁兄定居欧洲多年，早已入籍，是个货真价实的老外哩！他是香蕉老外，懂吗？"

"不懂！"小荆确实莫名其妙。

"香蕉老外，就是除了皮儿是黄的没法子去掉色儿，里头可全是一水儿的白！"匡二秋形容完，嘿嘿地笑得更欢了。

小荆琢磨不透，他试探地问："这位赖先生……他不是挺爱国的么？不是连老婆都不要外国的，专门回中国老家娶了个地富的闺女么？"

"那当然！爱国主义，没的说！入外籍，那是因为要跟那边混事由，你不入籍限制就很多，不方便，其实他是身在曹营心在汉……"这前半段话说得小荆本能地微微点头，可小荆万没想到，匡二秋说至此，却把嘿嘿笑变成了哧哧笑，又伸手轻拍他肩膀说，"可这家伙，你猜也猜不到，他妈的，自打三十岁以后，就阳物不举，整个儿是个太监的干活！你没瞧出来，他连一根胡子茬儿也没有吗？下巴颏光光的，跟娘儿们的脚后跟一个样儿……哧……"

小荆险些把车子开过分道线，他忍不住也乐了，可乐完，心里挺别扭，匡头儿怎么会跟自己兜出那位爱国人士的这么个老底儿呢？匡头儿既然打心眼儿里这么瞧不起那位赖先生，分别的时候又从哪儿迸出来那么一股子情深谊长的劲头儿呢？

"不过，小荆，这些话，你可千万不能外传的啊！"匡二秋嗤笑完了，面色渐复严肃，叮嘱小荆，小荆立刻赌咒发誓地说："那当然！那我懂！我哪儿能呢?!……"

匡二秋细想起来，把赖仑这位四舅留住家中几天，麻烦是麻烦了一点，收获确也不小。"活到老，学到老"，这格言真是不错！要不是有这么个机会跟赖仑私下里深入接触，哪能窥透他们这号香蕉人的内心深处！

匡二秋原来佩服赖仑爱国，那真是动了感情。说实在的，匡二秋自己要是出了国，成了香蕉人，他是无论如何也做不到跑回中国大陆乡下，娶一位黄面婆带出去当夫人的，那样的黄面婆，无论你怎样训练，也成不了洋香蕉，只能是永远的红苕，上不了任何台盘，与国外洋博士的生活实在是不配套的！赖仑却真那么做了！……这回赖仑又来中国，在匡二秋家中酒酣耳热之际，醉后吐露了心曲，他有两桩事，认真地恳求匡二秋这位贤甥帮忙，头一件，便是："你看能不能找个机会，促成并安排……的接见！"猛听这话时，匡二秋手中的酒杯不禁微微一抖，匡二秋毕竟是个聪明人，一点就透，啊！原来赖仑之爱国，不是白爱，他爱国，则要国也爱他，他希望那位国内高层大人物接见，便是企盼能从中体现出他爱国、国爱他的双向互利状态。"有的话，你们不好直接到国外去说，我可以说嘛！在外国人眼里，我是中国人嘛！你们把我在国外说的话反馈到你们的传媒中，因为我确实是外国人，不是外国人也是台湾人，是海外侨胞，是华裔嘛！连我这样的人都这么看这么说嘛，你国内的人还有什么不服气的呢？"赖四舅的这一逻辑是钢铁的逻辑，这样的人不可少啊！匡二秋应允了他的这一要求，依匡二秋想来，通过自己和自己单位的路子进一步把赖仑的爱国事迹宣传出去，造成更大的影响，那么，促成……的接见，当非难事！匡二秋举杯主动朝赖四舅的酒杯碰去，他驱除了刚听到对方提出请求时的惊怪，并且，他意识中也流动着这样的想法：他爱国，国爱他，而我，是爱国者和国之间的桥梁，因此爱国者爱我，可以邀我出国，而国也更爱我，可以更顺利地批准我出国，如此好事，何不乐而为之？

　　当然，赖四舅喝得更醉时，乜斜着眼提出第二个请求的当口，匡二秋不禁又暗自惊怪起来，那赖四舅说的是："还要求你，给我弄一只醉蛤蚧，下次我回来时，一定按方吃掉……"原来这次他回故乡时，听到了一个偏方：不是干蛤蚧研粉，也不是用蛤蚧泡酒，而是取一只五寸以上的活蛤蚧，用酒灌至烂醉，然后用滚烫的乌龙茶焯过，生嚼吞咽下去，则三日之后，痿阳必举。匡二秋万没想到吃洋面包洋奶酪洋牛肉的这位外表堂皇的四舅居然有阳痿的毛病！而赖四舅毕竟是香蕉人，谈起性和房事来，毫无羞赧之感，一边啜着威士忌一边大侃特侃："在台湾的时候我就产生了这个问题，他妈的！刚到西欧时候，那么多的强刺激，心里头充满欲望，可到时候就硬是不行！记得我是在巴黎买到的《肉蒲团》法译本，读得好吃力，可也好过瘾！又在柏林买到了中国明代的春宫画集粹，夜里灯下赏玩，真是春心荡漾，不能自禁，但同时又极其自卑，极其哀伤……坦白地说，也只有芬妮，只有亲爱的芬妮，我的美人儿，我的好乖乖，她不仅不嫌弃我，并且甚至不往别处想，我晚上摸她、吻她……唉，那富于弹性的芬芳的肉体！

东方维纳斯！我不行,她并不抗议,她微笑,她随便我,她感到满足,感到幸福！……当然,日子一天天过去,你知道我们那个文化环境,出于污泥而不染是很难的,如今芬妮仍旧对我百依百顺,可她似乎有了越来越强烈的渴望,她有时出奇地沉默,若有所思……唉！二秋,你要知道我多么深地爱着芬妮就好了！我对不住她！我欠她！我必须改变我的状况！我试过各种各样的办法……现在我寄希望于醉蛤蚧！你一定要帮我找到！这次来不及了,可我下次一定能得到,二秋,对吗？你下次一定要给我,我想那对于你并不一定是多么困难的事！你可以得到后先把它养在玻璃瓶子里面……"当夜匡二秋和赖仑醉醺醺地各自上床以后,匡二秋脑子里爬满了麻乎乎癞兮兮的蛤蚧,他感到恶心,他联想到许多不堪呈现的景象,他几乎将对赖仑的敬佩,对赖四舅与四舅母那婚事的由衷赞叹,全都让脑子里那些爬动的蛤蚧吞食掉了——但他听到了隔壁屋里,烂醉如泥的赖仑在哭泣着,用一种凄厉的声音呼唤着:"芬妮——我的宝贝儿！"并且不断地重复,他又渐渐恢复了那敬佩与赞叹,当然,是在一个更深刻的层面上了……当早晨他清醒以后,他望见屋里的每一件玻璃器皿,都觉得那里头已经养着了一只活蛤蚧;吃早餐的时候,他告诉赖仑:"我想我能帮你找到一只活的蛤蚧……"赖仑一边用餐刀往烤过的蟹形面包上抹黄油一边彬彬有礼地致谢说:"我和芬妮都将对你这一善举永志不忘……不过,我想昨晚我也许喝得太多,把事情夸张得没有边际了！"说完瞟了匡二秋一眼,匡二秋立即报之以坦然的微笑:"我什么都记不得了,单记得你要活蛤蚧,吃蛤蚧这在中国人来说是稀松平常的事。"赖仑优雅地一耸肩膀,把话题引开去:"是的,就如同法国人吃蜗牛是稀松平常的事一般……"

现在赖仑赖四舅终于走了,留下了一台价值不菲的电脑,一个可以公开的和一个不可以公开的共计两个心愿,匡二秋真是入超;赖仑赖四舅所带走的,只是一张储留在匡二秋书房中所查资料的软盘……

匡二秋在车中点燃一棵烟,并豪爽地把一整包"万宝路"香烟扔到了小荆身旁的点烟器上面,他伸腕看看表,嘱咐小荆说:"别迟到啊……"

小荆加大了迈数,回答说:"误不了,您放心!"

送完赖仑,匡二秋要直接赶赴一家市内的豪华大饭店,那里有一个由他们单位——具体来说中方是由他挑头——和外国某机构联合举行的一个大型招待会。

匡二秋深深地吸入了一口烟,又长长地呼出一口气。忙啊!他对自己在社会生活中的这种地位和状态,不禁自我欣赏起来……是啊,是啊,真忙啊!

37

把一张又一张设计好的封面摊放在书桌上,蒲如剑自我欣赏着——不,不是自赏,而是自嘲,他心里翻卷着一波吞掉一波的思绪:就这么样迈过青春的门槛吗?门槛外面即使不是一个深渊也是一个泥坑!原来在个体书摊上看到过那样一些只出一期便不见第二期的杂志,封面都是按这号路子设计的,当时心里只觉得好笑,没往深处想,现在才摸到了门儿:商门一入深似海,原来个体书商这么横啊!他们不仅赚大把的钱,还操纵市井小民的文化消费口味,引导暴力、色情的"意淫"新潮流!妙啊!

这是一期《天雷》杂志封面，今年第五期（谁也不会知道它头几期在哪儿，并且百分之九十九它不会有第六期）——一个极富性感的混血女郎露着酥胸，一只手弯过长长的食指（上有长长的紫红色指甲）挑逗性地指向自己的乳头上，但立即有一辆公安值勤车的照片斜铺到了她胸乳上，那车是仰拍的，车上警笛灯红得耀眼，车下又斜着、歪着、裂开着、粉碎着几张一定能引逗某些消费者细看瞎想的剪影：狂舞的男女、酒吧中的亲吻、枪口直对读者的射击、床上拥抱的一瞬……刊名"天雷"只缩在一角，斜拉开的一条紫底子柠檬黄大字的提要却是"取缔黑酒吧性服务刻不容缓"，以及另外两条稍小的绿底子黑字提要"西方变性人的乐与哀""迅雷不及掩耳的缉私行动"……

这则是一本号称"岑凯伦本季最新著作"的《别吻我，怕！》的封面，在典雅的西洋樱草花纹围护中，出现醒目的书名，整个底子则是右下方一个斜着嘬出双唇候吻的女子，却又伸出纤手推拒着从左上方伸出的男人双唇，不过这些图像全都处理成仿佛蒙纱镜头逆光所拍，极富于撩拨性……

还有一本十六开窄长条形的似书非书似杂志非杂志的封面，用美国武打明星施瓦辛格那饱胀得吓人的一身肌肉作底，然后是一些导弹、坦克、航空母舰的剪影，还有一些中东战火、油井燃烧、伤残躯体的分格展现的小画面，醒目的一行大字则是"世纪末的大战阴影"……

数一数，不到两天的工夫里，蒲如剑就按"订货单"制作了八个这样的封面，仅以简莹所说的最高价和最低价取中计算，则已可从个体书商处得四千八百元，简莹坐享一半后，自己也还有二千四百元，相当于父亲一年的工资总额，并大大高出了母亲一年的工资总额，嘿，没想到赚钱这么容易！

可这样赚钱，良心上过得去么？

蒲如剑不禁回身朝画架上那幅正再一次绘制着的《青春的门槛》望去,的确,简莹讲话,那是谁也不要看谁也不会买甚至一听那画题便会嘴角撇到耳根去的一幅画,但是,在创造它的过程中,灵魂是在一次次地经受洗浴啊,而搞桌上那些所谓的封面设计,心里头总有一种进入垃圾堆的恶心感……

简莹说,搞这些封面设计,是在"游戏规则"之内游戏,个体书商是跟出版社"合作出书",有书号的,并且这位订货的个体书商是极老练的,他出《天雷》,呼吁"取缔黑酒吧性服务",难道反而不对么?……即使到最后他自己被取缔掉,那事情也就到他那儿 pass(为止),不会牵连到更多人的,搞封面的更不会波及……

但蒲如剑看着满桌自己按订货要求搞出来的那些个封面,还是难为情。

爸爸、妈妈都出去了,所以他才这样放肆地展示自己的"丰硕成果",连他们,他也羞于让其入目,你说纵使拿到了报酬,他又怎样解释那些人民币的来源呢?

爸爸、妈妈在那次争吵后,没几天又和好了。这对蒲如剑而言,是预料之中的。那个鲍管谊(再不会叫他什么叔叔!)坑了爸爸、妈妈一千块钱,爸爸是"哑巴吃黄连",妈妈是"击鼓骂曹操",看起来,他们之间矛盾很深、冲突很大,其实,不仅爸爸绝无追索那一千块钱的魄力,就是妈妈,也并没有勇气抓起电话短兵相接地质问鲍管谊,他们的天性,并无太大的区别,所以,也就从相互吵吵怨怨,终于复归到相依相慰——这天妈妈轮休,他们俩去五塔寺散心去了,据爸爸说,北京有许多的小风景常被一般游人和市民忽略,例如春天丁香花怒放的法源寺、京城仅存的道观白云观、仍保有明代建筑风格的智化寺、可以亲眼目睹善男信女跟着和尚在庭院中游动诵经的广化寺、别具一格的恭王府花园、积水潭小山坡上的汇通祠，以及可以登临远眺的鼓楼和德胜门箭楼……五塔寺也是他津津乐道的一处，说是那金刚宝座塔前的两株唐代银杏，一公一母，怕是叶子开始泛黄了，很值得去静赏一番……

自简莹那天来传信引出一番吵闹乃至呕吐之后，爸爸这两天又把两样东西摆放在了他书房的书桌之上，一件是一个书写着"忍"字的画盘，一件是用有机玻璃制成的、白底子紫字的摆件，上面是仿郑板桥那有名碑刻上的题字，四个大点的字是"难得糊涂"。这一加四的五个字，似乎比一切灵丹妙药都更灵验，使爸爸的心灵很快得到了平静，并且昨天晚饭时连妈妈也说："问了一下我们医院懂行的，说那样的电脑，一万块钱买下来都算便宜。"你看，那五个字她也信，她与爸爸竟取得了共识！

蒲如剑自己呢？他不想忍，但按简莹那么去想那么去干，他却也不忍；他不想用糊涂来麻醉自己本来就不算多的敏锐，但在简莹推动下他竟一口气搞出了八个连他自己也大吃一惊的封面，现在面对着这八个斑斓的怪物，他又只能用"难得糊涂"这四字诀，来阻止自己一把抓过来扯掉的冲动。

蒲如剑听到单元门有响动。他本能地把那些设计出的封面全收拢藏到抽屉中。他本以为是爸爸妈妈从五塔寺回来了。但门似乎又没有再响。他竖着耳朵仔细听，确实再无响动。他走到单元门前，从窥视镜朝外看，外面没有人，静悄悄的。

蒲如剑断定自己刚才神经过敏了，便转回身，但在一转身之间，他感觉鞋底下踩着了什么异样的东西，一低头，发现是一封信，显然，是从门下缝隙里塞进来的。这么说，刚才确有人来，不过那人不想进来，只想把这封信塞到屋里。

谁？什么信？

蒲如剑把拾起的信凑拢眼前，信封上只写着"烦交蒲志虔先生"，蒲如剑便拿着那封信朝爸爸书房走去，按爸爸妈妈对他的一贯教养，他是从不随意拆阅别人包括家人信函的，但这天他心里起疑，如果光是好奇心，他也还不会拆看，他忽然感到担心，他怕会有什么比被坑掉一千块钱更坏的消息，而使爸爸终于不能"忍"也守不住"糊涂"，于是，他拿着那封信拐到了自己屋子里，他坐下来拆开了那封信，抖出信纸，展开，只见上面写着：

……我实在没有勇气当面跟你们说，也没有勇气给你们打电话。这封信希望你们读完也就撕掉，求你们！

这几天，鲍管谊兴高采烈。他事业上有发展，我本来也该跟他一块儿高兴。可至少有一件事，我心里觉得很别扭……

蒲如剑把眼光扫向信尾，啊，原来是鲍管谊妻子写来的，他知道她的名字，并且知道她是由爸爸妈妈介绍给鲍管谊的，前些年有时候她同鲍管谊一起来蒲家做客，蒲如剑对她印象不深，但感觉到那是一个寡言的、沉静的、娴雅的阿姨；蒲如剑马上想到，一定是她发现了丈夫通过代人转让电脑中饱了一千块钱，良心发现，所以来信告知，不过这对蒲家已是旧闻，没什么了不起，这封信完全可以交给爸爸去看……但蒲如剑再把眼光移回原来读到的地方，接着往下扫瞄时，就发现那说的全然是另外一桩事：

……几年前您为了帮助鲍管谊调到现在这个单位，把完全是您一个人搜集资料、反复修订写成的论文，署上了你们两个人的名字，在学术刊物上公开发表，为促成别人对鲍管谊的看重，您还主动把他的名字放在了您的名字前面。前几天，鲍管谊接到了从意大利米兰寄来的信函，国际……学会邀请他出席十月份在那里召开的第……届……学术讨论会，信上说因为经费有限，所以联合署名者中他们只请一位，请见谅。我知道这事以后，几次让他主动跟您通气，并劝他不要去国外出丑——我知道他对那个选题其实一窍不通，根本无法答疑，我让他写信给那学会，请他们给您发邀请函，他不但不听我劝，还跟我大发脾气。他一意孤行，已开始办理申请出国赴会手续，还威胁我说，如果我把这事告诉给您，就跟我离婚！

……我们的结合，是您跟嫂子热心介绍的结果，至少在我这一方面，是永远感激您们！那时候，我对鲍管谊确实非常满意，坦率地说，尽管这几年他变化很大，常常使我难堪、伤心，但我也还是爱他的，我当然不希望这个家庭破裂，孩子都这么大了！

……他能出国，我本应为他高兴、自豪，但我知道事情的真相，我又为他难为情，为他难过！我不知道我该怎么办，也不知道您知道了以后该怎么办，可是我的良心驱使我，写了这封信给您，这样，我就像暂时搬开了一块压在心上的石头一样，可以松一口气，因为，我觉得无论如何，该让您知道有这么个情况……

读完这封信，蒲如剑胸脯大起大落，太岂有此理了！欺人太甚！原来一千块钱不过是小意思，鲍管谊竟然还要盗名窃誉到这种地步！像他这号人，就欠找瑞宾，让瑞宾跟他的那些个哥儿们说说，哪天夜里在没人的地方截住他，把他给残了！……

蒲如剑捏着那封信，仿佛捏着一只毒蜈蚣，真想用火烧了，再用脚使劲碾那烧成的灰！这位阿姨也真不是东西！"我不知道我该怎么办"，废话！你的办法很多！向有关部门揭发真相，让你丈夫办不成手续，那就是个办法！"我……也不知道您知道了以后该怎么办"，又是废话！你不知道，写什么信！这分明是你不愿出面去向有关部门揭发，倒挑动我爸去向有关部门反映，我爸那么个性格，他干得出么？你"就像暂时搬开了一块压在心上的石头一样，可以松一口气"，但你却把那块石头，卸到了我爸爸的心上，并且一并压在了妈妈和我的心上！你还不如不写来这封信！根本别让我爸知道！另外，怪，你这信为什么不通过邮局寄，却要从门缝里塞进来？刚才塞信的，是你本人，还是托的别人？那人又是谁？……

　　这信，没必要给爸爸看，至少暂时不能给他看，他不能接二连三地受刺激！

　　单元门上有钥匙转动门锁的声音，这回肯定是爸爸妈妈从五塔寺回来了！蒲如剑赶紧把那封信也藏进了抽屉，站到画架子前，拿起调色盘和画笔，装作一直在画《青春的门槛》的样子。

38

　　酒会应当说已经结束了，老外们差不多都已走光，中方有身份的来宾也都早已退场，只剩下出面主办的单位的一些人和某些凡有这类活动便来蹭吃蹭喝的莫名其妙的人物，还在某大饭店那装潢得金碧辉煌的多功能大厅中流连，服务生和服务小姐已经开始收敛长案上和各处几案上的饮料杯，并开始撤去长案上那自助餐唾余，但仍有滞留的来宾从长案上未及撤走的银盘中用牙签拈出多味小吃送入口中,某些酒会油子则自己动手,拿起案上尚未倒完的饮料瓶给自己手中的玻璃杯斟至几乎溢出……

匡二秋、宫自悦、鲍管谊三人恰巧站在一处说话。

匡二秋上身比下身长,这是他体态上唯一的缺憾,除此而外,他直挺挺的脊背,未经染过而浓黑如初的头发,长方形的威严面容,以及手持餐后鸡尾酒长柄玻璃杯的潇洒姿势,都充分体现出他此刻那唯我独尊的最佳心境。

匡二秋一身极为考究的、剪裁合体的皮尔·卡丹西服,粗斜条纹的金利来领带,金闪闪的不附任何装饰图案的领带夹,与宫自悦那只是一件T恤、一条水洗裤、一双皮凉鞋的装束,成为鲜明的对比。宫自悦之所以这样打扮着出场,是因为他知道这个酒会上他既不可能代替匡二秋成为中方主持人和致辞者,也不可能成为老外们和记者们的追踪对象(这个酒会所相关的项目与他无关,本来他们单位来一位领导人即匡二秋就可以了,他自称是给匡二秋"捧场""助威",摇摇摆摆地也来了),他这样打扮自己,你可以理解为对匡二秋的一种自觉谦让,也可以理解成内心里赌气的一种外化,或者也可以理解成"是真名士自风流";时下的世界潮流,是便装也可以出现于酒会,尤其美国人,以及整个西方世界的年轻一代,大都不再拘限于男必夜礼服、女必长裙装。懂行的人能够看出来,宫自悦那身服装看去随便,却并不便宜,全是名牌高档货,T恤是正宗法国梦特娇牌,水洗裤是欧美最新式样,而那双皮凉鞋更是地道的意大利货,所以他站在匡二秋面前,一点也没有自觉形秽之感。他把刚才酒会中三两相聚时听到的一些传闻趣事,抛出三两件说给匡二秋听,匡二秋没笑,他自己则笑得一张圆脸仿佛半径在一伸一缩。

匡二秋和宫自悦面对面说着话，鲍管谊则站在他们两人旁边，身子对着他们脸脯之间连线的中点，一张脸不时讨好地望望这个，再谄媚地望望那个。

鲍管谊也穿了一身西装，是在雷蒙服装店定做的，因此也颇为合体，但鲍管谊穿上它不知怎的总显得跟这样的场面不大契合，那西装是银灰色的，在这多功能大厅那庞大的玻璃穗球形灯照耀下显得有点发紫，而且是那种令人不快的紫色；他的衬衫购价不菲，有着金闪闪的竖纹，从匡二秋瞟来的眼光里，鲍管谊已经感觉到这衬衫恐怕配得不够得体。领带呢，他用了一条自己最心爱的宝蓝色底子上绣金龙的，并且用了一只有着奔马造型的镀金领带夹。酒会开始后，他暗自对比了其他中外男宾的装束后，便不用再从匡二秋的眼光中捕捉信息，自己也深切地感觉到确实是露怯——唉，真是山外有山天外有天啊，自己按说也算是在沾外事的单位里混了几年了，但自己那个外事范畴、层次，真是没法子跟匡二秋他们这样的单位相比啊！

鲍管谊在匡二秋和宫自悦面前自觉形秽。

其实，论身材、长相，鲍管谊并不比他们差，甚至还要更端正一些。鲍管谊中等身量，长圆脸，大双眼皮，眼睛虽说稍鼓了一点，下巴颏虽说稍尖了一点，但鼻梁上架上个高档眼镜（他并不怎样近视，但他早在几年前就发现，用一副框架得宜的平光镜可以使自己的面容显得更有"深度"），望上去也俨然有种"技术官僚"的味道。

虽说是自觉形秽，鲍管谊心里还是蜜水儿满溢。看来调到匡二秋、宫自悦他们单位，出任外事处长，是马到成功了。今天这个酒会，已然是借调他来联系运作的，现在酒会曲终奏雅，看来无论是匡二秋还是宫自悦，尤其是匡二秋，对他都颇满意，他想趁酒阑人散之际，及时地告诉他们，因为托人情打通了大饭店的公关部，这场酒会是按优惠百分之十五计价的，因此大大地节约了原有预算，并且明天的一个小型宴请，将以更优惠的价格在这个饭店内的"海角厅"举行，届时将有菊花蛇羹和狗肉猴头煲上桌……

尽管鲍管谊就站在匡二秋、宫自悦身边，但那二位言谈极欢，连正眼也不给他一个，仿佛根本就没他这么个人存在似的——但鲍管谊在一旁耐心地等待着插嘴的机会，他耐心，是因为总的来说，加减乘除之后，他的生活是格外地向上，前程是格外地光明。他拉扯起来的那个联谊会，尽管至今尚未落实到一块钱的赞助，但已经私下里跟宫自悦达成了默契，他调到新的单位以后，把联谊会当作"见面礼"带过来，将聘请匡二秋出任名誉会长（当然，将有若干位名誉会长，匡二秋只是其中之一），并将把秘书长的职务拱手让给宫自悦，自己屈居副秘书长的地位——不过，秘书长的全部权力，仍留在他鲍管谊手中，因为宫自悦是个只图现成名利而懒得干任何具体事务的人。再，他现在已经有了一个到米兰出席国际性学术研讨会的机会，究竟是先出国再调动，还是先调动再出国？看来无论哪样先哪样后，对他来说都是赏心乐事，区别只不过是技术上的差别。当然，他还是且勿声张的好，你不能不防人多嘴杂、人心叵测，总得护照到手以后，再公开为妙……

终于有了一个机会，使鲍管谊得以插进去对话，他便把显示自己办事能力的种种例子，向匡二秋和宫自悦陈述，眼光主要朝着匡二秋，但也时而朝向宫自悦。

谁知宫自悦首先大不以为然："专款专用，你节约开支干什么？省下来也不能当奖金发，你以为我们这儿跟你们那样的小单位一样，可以胡来的吗？"

而匡二秋也板着脸挑剔地问："什么？蛇羹？狗肉？谁点的？你

点的?"

鲍管谊没有料到。他点头。

"赶快让他们把这两样换掉!"匡二秋口气郑重地说,"我们这一回主要是同法国人打交道,没有比法国人更积极保护野生动物的了,而且,蛇很可怕,他们一定不吃;至于狗,那当然不是野生的,可对于法国人来说,狗跟人是绝对平等的,吃狗,在他们心目中跟吃人没有多大区别!狗肉煲,开什么玩笑?!你没听说过吗?香港导演张鑫炎拍的那部片子,《少林寺》,李连杰他们演的,拍得多好看,中国功夫多迷人!法国的电影发行商,开头认定拿到法国去放,肯定可以有很高的票房,可后来到底罢休了,一部拷贝也没买,就因为那里头有个吃狗的情节,还是什么'狗肉穿肠过,佛祖心中留',那又不是个太小的细节,没法剪掉,倘若真在巴黎放映,那说不定就会有爱狗的人们,特别是妇女,举着抗议的标语牌,在电影院门口组织纠察线,阻止观众入场的!你看,本来该赚的外汇,就没赚上!我们能重蹈覆辙吗?就是猴头,中国人都知道并非猴的脑袋,而是山上的一种蕈类,但译成法文,他们一听又要大惊小怪,我看也免了吧!你要干好我们这儿的外事工作,恐怕像这样的头脑,总得具备……"

竟是一派训斥。让鲍管谊好下不来台。宫自悦明明又爱喝那蛇羹又绝对喜欢狗肉和猴头,要是匡二秋不发难,他一准对鲍管谊订的菜叫好,但匡二秋一篇话泻出来后,宫自悦却一脸大为赞同的表情,还加油添醋地议论说:"有时候,明明快达成的合作协议,就毁在这样一些看似小小的失误上。你不要以为我们这样的单位,可以像你们那儿一样,什么都粗线条一勾就行……"

鲍管谊心里头大不服气!记得那回匡二秋为了推销他那台电脑,给自己打过好长一个电话,电话里还讲到在王府饭店宴请西德客人,上了炸全蝎嘛，西德人没吃，他不是照吃不误吗？按说西德人跟法国人在饮食习惯上没多大区别嘛，听说绿党在西德就大行其道，那怎么你那一回就接受了那样的菜单呢？而宫自悦本人，就是最有名的"粗线条一勾就行"的人物，他主编的那些丛书，便是明证，若印勘误表，非装订成小册子不可，请问宫某人，你又有什么资格来嘲笑我鲍管谊是"什么都粗线条一勾就行"？！

为了把失衡的心理找平，情急之下，鲍管谊顾不得保密了，便装作满不在乎的模样，满脸堆笑地说："是呀，跟他们欧洲人打交道，是得把他们的文化心理揣摩透彻！好在我已经接到有关国际组织邀请，去意大利米兰开一周的学术会议，意大利是欧洲近代文化的发源地，文艺复兴更是从米兰发轫，我正好可以趁便实地了解一下他们的种种洋讲究……"

此话一出，匡二秋和宫自悦果然都偏过头，一齐对他刮目相看。匡二秋和宫自悦虽说都出访过美国、日本和西欧，偏都尚未去过意大利，所以一听鲍管谊说即将去意大利米兰开洋荤，心中都不禁又有点嫉妒又有点不屑又有点不信……

鲍管谊从他们两人的眼里看出了自己分量的增长，不禁欣欣然、飘飘然，他心里对他们两个说：怎么？你们以为我要去你们那里当个外事处长，是图得机会出国吗？我不调你们那儿，照样有出国机会，而且是学者身份！根本不是我要乞丐般向你们乞讨那把交椅，而是你们该仔细想一想，像具备我这种优势的人物，该怎样再加以倚重和犒劳，才能别让我往更高的枝子上飞！

正当鲍管谊志满意得，匡二秋和宫自悦望着他一时还不知说什么好时，一个衣着时髦的年轻女子站到了鲍管谊正对面，他们三人加上那年轻女子，正好构成了一个"十"字形。

39

那年轻的女子,便是简莹。

"先生们!"简莹彬彬有礼地招呼了一声。

鲍管谊头一个看见了她,觉得非常之面熟,但一时没反应过来——她是谁呢?匡二秋和宫自悦听见了这一声招呼,不由得拨浪鼓般把原来对着鲍管谊的头,"唰"地转向了声源——简莹。宫自悦立即认出了简莹,这几天他总同简珍联系,有一天还亲自去了简家,想直接同简莹谈谈,只是不巧那天简莹不在家——都是为了动员简莹出席过几天举行的"方天穹创作生涯研讨会"(名字尚未最后定准,也许叫作"纪念方天穹茶话会");所以,宫自悦一认出简莹来,便本能地觉得简莹是找他来的,只是他有点奇怪,她怎么会找到这个地方来了?匡二秋不认识简莹,不过他并不怎么吃惊,他想这或许是一位公关小姐,为了一桩什么具体的事情来找他们洽商。

简莹却认准了鲍管谊,也自以为认得匡二秋,她虽然听妈妈说到过宫自悦这个名字,并且也曾与宫自悦打过照面,却完全认不得他——简莹的眼光完全不同宫自悦接触,宫自悦有点纳闷,只见简莹先脸朝匡二秋说:"您是赖仑先生吧?今天您正好在这儿,好极了!您最该知道我马上要揭发出的一个秘密……"

匡二秋吃了一大惊,以致手里的杯子差一点落到大理石地板上。这位小姐怎么把自己唤作赖仑?据说这样的大饭店里,都有从……派来的,以服务员身份出现的角色,莫非她……莫非自己同赖四舅……

他简直被这突发的事态弄蒙了,以至都没有即刻否定掉对方对自己的错误称呼。

鲍管谊直到这时,头脑里才打了个闪,悟出面前这位小姐并非别人,乃是方天穹的那位女公子简莹!他预感到不妙,但一时也还没转过弯儿来,他的灵魂在一道强烈的闪电后,蜷缩着,紧张地等待那要稍后才响起的炸雷。

宫自悦注意到简莹称匡二秋为"赖仑先生",注意到匡二秋的闻声色变,以及鲍管谊面部表情的凝固,他极度好奇,立即把自己的眼睛睁得更圆,耳朵张得更开,他的灵魂举起一双巴掌,随时准备为好戏开演拍得山响。

简莹趁他们三个大男人都来不及吱声,便用极响亮的声音,极流利的叙述,极清晰的口齿,极有抑扬顿挫的语调,一泻无余、不可阻止地说:"先生们!该是戳穿这位鲍管谊坑蒙拐骗的恶劣行径的时候了!赖仑先生,您托这位鲍管谊,将您的电脑转让给一位叫蒲志虔的学者,您定的转让价是七千元人民币,对吧?这位鲍管谊在前些天,即……月……日下午……时左右,在本饭店大堂咖啡座,将七千元人民币给了您,对吧?可是,先生们,鲍管谊他却向蒲志虔先生索要了八千元人民币,从中吞掉了一千元整!他说电脑原主所定的价码,便是八千!这件事,有蒲志虔的妻子和成年的儿子蒲如剑可以作证!或许鲍管谊本人,还有同情他的人,觉得他作为中间人,提取一定的回扣,是合理的,也许他只不过是拿得太多了一点,但是,诸位女士,诸位先生(简莹说到这里时,他们原来的四个人已被许多没有散去的男男女女团团围住,人们都好奇而兴奋地聆听着她的话语,一时间大厅里没有别的杂音,只有简莹的声音在回响)……你们都应该知道,鲍管谊和那位蒲志虔先生,是大学里同系同专业同班的同学,蒲志虔毕业后留在北京市工作，鲍管谊却分配到了远郊，为了帮助鲍管谊调回北京市内，蒲志虔不仅出了大力，甚至不惜将完全由自己独立写成的学术论文，让鲍管谊白白地署上名字发表，这样才使这位不学无术的角色终于调进了市内单位，并且混成了今天这个模样！鲍管谊本来已经两年不迈蒲志虔先生家的门了，但前些天，即……月……日晚……时左右，他却突然出现，送去了电脑，并且，诸位注意，他并未向蒲志虔先生说明，这电脑是赖先生转让的，而是说，他有内部关系，是从内部搞出来的！他满嘴是谎，浑身是戏！女士们，先生们，您们难道能够继续容忍，像鲍管谊这样卑鄙、猥琐、贪婪、无耻的角色，混迹您们之中吗？……"

"你——诬蔑！"鲍管谊早想打断简莹的揭发，但因为事情出现得太突然，而偏偏简莹除了错将匡二秋指认为赖仑外，所说的一切又都确确凿凿是他所行所为，再加以一时间被好奇的人群所包围，而他几乎气得要晕死过去，所以，待简莹已经说到这个程度了，他才积蓄起躯体里所有的能量，发出这样一声狼嗥般的凄厉呼喊……

匡二秋内心里比鲍管谊更其惊诧与惶恐，他一时怎么也弄不懂眼前的这位年轻女子是如何掌握了如许翔实的材料的，而且他觉得那年轻女子分明是故意要将他唤作赖仑先生，以期暗中警告他的某些不轨……尽管那年轻女子在口气上是把他作为与蒲志虔同样的受骗者对待的，并无丝毫指摘，而且围观聆听的人们也都未必会对他有所怀疑，但他的灵魂却瑟瑟发起抖来，他本能地意识到，一切都坏在了鲍管谊手里，真没想到自己是引狼入室，竟一下子陷于这样的窘境和险境！匡二秋在鲍管谊一声"你——诬蔑！"之后，不待简莹作出反应，便愤慨地把手中酒杯往大理石地板上一掼，然后伸手重重地掴了鲍管谊一记耳光，鲍管谊捂住挨打的脸哀号了一声，匡二秋排开围观的人群，气急败坏地冲出了大厅;鲍管谊随即也朝另一方向挤出了议论纷纷的人群,冲动之中,他一下子同端着托盘的服务员相撞,托盘飞到了地上,托盘上满放的空饮料杯四散跌落,发出一片惊心动魄的脆响……

"不要在这里停留!散掉!散掉!"宫自悦挥动着手臂,面部使劲绷出一个严肃的表情,对周围的人们下着命令。他心中充满快意,真是从天而降的好戏!鲍管谊的被撕画皮,对他来说那趣味还在其次,匡二秋的窘急之态,透露出他被误认为"赖仑先生"的某种惶恐不安,那真是戏中有戏!这戏并未收场,还有"连台本"好看!好一个简莹!真好比一枚无法阻拦的优质导弹,瞄得准,打得狠,并且弹头还可以分流,妙!妙!妙!我张罗的那个关于方天穹的会,更少不得她了!

"简莹!简莹你留下!简莹呢?"宫自悦转动着身子寻找着搜索着。

然而简莹已经消失了。

40

雨越下越大,仲哥穿着雨斗篷,骑着自行车回家。因为连阴降雨,他们施工的那段路面一直不能完工,而且由于雨水的冲刷,天晴后已搞完的地方恐怕还得返工,雨天里大家只能是窝在工棚里学习,所谓学习也就是念报纸,一个人念,大家伙听,念的人念得慢,便有人打瞌睡,念的人念得快,便有人发笑,多数人宁愿在烈日下干活也不乐意挤在工棚里干这个,但老天爷这些天似乎就喜欢穿黑衣黑裤,爱挥汗滋尿,瞧,这雨倒越下越大了。

雨水从雨斗篷的套帽上泻下来，使仲哥觉得迷眼。仲哥虽说一身武艺，骑车却从来中规中矩，从不骑飞车，不撒把骑车，到路口遇上红灯，就是没有警察，或没什么竖向交叉的车辆，他也总习惯性地刹住车，一脚支地，静候绿灯出现。仲哥已经骑了半个多钟头，再过一个十字路口，便接近他居住的那个地方了。

过那最后一个十字路口时，没遇上红灯，仲哥顺利地骑过了路口，但刚骑过去没多久，便听有人叫他：

"仲哥！"

仲哥如同遇上红灯，习惯地刹住车，一脚支地，甩甩头，眨眨眼，透过雨丝去寻找那发出呼唤的声源。

原来是雷秀花，打着把黑尼龙布伞，站在马路牙子上叫他。

雷秀花在那里等候了他好久。那是仲哥回家的必经之路。开口叫仲哥和刚被仲哥看见时，她都十分紧张。她不仅怕仲哥不理睬她，更怕仲哥心生误会。她同姐姐雷秀英，以及儿子瑞宾一起，这些天里都去过仲哥家，仲哥也去过她家一回，当时姐姐和瑞宾，还有小外甥都在，他们之间已形成正常的来往。她心想仲哥突然听见了她一声呼唤，又突然看见她一个人在马路边出现，并且又是在越来越粗大的雨丝中，一定会以为她又要把他们的关系，引到不正常的轨道上去，从而招来鄙弃乃至斥责，所以心中忐忑不安。

仲哥却是异常地平静。他下车，把车推到马路牙子上面，手握车把，面对面地望着雷秀花，等待雷秀花说话。仲哥对雷秀花的出现尽管多少有些惊异，但他心中并没有什么复杂的想法。

雨哗哗地下着。街上的车辆和人行道上的行人都各自匆匆赶路，没有人注意这两个在雨中停留的人。

"仲哥，"雷秀花透过雨丝，看到雨帽中仲哥一张好多天没有刮过胡须的脸,脸上其他地方都模模糊糊,但一双眼睛却仿佛两只刚装上新电池的电筒,透视般地朝她射出清亮的强光。雷秀花几乎在这样的强光下又乱了方寸,但她镇定了一下,便按照事先想好的顺序对仲哥说,"有的话,总想单独地跟你说说。头两天跟我姐,还有小宾子,去看了小宾子他爸。他如今看果园子,活不累,人家对他也挺好,他那个罪过,到底跟那些个黑了心杀人抢劫贪污作孽的不一样,对吧?他说表现好了,还能再往下减刑,只要车祸苦主的家属不再细究,过不了太久兴许就能回家,以后无非是不再开车——实在那开车也没啥意思,小宾子我就一辈子不让他开车——干什么不一样挣钱养家?……他回来了,我们就再好好地一块儿过……我的意思是,他没回来,我跟小宾子也要好好儿地过,等他回来,早点回来……小宾子你既然不打算让他到你们那儿了,就另外进别的厂子当工人吧,我跟小宾子,还有我姐,真不知道该怎么谢你才好……"

仲哥的表情,没什么变化。他仿佛早已看出,雷秀花要单独跟他说的,并不是这些话,所以,便静静地等着,等着那些话出现。

雷秀花终于说到正题上:"仲哥……我今天找你,想单对你一个人说的,是……"尽管她打了很多次腹稿,事到临头,却仿佛一碟子剥好的花生仁,心一慌,手一抖,全部打翻在地,顿时把美好变为了丑恶,她脸发烧了,不敢接触仲哥的目光,她举伞的手微微发抖,费了好大的劲,她才把原来准备好的一番话,杂乱地倾吐了出来:"仲哥,你别恨我,我是实在没有法子,没法子……那回,晚上,坟园子里,那树底下,你别恨我,别恨,我不是故意的,我事先没打算那么着,我知道你恨上我了,你恨,你应该,因为,有个人,那是谁?谁呢?你恨,是因为你本来就不乐意,又偏有个人,让那人凑巧瞧见了,倒好像你是个不正经的人,倒好像你跟我一个样……其实,都是我的罪过，我一个人的……你瞧，就是这么着，我总想单独跟你，认这个罪，可跟着我姐找你，当着小宾子的面，我怎么说？今儿个，我下决心跟你说，我对你有罪，我带累了你，坏了你的名儿，让那人瞧见了，生误会了，你一定恨我，你不爱我，我本来就受不了，你再恨我，我更没法儿活了……仲哥，你要饶了我，你别恨我，好吗？……"

仲哥依然没有什么表情上的变化，他目光炯炯，沉沉地说："我对你既没有爱，也没有恨。"

雷秀花的灵魂瑟瑟颤抖着。她知道仲哥是条一言千钧的汉子。他不恨自己！当然，这正是自己所需要的许诺，然而，他这回更干脆地说清楚了，他也绝不爱自己！可是雷秀花，真是彻头彻尾连皮带骨连身子带魂儿，爱仲哥爱得好苦好惨好深好沉啊！她这一回来憋着仲哥，要跟仲哥表白的，确实是她希望仲哥不要恨她，并且也不期望仲哥接受她的爱，她要向仲哥保证，她将忠于她的丈夫，她的儿子，她的家庭，在周围人们用道德眼光织成的网里做一只老老实实的小虫，但她确实也曾幻想过，仲哥或许会对她说，他心里头也是爱她——不一定说爱，说成喜欢吧——他心里头其实是喜欢她的，不过，他已经有了自己的妻子、女儿，因此他必须跟她一样，克服心里头的那些个想法和冲动……她只需要那样几句话，那么一点意思，甚至于只不过是淡淡的、隐隐的暗示，那她就再无遗憾了！她就可以真正平静地去过她自己的日子了！然而，仲哥却简捷而明确地在这大雨中对她宣布——

"我对你既没有爱，也没有恨。"

风把雨丝吹到雷秀花脸上，她感谢风，因为这风，她脸上淌下的水珠，就分不清是泪还是雨了。她这四十年的人生，在这雨中，在这风中，在这十字路口，离不断变换的红绿灯不远的地方，面对着这个不属于她的男人，浓缩在一起，使她感到辛酸、凄怆。为什么她的父亲,当年非当那劳动模范呢?又为什么在那"文化大革命"中,父亲不咬牙挺下来,而去扑到了飞驰的火车那无情的轮下?她的命运,为什么像是别人给设计好的,并且在设计的时候,丝毫不征求她的意见?父亲投身车轮的那个晚上,仲哥为什么偏要出现,并且那一出现,就嵌进了她的心、她的魂,而使她永远得不到,却又苦苦地思恋着?她现在只巴望仲哥能明白,她命已如此,她断了痴想,她认了!但她也只巴望能稍稍地给她一点安慰,就是说,使她知道,或仅仅使她能保持那样一种想象,就是他心里毕竟也有她……然而,她的命运现在极其清晰、极其狰狞地显现在她自己面前,她爱一个人,那人却从来不爱他,甚至不恨她!一个女人活在世界上,还有比这更惨痛的吗?

泪水扑扑簌簌从雷秀花眼里滚落出来,她肝肠痛断,她本来往下是想向仲哥发誓,她再不会单独来打扰他,这是最后一次,她希望仲哥接受她的道歉,明晰她的悔恨,告诉她尽管他心里也很歉然,但她这样做是对的,他们今后将只在有各自亲属在场的情况下,正常来往……她却在听到了仲哥既没有爱也没有恨的回答后,心乱如麻,发誓不再单独打扰的念头被碾碎了,反而从心底里浮出一种抗拒性的情绪,一种打乱原有计划的冲动……

"你要说的,就是这些吗?"

仲哥依旧平静地望着雷秀花。他看出雷秀花在流泪。他能理解,一个女人心里头如果憋着一堆紧要的话,那要么便会像喷泉一样喷涌出来,要么便可能把她自己化作一枚炸弹,既炸自己也炸别人。他愿意当一个面对喷泉的人,他不希望遇上炸弹,所以他静静地承受着雷秀花的倾诉。他没有想到自己那一句就他自己而言是自自然然、平平淡淡的话语,竟导致了喷泉向炸弹的转化。

"不,"雷秀花看仲哥似乎就要推车离去,突然大声喊叫起来,"不!

我还没有说完！我要告诉你，我对你是，又爱！又恨！你要小心！一个女的，她爱你，不可怕，她恨你，也不可怕，可她要是又爱你又恨你，那你可就得小心！……"

雷秀花眼里闪着异样的光，说完这几句，嘴唇哆嗦着。

雨哗哗地下着。没什么人注意他们。他们站在雨中那么对话，本是很奇怪的。

仲哥脸上，这才显示出一种表情，有几分惊异，几分不快，几分宽容，几分怜悯，还有几分无法形容，那无法形容的几分，也许才是他心底里最核心的反应。

仲哥犹豫着，不知该把进到脑子里的几句话，先拣出哪一句来说。这时，雷秀花为回避仲哥那让她经受不了的目光，也为了延迟一下自己的彻底爆炸，便把目光移向了马路，而透过泪水和雨丝，她看出一个熟悉的身影从十字路口那边，随着一辆自行车飞快地移进，她用手掌抹了一下双眼，猛地认出那是邻居小万，她就不仅不加回避，反而挥手大声招呼起来："小万！来！我跟仲哥在一块儿哩！"

那骑车而来的，确实是小万。小万被雷秀花的招呼吓了一大跳，他万万没有想到，会有这么一个人，在这么个地方，这么样地招呼他，并且不是一个人，而是还有另一个人，那一个人又并非别人，而是仲哥！

小万本能地跳下了车。

仲哥看见小万，主要吃惊在小万竟然没有穿雨斗篷，任由大雨把自己淋成了落汤鸡，衣裤全都湿透，沾在了身躯上，头发更像一窝趴伏的海带，可他的脸，却反常地红喷喷的，仲哥一眼看出，小万必将感冒，搞不好，会发一场大病，他立即问："小万，你咋搞的？干吗这么淋着？没雨具，不会先找个地方避避么？"

小万喘吁吁地说:"顾不上!刚得着的信儿,我们单位那辆奥迪车,找着了!在石家庄一个公园门口,撂了两三天……那边通知了这边公安局,公安局让我赶紧去,我这是回家取驾驶证哩……从单位里出来的时候,雨不大嘛,我也没借雨具,谁想这一路雨下疯了,偏跟我过不去……可车找着啦!这是喜事儿啊!……"

雷秀花叫住小万,本是赌气,想偏让小万见识见识,仲哥怎么跟自己单独在一起,没想到小万虽然停在了他们面前,对此却没表露出什么惊讶,及至听小万如此一说,便知道小万心里,只有奥迪车那一桩事儿,而且,雷秀花立即想到,奥迪车找着了,小宾子就更不受牵连了,这倒也的确是桩喜事儿,便又将原有的畸形心态,化解了许多,她不由得随着小万说:"是吗?那敢情好啊!"

仲哥便要脱下自己的雨斗篷给小万,他对小万说:"这么淋下去还得了!快穿上我的,我练过,我不碍事的!"

雷秀花跟上去说:"小万,你就穿仲哥的吧,我有伞,仲哥跟我打着伞,推着车走,不也淋不着吗?"说完,她便靠近仲哥,将伞罩在她和仲哥两人头上,那架势,活像他们是两口子似的。

小万惊奇地望了雷秀花一眼,把车推开,跳上了车去,扭头对他们嚷了一声:"不用!我反正也这样了!我走啦!"便抬起屁股,一耸一耸地用劲把车蹬走了。

仲哥通过雷秀花举伞的动作,才把她内心里另一种想法透视出来,原来她还是不能忍受自己对她的无爱,可在这神秘的天地之间,情爱实在是一桩没法子说得清,没法子勉强,没法子补救的事,"无可奈何"四个字,与情爱怕是最近的亲戚,血缘上无可分离!

"雷秀花,你的意思,我全明白了。"仲哥沉静地对她说,"我们都回去吧,各自回家吧,家里的人,都等着我们哩。"说着便把自行车推到了马路上。

"你回去你的！我不！"雷秀花发狠地说，"我要在这大雨里，痛痛快快地逛个够！"

仲哥无可奈何地摇摇头，对她摆下手，骑车朝他们那个居住区蹬去。

雨哗哗地下着。雷秀花咬着嘴唇，蹚着水，果然朝相反的方向走去。开头，她还举着雨伞，走了一段以后，她爽性把伞一收，任雨水朝自己劈头盖脸浇打下来……

41

在那一天的晚间新闻里，那条新闻从头到尾大约还不足半分钟，播放时，老王正在切一只华莱士瓜，要分给简珍吃，简珍当时倚在沙发上，完全漫不经心。那条新闻提及一位逝世的名人陈某某，他将自己毕生所搜集、收藏的珍本、善本古书以及两千多册有价值的藏书，还有上百件文物古玩、名人字画，都捐赠给国家；播出的新闻画面，是一个捐赠仪式，镜头先展示一个全景，然后是陈某某之子陈胜利向有关部门一位领导人指点部分书籍文物的镜头，再后是一些古书和文物的特写镜头，这些，简珍也还都没有在意，但突然出现了一个在仪式上对陈家捐赠行为鼓掌赞好的来宾镜头，是个大近景，这镜头在荧屏上大约只滞留了两秒钟，尽管播音员没有播出此人的名字，简珍还是不由得一下子从沙发靠背上抽起身来，对老王说："瞧！宫自悦！"老王一偏头，宫自悦的镜头已然消失，老王把切好的一牙瓜递给简珍，问她:"怎么啦?"简珍接过瓜,对他说:"怎么啦?你忘啦?那天宫自悦上咱们这儿来,正巧那陈老的女公子陈新梦在小逸屋里,听见他的声音,不是一下子冲出来,晕死过去了吗?那还不清楚!陈新梦对这位宫自悦,害单相思,怕害了好长一段了!可我看宫自悦,根本就没把她当回事儿!你忘啦?那天宫自悦推说还有事要办,没等陈新梦在这沙发上醒过来,他就走人了,还是你去叫来出租车,我把她送回家去的……今天这电视新闻里头,怎么光有她哥,还报了她哥陈胜利的名字,可她倒连个影子也没露,连名儿也没挂呀?那宫自悦跟这事有多大关系?倒差不多来了个特写!……"老王便催她说:"吃瓜吧!你管那么多干什么?再说,你也许没看清楚,那镜头里头,也许有陈小姐,不过一晃而过,容易让人忽略罢了……"

简珍吃完瓜,用餐巾纸揩了手,看了几眼电视,正播放一部拍摄得极马虎的电视剧,一个古装的女子,倚在一个亭子柱上哭泣,可那亭子的柱体和栏杆,一望而知都是水泥筑成,然后镜头一转,故事的背景是汉朝,一队武士鱼贯而过,他们身后的宫殿式建筑的窗户上,却全镶着玻璃……简珍便觉无聊,她移动身子,接近放电话的小茶几,往陈新梦家里拨了个电话。

那边刚响起一位女子的声音,简珍便亲热地招呼:"新梦!"

"你找谁?"那边的女子再发出声音,简珍才意识到接电话的并非陈新梦。

"我找陈新梦!"

"你哪位?"冷冰冰的语气,使简珍很不愉快。

"我是她的朋友。"

"您贵姓?"虽然称了"您",但仍从电话筒里传来一股冷气。

"我姓简。我是简珍。我们从小就认识,前几天新梦还来过我家。"

简珍不由得反问,"她在吗?您是哪位?"

"我是她嫂子。"那边的语气不仅冰冷,而且傲慢。

"我要找新梦说话!"简珍也冰冷而傲慢起来。

"她不在。"

"她去哪儿了?她什么时候回来?"

那边沉吟了几秒钟,然后问:"你有什么事?"

简珍原本不过随便拨一个电话,没有什么计划,更没有什么明确的目的,她不过是偶然中看到那条新闻,关心起陈新梦来,倘若陈新梦亲自来接电话,她也不过是问问她的身体、心情,安慰她几句而已。但那位嫂子竟如此口吻,这让简珍很不痛快。这些年来,简珍也很磨炼出了些深而有底的心眼和带毛带刺的言辞,她便爽性用一种柔和的口气说出一串尖锐的话语:"我找的是陈新梦,我想您拿的是新梦住处的电话,我找到新梦自然会对她说我有什么事,所以请您告诉我,如果她现在不在,那么大约什么时候会在?我什么时候拨这个电话能够找着她本人?"

陈新梦的嫂子没想到打电话来的女人竟如此富于进攻性,她对简珍说:"新梦病了,住院了。"说完便要挂上电话,但陈胜利正朝她走过来,一边摆手,一边满脸紧张的表情,她便爽性把电话筒递给了陈胜利。

陈胜利把电话筒调整得听说两便后,便自报家门说:"我新梦的哥哥陈胜利,您哪位?"

"我叫简珍。"

"啊,简大姐!"其实陈胜利对简珍几乎毫无印象,正如简珍对他几乎毫无印象一样,刚才电视屏幕上要不是播音员报出陈胜利的名字,走在大街上遇上这样一个人简珍绝对认不出他来。

"新梦是什么病？住在哪个医院里？"

"谢谢您的关心！其实她也并没多大的问题，只是家父去世，对她的打击太大了，您也知道，这些年来，一直是她伺候在家父身边……"

"她住在哪个医院？我要去看她，什么医院？多少号病房？"

"谢谢您！谢谢您！不过，新梦她……也许这两天还要转到另一个医院……"

"为什么？那是不是因为她的病很重？很不一般？"

"啊，那倒也不是……"

"那么，明天我就去看她，您告诉我，她现在在哪个医院？多少号病房？"

陈胜利不耐烦起来，他不能再保持蔼然的口气，他的声调也开始僵硬："那用不着……谢谢……医生现在不让打扰她，连我们至亲也不让天天去看……"

简珍疑窦丛生，她直起腰肢，强硬地说："那你为什么不可以把医院的名字和她的病房号告诉我？我就是不见她，总可以找医生问问情况嘛！"

陈胜利恼怒了："对不起，新梦自有我们亲属关心，不用麻烦您，谢谢，再见！"他挂断了电话，他媳妇望着他，撇嘴、点头。

简珍也气恼地把电话筒一撂，老王望着她，叹气、摇头。

第二天一早，在院子里活动完身体，吃完早点，反正没事——简珍在学校里只给毕业班上不多的地理课，不坐班，有课时才去学校。而她教了几十年，教材倒背如流，也几乎不用再备课——她便又打上了电话。她打电话给陈老生前所在单位，那也就是陈新梦的单位——陈老晚年，陈新梦就以他秘书的名义调到了那个单位，在那儿领薪，并享受公费医疗。简珍想那个单位的人一定知道陈新梦住在哪个医院的什么病房，但电话打过去，人家却说并不知道陈新梦在住院治疗，那边接电话的人说，陈老刚去世，新梦今后的工作怎么安排，他们领导还没有商量，考虑到她的心情，以及陈老逝世后遗留下的种种善后问题，他们也觉得没必要立即研究这一问题，并且也没必要请新梦去单位上班，他们由着新梦以充裕的时间调整心态、调养身体，依他们想来，陈新梦这些天如果不在家中，那一定是自己找了个风景地静心疗养去了…简珍通完这个电话，颇不以为然，便又往陈新梦他们公费医疗指定医院的住院部打了电话，询问的结果，是他们那里，无论哪一科的病房，都没有入住这样一位病人。简珍心里越发疑惑起来，便又往陈新梦家里打电话，只听那边电话铃长响，却没有人接，当然，也许是陈胜利夫妇都上班去了——他们都有各自的职业。

于是简珍便给宫自悦打电话，阿弥陀佛，这位"满天飞"难得地在他自己的办公室里。

一听是简珍，宫自悦便格外地亲热："您好您好！您瞧，咱俩还真有点心灵感应哩——我也恰巧要给您拨电话！怎么样？下周星期三下午的会，简莹肯定出席吧？您可千万作为她的，也是我的，也是我们的，也是道义和法律的坚强后盾啊！……"

宫自悦本以为简珍来电话，将不利于那个"方天穹创作研讨会"的召开，这些天他同简珍和简莹的联系，主要围绕着这件事，及至听明白简珍并不是为这个会的事给他打电话，而是询问陈新梦的下落，便放下心来，嘻嘻哈哈地说："哎呀，陈家兄妹的事情，他们的私事，我们怎么弄得清楚？我看我们就都不要介入吧……"

简珍便进一步问他："那天电视上，我还看见你好大一个镜头哩，你明明在介入嘛！我问你，那天新梦为什么没有出席？"

"她没有出席吗?……啊,对,没有;对了,听胜利说,新梦实在不会节哀,身体哭垮了,所以不忍心让她强撑着上场……"

"新梦住院了,你一定知道她住在哪个医院吧?"

"什么?有那么严重吗?我真是一点儿这方面的信息都没有!……"

"那你一定要跟陈胜利打听,弄清楚她住在哪个医院哪个病房,我要去看她!你打听妥了,你不给我打电话,我也要打电话找你问的……"

"那好那好!我打听,就打听……"

"你别当成小事一桩啊!要不……我可就不让简莹去开你那个什么研讨会了!"

"别介别介!好说好说!"

简珍打完这个电话,不知道为什么,心里仿佛有个古怪的东西,毛茸茸,刺痒痒,在不断地膨胀。

一早就跑出去忙她自己出国事宜的简莹,中午回来打一头,简珍便将陈新梦居然下落不明的事讲给她听,简莹心不在焉地听着,一边调制着速溶咖啡一边漠不关心地说:"哪个陈新梦?您管人家的闲事干什么?"简珍叨唠个没完,简莹便呷着咖啡,胡乱地给她出主意:"您既然这么感兴趣,就一家医院一家医院地打电话,至少把大医院的住院部全问遍,那不就有门了吗?您要嫌这办法啰唆,那等逸哥下班回来,让他起一卦,他掐指一算,几分钟的工夫,您不就找着那个什么梦了吗?"

傍晚王逸从厂里回来,简珍果然求他起卦,饭后王逸洗手焚香,在他屋里用《易》占筮,出来了结果,他便去北屋客厅中,告诉给简珍和老王。

王逸占出的,是从"泽火革"经过三爻变化而达到"泽雷随"的一副卦象,他解释说:"革卦的卦辞是:革,己日乃孚。元亨利贞,悔亡。简而言之,这是个好卦,意味着一切可以重新开始,估计那位陈新梦女士,经历过这一回的丧父之痛,反而能够使她的生活,来一次革新。但变爻是'九三','九三'的爻辞是:征凶,贞厉,革言三就,有孚。简而言之,就是这位陈女士虽有可能革新她的生活,但她的行动,将会遇到险阻,她所坚持的原则,也会受到挑战,她必须反复争取,努力奋斗,才有可能开创出一个新的局面。她的状况,从革卦,最后变化为随卦,'泽雷随'这一卦的卦辞是:元亨利贞,无咎。这简直是最好的卦辞了。你们放心,她不会有什么大事的。但三爻是变爻,变爻的爻辞不算太好,但不也坏,那爻辞说:六三,系丈夫,失小子,随有求得,利居贞。这位陈女士,是否爱恋着一位比她大得多的男子?而与她年龄相当的男子,却没有爱她的,她也不懂得去追求,这样,她就必须有一种道德上的支柱,才能获得稳定,否则,她的生活,便会在这一因素的鬼使神差下,紊乱起来……"

简珍听到这里使劲拍击沙发扶手,连连惊叹:"就是呀!就是呀!你看她都马上就四十了,还独身一人,而且,爱上了那个比她大十几岁的宫自悦!……"

老王却并不怎样赞叹,他提醒王逸:"咦,让你算的,是她在哪个医院里头,你现在说的,太泛泛了……这位陈新梦女士,究竟住在哪个医院里呀?"

王逸便说:"看来,她原住南城一家医院,后来又转到东城去了……哎呀,不好!……"

见他表情忽然一变,简珍和老王都不由得欠起身子问:"怎么了?她病得很厉害吗?"

王逸吁出一口气来,摇头,然后缓缓地说:"我想她其实病得并不怎样严重，不过，要找她，不妨试着往安定医院去问问……"

老王和简珍惊愕地对望。安定医院确在东城，是一家有名的专治精神病的医院。

42

这几天，办公楼里私下流传着两个短语，一个是"他爱祖国我爱电脑"，一个是"小轿车粘在名片上"。

"他爱祖国我爱电脑"，讥讽的是匡二秋。自打那晚一个叫简莹的女青年闯入尚未散尽的酒会，在揭露那个想到这办公楼里来入主外事处的鲍某人的同时，错把匡二秋叫成了赖仑先生，便引出了许多的猜测与议论。不得已，匡二秋在一次处级以上的干部会上，谈完工作，干咳了几声，便解释了一下那天所发生的"极不愉快的误会"，为证明他确与讹诈蒲某某的钱财无干，他不得不公开了赖仑先生赠他电脑，因而他转让旧电脑给别人的缘由。无论从道德上、法纪上论，匡二秋的作为似乎也确实都算不上有什么问题，但人们的心眼儿就那么容易犯酸，人们的舌根儿就那么容易泛辣，他们想起以往匡二秋不遗余力地讴歌赖仑的爱国情怀，现在白得赖仑一台洋电脑，就禁不住三三两两地窃窃私议，"他爱祖国我爱电脑"渐渐成了一句流行语，男士在厕所中的小便器前相会，常会由一个人嘴中哼出，然后旁边的人便忍俊不住。这尖刻的短语也飘进过匡二秋耳孔，他只能装聋作哑，无可奈何。

"小轿车粘在名片上"，则源于那辆奥迪牌小轿车的复归。窃贼在疯狂地使用了一番那辆小车后，不知为什么，竟把那车弃置在了石家庄市一所公园的门外，开头，也没引起人们很多注意，但连续几天这车总不开走，公园售票处便报告了公安局，公安局来查，那车上有河北省的执照大牌，查那大牌号码，竟是另一辆本省挂失的小轿车的车牌，车型不对，显然，窃贼是故意调换了车牌，这车究竟属于谁，还得另觅线索，查来查去，总不得要领，最后，却"踏破铁鞋无觅处，得来全不费工夫"——在那奥迪车的底盘上，发现了一张粘住而始终没有掉落下来的名片，片主是宫自悦，上面头衔、单位、地址、邮政编码、电话、电传、电报挂号一应俱全，那边公安局同北京这边一联系，失车立刻找到了主人！这事情传到单位以后，人们自然当作一桩茶余饭后的特等谈资，有的说宫自悦撒名片真是天女散花，连轿车底盘上都留有永远的纪念；有的说宫自悦的名片真不简单，粘上个小轿车证明身份；有的打听出来那名片是由口香糖的胶膜粘住的，便又纷纷猜测那是什么牌儿的口香糖，进口的还是合资生产的；有的还说那口香糖质量真棒，看来咱们以后也得买那个牌子的嚼；更有的在电梯里直接问到宫自悦，宫自悦满不在乎，正儿八经地回答说："我只买一种南韩的盒装方粒口香糖，苹果香型的。"后来"小轿车粘在名片上"的短语也传进了宫自悦耳孔，同匡二秋听到那同自己相联系的短语相反，宫自悦满心高兴，有时候，他自己也打个榧子，重复那么一句，然后晃着头笑。

经过那晚的"酒会事件"后，那个姓鲍的自然再无希望调入主掌外事处，而匡二秋同宫自悦的关系，也变得更紧张更微妙起来。

这一天，秘书处给匡二秋送来一封"群众来信"，来信者是夏之萍。信上说："贵单位的宫自悦先生，正张罗一个所谓'方天穹创作生涯纪念研讨会'，我是方天穹的未亡人，我认为在方天穹遇难后的种种善后事宜尚未得到妥当处置的情况下，匆忙召开这样一个会议是很不得体的。我吁请贵单位劝阻宫自悦先生，在方天穹家属不同意的情况下，取消或无限期推迟这个会议。否则，我将视宫自悦先生的所作所为，系贵单位所支持，由此所引起的一切法律纠纷，亦将由贵单位承担责任……"

读完头遍，匡二秋只是一笑。宫自悦有他无数的单位外头衔和单位外活动，单位对他，实在是不必管也管不了，"小轿车粘在名片上"的人，也只好由他去，出了什么事，概由他个人负责。但再读一遍时，匡二秋便回忆起来，方天穹的那个前妻，叫简珍的，曾给他来过一回电话，提到方天穹一部叫什么《蓝石榴》的手稿，她同夏之萍都坚决抵制其出版，她们都攻击那个叫欧阳芭莎的人——自打那天"酒会事件"之后，鲍管谊来此入主外事处的事自然黄了，接受欧阳芭莎的意向，又渐占上风——而那天大闹酒会的妙龄女士，听说便是简珍的女儿，叫简莹，宫自悦同简莹，似乎早有联系……如此一想，牵三挂四，七穿八达，看来，问题还不那么简单哩！匡二秋隐隐觉得，那天简莹的突然袭击，恐怕是宫自悦幕后所导演，他对调入鲍管谊表面上未持反对意见，但他在方天穹遗稿问题上，明显与欧阳芭莎结盟，而他张罗开那个什么"方天穹创作生涯纪念研讨会"的目的，也就非常可疑。如此想来，也便不能由着宫自悦一味地"小轿车粘在名片上"，不仅在社会上为所欲为，而且暗中在我匡二秋背上插刀！

匡二秋便给同一层楼的宫自悦办公室打电话，宫自悦在，匡二秋便笑请他"屈尊过来一下"。

宫自悦笑吟吟地来了，坐到匡二秋对面。匡二秋便把夏之萍那封信递给他，宫自悦只用两个指头接那信，然后撇着嘴角拿眼飞快地一溜，溜完抖抖信纸，只说："滑稽！"

匡二秋点点头说:"自然,滑稽得很!你张罗的这个活动,跟单位没有关系嘛,怎么会引起应由单位承担责任的法律纠纷呢?"说到这儿,却又略微转动了一下转椅,脸上挂出一副推心置腹的表情,柔声细语地说:"不过,自悦,咱们同事多年了,恕我直言:我总不能理解,你到社会上张罗这些个活动,究竟图个什么呢?有什么特别的乐趣呢?……"见宫自悦翕动着嘴唇马上就要争辩的样子,匡二秋又嘿嘿一笑说:"咱们都不是小伙子了啊!你这样'小轿车粘到名片上',活蹦乱跳的,真的,不相称啊!"

宫自悦本来不过是想具体解释一下,他张罗这个研讨会的意义如何堂皇,却没想到匡二秋口中呐出了"小轿车粘到名片上"的短语,这话,别人说犹可,宫自悦自己说也行,他却万万容不得匡二秋这副模样这副腔调地对他说,于是,他先咽下一口气,然后满脸推出一个辛辣的笑容,针锋相对地说:"各有一好嘛!像我,也真不理解你,你一年写不了五篇文章嘛,玩什么电脑呢?玩电脑也罢了,你又玩什么'爱国电脑',让满单位的人私下里在那里喊喊喳喳地说什么'他爱祖国我爱电脑',多难听!……"

一比一平!岂止,在宫自悦这方面看来,他攻进的这一球远比匡二秋的那一脚漂亮,从心理上说,他宫自悦是占了完全的上风!

宫自悦让自己脸上那个辛辣的微笑腻在那儿不散,他迎候着匡二秋的反攻,并在心里迅疾地筹划着进一步的回击。

匡二秋脸上罩上了一层阴云,他猛地把办公桌的抽屉一拉,那一瞬间,宫自悦简直以为他是要从那里面掏出一把手枪来把自己毙掉!然而匡二秋从那里面取出的只是一包香烟,他扔给宫自悦一支,自己拿上一支……

两人各点上一支烟,眼光迅即相接,又迅即闪开,但那眼光的短暂相接中，他们"心有灵犀一点通"了……

是呀，他宫自悦五十大几的人了，为什么还活像个"小字辈"似的，活蹦乱跳于这个老那个老之前？为什么每天不辞辛苦东奔西跑，到这个场合中那个场面上频频亮相曝光？又为什么一会儿任这套丛书的挂名主编，一会儿任那个社会活动的倡议者和发起人？为什么忽而同这个人结盟，从调情瞎逗到签订委托书，似乎好得合穿一条裤子还嫌肥；忽而舍此就彼，把原结盟者视作陌路乃至反目成仇，又与新友如胶似漆、打得火热？……

是呀，他匡二秋表面上比宫自悦成熟、稳重、庄严，然而他成日里所琢磨的，不就是如何从副局级升到正局级，又如何朝副部级进军吗？他对赖仑下娶马世芬的由衷崇敬，不正折射出他对西方物质文明的刻骨向往吗？他主动要求并欣然接受赖仑所赠的电脑，不正暴露出他的贪婪、粗鄙、卑下吗？而他私下应允为赖仑去办妥那两桩事，不更证明着他人格的污糟与心灵的腥腻吗？

他们不约而同地吐着烟圈，朝楼窗外望去。窗外灰蒙蒙的。窗外曾经刮过一阵又一阵的风，风来风去，他们鬓发斑白、额上眼角起皱打褶，他们的心灵渐渐变得麻木不仁，渐渐也苍白起来，也起皱打褶。是的，他们似乎有理由申辩，这样的人并不是他们一个两个。他们抓得住、握得牢的，也就是眼下他们正享受到并可进一步加以膨胀的那点儿利益和乐趣！你有什么道理非要他们超越出较为普遍的短期行为，而变得不合时宜的高尚，去做出无谓的牺牲？……

"唉，咱们都不容易啊！"匡二秋终于把眼光从窗外移向办公桌对面的宫自悦，悠悠地说。他的眼珠，甚至于蒙上了薄薄的一层泪水……

宫自悦没想到匡二秋到头来只求个和局。然而他乐于接受这个和局。毕竟他与匡二秋利益相谐的成分大于利益冲突的成分。他便微微一笑，弹下烟灰，用一种在他来说是极难得的诚恳语气说："老匡啊，我们还是要精诚团结，互相补台，才能都有一个新的局面啊……"

窗隙来风，把夏之萍投寄来的那封信，从办公桌上吹到了地板上，他们俩谁也没有弯身去捡……

43

"必胜客"是一家专营意大利比萨饼的食品店，里面装潢布置得与西方同类店铺毫无差别，而且服务小姐不管面对什么样的顾客，都用英语招呼，这让蒲如剑很感别扭，但简莹却如鱼得水，她也爽性用英语与服务小姐对答，仿佛她已提前成为了秘鲁籍华裔商人。她自己点了一个小号的"至尊至上比萨饼"，因为蒲如剑说想吃得素净一点，她便为蒲如剑点了一个大号的"快乐蔬菜比萨饼"。她另外为自己点了一杯红茶，为蒲如剑点了一杯冰啤酒，又点了两客素沙拉。服务小姐给他们送来两只小小的钵形碗，空的，蒲如剑正疑惑，简莹微笑着站起来，指点蒲如剑拿上空碗，去到餐厅中部的沙拉亭"自助"。原来那"必胜客"中的素沙拉是十元外币兑换券（如交人民币加价百分之十）一客，顾客自取一次算作一客，只要你有本事将那小碗装得满满的而不掉出素菜来，一客素沙拉足能让你饱享一番。蒲如剑跟着简莹走过去，只见那沙拉亭中放置着许多种盛有素菜的方形桶，除了常见的生菜叶、洋葱片、番茄片、黄瓜片、青椒片、熟扁豆、胡萝卜丝而外，还有比较特殊的玉米笋、碎麻菇、薄酥片、渍李子……调料则有四种之多，简莹介绍他一种粉红色的，说味道最鲜美，他便以那粉红色的为主，别的也各浇上了一点……

比萨饼送上来了，确是现烘现卖的架势，服务员将那烘饼的平底锅一直端到桌上，并在切成四块的饼中的一块下面，置有一把托铲，以方便顾客将饼铲到餐盘中享用。

蒲如剑还是头一回来此领略比萨饼的风味，简莹却一派常客的风度。蒲如剑吃了一块连赞可口，简莹便告诉他："其实这并不是真正的意大利风味，这家店跟肯德基家乡鸡一样，是美国人的买卖，它在世界上也已有了四千多家分号，我们这一家是四千分之一，不过，在中国，眼下还是它的头一家；为了适应美国佬的口味，这比萨饼已经不像意大利本地的烘得那么硬，味道也柔和多了……"又说："利马满街是卖比萨饼的小铺，不过，那大概又变化成西班牙风味了……"

简莹的出国手续已近于齐备，购机票的款项也已凑齐。她与蒲如剑合作，一气给个体书商设计出了八个封面，蒲如剑原来怎么也没想到，那样胡乱搞出来的封面竟能获得每个一千元人民币的酬劳！简莹已取来那八千元酬劳，约定在这"必胜客"中，与他瓜分"劳动果实"。蒲如剑一边吃着比萨饼，一边心中惴惴不安，他总觉得自己活像是参与了一次偷窃，或一次贪污。他甚至不能想象，他怎样把那四千元人民币带回家中，要不要跟爸爸妈妈说？他们能相信么？会不会把他们吓傻，从而派生出复杂的效应？而且，他甚至想不出来自己将怎样花销那四千元，固然他早已向往过录像机、大音响，但仅仅两天的工夫，开玩笑似的那么一剪贴、一拼凑，四千元就到手了，他总觉得不好意思把那钱拿到商店去用，钱是脏的，这还是其次，钱烫手，怎么摸它、用它？

简莹对这笔生意，在心理上却与蒲如剑有着完全不同的回响，她一眼看穿蒲如剑的疑虑与懦弱，光这一点，她还并不想对蒲如剑说些什么，但她又看出蒲如剑对她似有误解，便放下刀叉，呷口红茶，单刀直入地对蒲如剑说："你恐怕还在琢磨我，为什么对那个姓鲍的吞占一千元，那么样地不能容忍，而又为什么对我们这么挣上八千块，这么样地心安理得？当然啦，我早跟你说过，姓鲍的那是完全违反了社会的游戏规则，所以就从维护规则出发，也得有人出来扼制他一下；而我们所干的事情，是在当今社会的游戏规则之内的，或者，是在没有规则的空白点上玩杂技……这些不多说了，你早知道我这个思想，现在我要告诉你的是，我对社会的责任感，我的自我道德标准，不仅不比你以及像你一类的人低，而且，甚至要高出许多！我实在也是在万不得已的情况下，才这样就低地游戏一回！我的理想，是在世界最通行的规则复杂的高档游戏中，取得成功！你瞧我的吧！咱们三年以后见！"

简莹说这话时，两眼闪闪放光；蒲如剑望着她，心头有个小鹿在跳。蒲如剑暗暗追问自己：你对这位女友，究竟是一种什么样的感情？为什么在她宣布这就要飞走的时候，你会如此地恋恋不舍？这便是爱情吗？这是初恋么？他那幅永远也画不成的《青春的门槛》，原始的创作冲动，不就是这一腔情感么？……但蒲如剑又隐隐地意识到，这种感情似乎还并不就是爱情，他与出国前的简莹的这段交往，实在还不足以称作他人生中的初恋……

"你在想什么？"简莹问，"想你那幅《青春的门槛》吗？"她点着头笑了，"对对对……我一猜一个准儿！可我不明白你为什么总迈不出那个门槛去！我要是你，我就扔下这个题目，直截了当地画青春！画门槛外头的青春！其实，如果你真的想成为一个画家，我说的不是画匠，而是艺术家，那么，你又何必把考上大学看得那么要紧！你现在不是靠自己的能力，挣了四千块钱吗？而且我把那联系方法告诉了你，以后你干脆自己同个体出版商挂钩，连我这个中间盘剥的经理人也甩掉，你再游戏其间，再挣他几千上万的！当然，你要适可而止，而且千万注意不要犯规！不要晃摇到空当儿之外去——你就先这样，用非艺术的手段挣钱，然后用那钱养你的艺术，你可以走遍全中国，到处写生，到处积累素材，到处捕捉灵感，然后你潜心地关到屋子里画、画、画……而且，你也无妨跟我一样，到国外去闯荡闯荡，你要到秘鲁，你就找我——"

说到这儿，简莹的眼光同蒲如剑的眼光相撞，这一撞不仅把蒲如剑撞得晕晕乎乎，也把简莹的心给硌了一下，简莹垂下睫毛，不由得暗自思忖，自己同蒲如剑接触，最早不过是为了一个单纯的目的——找他父亲询问关于秘鲁的第一手资料，怎么一来二去的，似乎事情就变得复杂了，以至于说着说着，就不由得说到让蒲如剑到秘鲁找她这样的话题上来，难道自己一颗所谓早熟的心，能够这样轻易地坠入到所谓爱河，并且是这样一条爱河之中么？

简莹把眼一抬，又同蒲如剑的眼光相撞，原来蒲如剑的眼光一直愣愣地并没有从她脸上移开。简莹的心微微有点发紧了。是的，这个愚笨无能、优柔寡断、总缩在门槛里迈不出去的蒲如剑，不管怎么说，他身上似乎有一种当今世界上已经所存不多的东西，那东西不知该怎样恰切地称呼，到了大洋那边以后，在异国他乡，在全然不同的文化之中，特别是在那里的异性身上，也许能找到许多令人惊奇的、有趣的东西，但一定能够找到从蒲如剑身上体现出来的那种东西么？

蒲如剑感到简莹的眼光发生了某种变化，如果说原来是闪闪放光，那么现在就是熠熠放电，他有点神魂颠倒了，毕竟，在他的生命史上，还是头一回有一位异性同代人的眼光，使他感到周围的世界只剩下美丽与曼妙。他用眼睛扫视着周围，觉得那紫红与米黄两色组合成的厅堂，格外地雅致温馨，而每个餐桌上下垂的西番莲式吊灯，有着外国天主教堂彩色镶嵌玻璃窗的风格，尤其令人心旷神怡。附近就餐的顾客，大多数是些在京使馆或商社的雇员，也个个都显得文静高贵，就连邻座那位满脸雀斑的金白头发姑娘，似乎也格外妩媚……在简莹看来，蒲如剑的眼睛倒没有大变化，但他的面庞，是确确实实放出光来了！

"咦，"简莹忽然笑出声来，"我们干吗这么节约？这么抠门儿？这么拘束？这么急茬儿？我们干吗不要点酒呢？我说的是真正的酒，至少是长城干白，或者干脆要点洋酒，白兰地或者威士忌，咱们干吗不喝点酒，慢慢吃，多坐一会儿呢？"

"好主意！"蒲如剑也轻松地笑了。

他们要了美国四玫瑰牌有六年储龄的威士忌。

44

深夜，客厅里电话铃响了。这在简珍家是不寻常的事。简珍睡得沉，老王睡得轻，老王被电话铃惊醒，爬起来去客厅接电话，那边传来一个女子的声音，明确地点名要找简莹。老王心想也许事关简莹去秘鲁的事，便披上衣服走到小院南边，敲简莹住房的窗户，敲了好多下，里边简莹才问："谁呀？干吗呀？"

"小莹！是我！有你电话！能起来接电话吗？"老王隔窗大声通知她。

"谁呀？"简莹披上衣裳，迷迷瞪瞪地去客厅接电话。她因为傍晚时同蒲如剑在"必胜客"中喝了不少四玫瑰威士忌，醉了，头脑昏昏沉沉，正堕入甜梦乡不久，突然被叫起来接这个电话，心中很不耐烦，直到她握起电话筒的时候，仍茫茫然猜不出是谁如此深夜相扰。

"简莹小姐吗？噢哈，我是欧阳芭莎，我想你一定听到过，不仅是听到过这个名字，还一定听到过围绕这一名字的形形色色议论……"

欧阳芭莎？她？

简莹刚想问她，什么事值当这么晚打电话来，那边却先问上了她："怎么样？哪天飞秘鲁？"口气倒好像她们特别熟，经常通电话似的。

"你怎么知道我要飞秘鲁？……"

"噢哈，我什么都知道，我甚至还知道你那飞机票钱是怎么挣来的……简莹小姐，打搅啰！你订的，不是下周星期四的机票么？先飞香港……"

"可是，我的事跟你有什么关系？"简莹生气了，头脑也从酒精控制中清醒转来，她想跟这位午夜骚扰者犯不上客气，"你深更半夜打电话来，你有什么事？！"

那边却咯咯咯乐了："好玩！真好玩！你生气了！好一位简莹小姐，你当然应该生气！噢哈，请原谅，简小姐，是这样，我只不过想问一下，下周星期三下午的那个所谓'方天穹创作生涯研讨会'，你还去参加吗？"

"我……"简莹仍在气头上，"我参加不参加，与你什么相干？"

"噢哈，"欧阳芭莎一定是从洋人那儿学来的，打电话时总不断地在话语里嵌入"噢哈"这样一种声音，似乎是肯定对方的某些话语，又似乎是一种思考中的停顿，其实多半是只为体现其潇洒的派头；她给简莹打电话，是在千里外一个布置得素雅然而舒适的房间中，背倚着床上的大方枕，两条舒展的下肢交叠在一起，两只脚丫互相逗弄着，把电话机搁在肚脐眼上,一手枕在脑后,一手握住话筒,整个儿体现出一种"好玩,真好玩"的精神状态,对于那边简莹的不客气,她大喜过望——倘若那边竟是一种懦弱不堪、惶然服从的口气,就太不好玩了!因而,她兴致勃勃地与其对话下去,"与我什么相干?亲爱的,那实在关系太大了!倘若简小姐不出场,我也就不去亮相了,倘若简小姐出场,那么,我少不得要去奉陪罗!"

"那为什么?"简莹气冲冲地再发质问,"你奉陪我什么?我根本就不想见你!你去,我还不去哩!"

"OK(好)!"欧阳芭莎很开心,"也许我们还是到利马见面的好!不过,你真的不出席那个会啦?"

"不知道!"简莹斩钉截铁地告诉她,"我去,还是不去,事先用不着告诉你!"

"好样儿的!"欧阳芭莎用出乎简莹意料的语气和话语继续同她对话,"简小姐,我要是你,我也会这样!只是,我实在是有一点忠告,想奉献给简小姐,当然,这忠告你可以相信,也可以不相信,但听听总没有坏处……是这样的,亲爱的Jane(简),我知道,宫自悦拉你出席他那个会,绝非是为了尊重你的某种身份和某种感情,而是为了把你推到第一线,为他争夺到方天穹那部遗稿《蓝石榴》的出版经理权。噢哈,你先不忙反驳我,我知道,你母亲,还有那位夏之萍女士,她们因为听说或感觉到《蓝石榴》里的某些描写,对她们不利,所以她们的意思,是坚决反对这部书稿的出版,为此,她们联合起来,委托宫自悦——或者不如说是宫自悦发动了她们,要从我手里,把我掌握的那部分书稿搞到手,她们不好出面,所以就由宫自悦把你推到了台前,那名义,是你有权继承和决定方天穹遗稿的出版事宜——但你一旦真从我这儿得到所谓遗稿,那么,你飞秘鲁了,你母亲和夏女士,便会发现，他宫自悦还是要安排出版，在海外，他已经联系了一位香港的冯先生，这位冯先生，那天也要出席那个破会哩！噢哈，你不想听听关于冯先生的故事吗？那真是一台好戏，戏中又有戏！那位冯先生，在香港是有名的'擦鞋'人物，什么叫'擦鞋'懂吗？我亲爱的Jane！你一定要懂得，香港市民把大陆派去的人叫'表叔'，所谓'擦鞋'，就是一帮专讨'表叔'好的人物，说出种种冠冕堂皇的话，作出种种爱国亲共的姿态，其实他们完全是投机，图的是在九七年香港回归大陆之前从大陆方面捞一点油水，有的一捞足了就溜，有的大概到'九七'以后还想借这种'进步'的身份接茬儿捞……那位被宫自悦视作哥儿们的冯先生，便是这样一位角色！这两年他一天到晚作出支持大陆文化发展的姿态，一会儿宣布他要出什么丛书啦，一会儿又跑到大陆联系什么作家新著啦，说是要为大陆文化和文化人与世界华人文化和华人文人之间的沟通与交流，作出他的一份贡献，但其实是雷声大、雨点小。他让大陆、香港两边的报纸不断地给他发消息，尤其大陆方面，通过宫自悦一类人物，他签下了许多的合同，捞取了大量的资料，在报纸、杂志、电视上不断出现有关他的专访、访谈、照片、镜头，其实他是买空卖空，到目前为止，我知道他只在那边印卖过两本书，而且着眼点完全在赚钱上！他那出版社其实就他跟他老婆两个人，一个小小的皮包公司！宫自悦是不是完全清楚他的底细呢？也许不完全清楚，噢哈，其实对于宫自悦来说，也不必搞得那么清楚，因为通过跟他联系，宫自悦乐趣也真不少，这边，那边，报上，杂志上，电视上，也都能因此频频出镜，管他最后书出不出得成，宫自悦从他那儿，也能得着一些港纸，这对冯先生来说是很上算的。比如下周星期三的那个会，宫自悦请姓冯的来参加，开会的钱是拉赞助拉来的，我知道有三万人民币，宫自悦给姓冯的包了三天的四星级大饭店客房，还给他免费提供交通工具和安排参观游览，更重要的是还将让他见到几位真佛——政界和文化界的名人，姓冯的只不过自付机票款，你说比他自己来北京混，省去多少钱！他私下里给宫自悦一千两千的港纸，又算个什么！……那《蓝石榴》就真委托给宫自悦，交那冯某人带回香港，他也未必真给出版！香港那个鬼地方，什么生意都好做，唯独图书生意难做，纯文学的小说更卖不动！……噢哈，Jane 小姐，感谢你听我讲了这么多，我的忠告究竟是什么呢？噢哈，我想你也总结出来了，就是完全犯不上去给姓宫和姓冯的当'炮灰'！他们的戏，让他们去演，你、我何必去客串一角呢？……"

简莹从不耐烦渐渐变为感兴趣，又渐渐变得很耐心，并且耐心听了一番欧阳芭莎的揭秘后，更对欧阳芭莎产生出佩服的心理——怎么她什么都门儿清！而且，这位深夜骚扰者还通过电话飘散出一种神秘感。简莹想起她一接电话，那边就点出她下周星期四要飞秘鲁，甚至还说知道她是如何挣到机票款的，难道上至最高层，下至黑道中的个体出版界，她全能平蹚？又说将来到利马见面，难道她真能超越出中国大陆的种种体制规范，是一个在中国取得了随心所欲特权的奇人？简莹后悔自己同欧阳芭莎接触得太晚了，其实，早知有这样的当代怪杰可以结交，又何必那么盲目笨拙地东闯西荡呢？……

简莹便在电话这边莞尔一笑，对那边说："欧阳女士，亲爱的，听你这么一说，我那天更得赴会了！"

"'亲爱的'！噢哈，好玩！好玩死了！Jane，我们互称darling（亲爱的）了！你真是个好样的！我没想到你能这么好玩！你说说看，为什么？为什么你反倒更想去开那个破会了？"

"因为，如果我不去，你就也不去，只有我去了，你才也去啦——那个破会一开完，第二天一早我就远走高飞了，我想我们还是'仇人相见，分外眼红'一下的好！"

"哈！……"欧阳芭莎在那边把电话机抓起来撂在地板上，笑得在床上乱滚，"太好玩了！My dear Jane（我亲爱的简）！就这么办！咱们俩都去！对对对……咱们应当狭路相逢一下！说真的，我万没想到你这么好玩！真好玩！咱们一块儿玩一回吧！……"

这边简莹也咯咯咯地笑起来。被吵醒的简珍和一直睡不着的老王，双双从他们那间屋里探出身子来，莫名惊诧地望着笑仰在沙发上的简莹。

45

童年时的回忆，真如一生不会凋谢的花朵，永远芳馨。雷秀英从大老远的东北边陲回到北京，京城那么多名胜古迹游览点，她最急迫想去重游并且能一而再再而三重游的地方，竟然是北京动物园！是的，妹妹雷秀花很能理解，当年父亲是劳模，经常放弃节假日的休息，一心扑到生产上，但偶尔也歇一天，歇下来时，便带雷秀英雷秀花去动物园逛，在猴山、熊山旁边，他们常能待上很久，相互指点着那些皮猴憨熊的种种表现，开怀欢笑……

这天雷秀英又约着妹妹，带上儿子，去动物园玩，临走时他们再三动员小宾子一块儿去，但小宾子毫无兴趣。雷秀花叹口气说："不怪他，我跟我们蹲班房的那位，当年就没带他去过那儿，小时候没喜欢上的东西，长这么大了你强让他喜欢，也不中用！"

小宾子即瑞宾事过挺后悔，那天他还真不如跟母亲大姨他们去了动物园呢!

那天过了午，瑞宾正在床上睡懒觉，忽然被敲门声惊醒，过去开门一看，是大葱!

"嘿！你他妈的也出来啦！"瑞宾揉着眼睛，高兴地大叫。

"怎么着？就他妈的你有能耐出来吗？"大葱满脸亲热。

俩人都十足地是"惊呼热中肠"。

瑞宾便让大葱进屋，说要打冰箱里给他取汽水，要给他切西瓜，大葱却说："我才不跟你这儿瞎耽误工夫哩！走！跟哥儿们逛逛去！囚家里头有他妈什么意思？怎么着，这么绿一回，你就尿啦？……"

瑞宾被大葱拽出了屋子，瑞宾撞上了门，要去推自行车，大葱又把他胳膊一攥，拉着他一溜烟走出了胡同，一边说："咱们轱辘多点儿，不好吗？"

胡同外头，停着辆出租车。

大葱把瑞宾拽进了出租车。

一进车里头，大葱就跟胖乎乎的司机打招呼说："这就是瑞宾！"又跟瑞宾说："这就是杨刺子！"杨刺子是北京夏天杨树上常见的一种毛毛虫，浑身毛刺，掉在人身上能让你又痒又痛又辣又麻。瑞宾一见这位杨刺子的派头，就知道准也不是位好惹的。

"去哪儿呀？"瑞宾问。

"你管是去哪儿呢！"大葱笑嘻嘻的，"反正不是拉你进局子！"

瑞宾心里不安起来。他本已决定不再跟大葱他们掺和。他妈和他大姨求了仲哥，仲哥又通过一位有居士身份的徒弟介绍，让瑞宾去松下彩色显像管厂应了考，并且已得到了录用通知，下星期就要去上班，当流水线上的工人了。工资待遇挺不错，是个正经职业，瑞宾打算从此安心干活，攒下一笔钱，搞上个对象，结婚生孩子过小日子。那厂子应允对工龄长的已婚职工,提供挺不错的单元房哩,而且熬上几年,也许就能升成工段长,再慢慢往上升,一直到升不动为止,最后就打那厂子退休,到时候有一笔挺不少的退休金,退休以后养个画眉百灵什么的,天天早起提着鸟笼子遛弯儿,不也挺乐和吗?……

可是大葱你简直摆脱不了,这不,又添上了杨刺子!他们要把自个儿拉到哪儿去呢?

车子转来转去,看来已转出了三环路,快接近四环路了,到了一大片新建的居民区,有的楼已经建成并住进了人,有的楼已建成但还空着,有的楼正在内装修,有的楼外装修还没有完……车子最后停在一栋似乎是已建成但还没有住进人家的高层楼前。

大葱把瑞宾推出了车外,又弯腰跟杨刺子说让他晚上再来,杨刺子把车一倒开走了,瑞宾仰头望着那些空空的阳台,问:"你他妈把我带这儿干什么?分我一套三居室吗?"

"三居?"大葱把嘴一撇,"你他妈就那么掉价儿?现在哪个人模狗样的干部不他妈的争正局级、争四室一厅?"

也不知那楼有没有人看管,大葱把瑞宾带进了楼里。电梯显然还不能启动,大葱就带着瑞宾往上爬,瑞宾真想赖在半截不往上去了,他问:"这他妈干什么呢?你要把我带到楼顶上往下跳是怎么着?"

"再走他妈两步!"大葱在上一层楼梯拐角处招呼他,"到了到了!就这儿!"

瑞宾终于跟着大葱登上了第七层,到了703单元门前,大葱用预定的暗号敲了门,门开了,哄然一片叫骂的问好声。

瑞宾走进去一细看,一群人当中坐着油饼。

油饼不是回老家了吗?怎么又坐在这儿?这房子他是买的?租的?借的?偷用的?一概闹不清。

那是一套局级待遇四室一厅的大单元，墙面上已经贴妥了淡蓝色的壁纸，地面却还是洋灰的，施工时地面上遗留下了许多水泥疙瘩和油漆点，也有一些坑洼处，双层窗户，玻璃窗和纱窗上也掉落了许多的灰点和油漆，安装好的暖气片上也是一样光景。厅里面现在支着一张折叠桌，杂乱地摆放着一些折叠椅，四间屋里地面上各有一些大凉席，看来可用于临时过夜，在最小一间里则摆满了空的、半空的以及原封未动的白酒、色酒、啤酒、可乐、雪碧、高橙等饮料，此外还有一塑料桶包装精美的虾条、油炸锅巴、鸡味酥、鱿鱼球、牛肉干、猪肉脯等等小食品。瑞宾转悠了一圈也就明白，这是个行话叫"神仙窝"的地方。可这回"神仙窝"怎么设在了这儿？倒真有点不可思议。

众哥儿们胡骂一通后各自散去，几个屋里都有人席地而坐，用扑克牌拱猪、赶三先，也有人躺下瞎哼哼或睡大觉，有那睡大觉的把身子放肆地摆成一个"大"字，躺下没多会儿就打上了鼾。厅里头只剩下油饼、大葱和瑞宾。他们仨坐在折叠桌边，油饼挺关切地问瑞宾："没受苦吧？"

瑞宾握着大可乐瓶，对嘴儿喝可乐，喝完几大口，挺英雄地抹着嘴唇说："算不了什么，小意思！"

油饼那张油汪汪的圆脸展平了，两只小眼眯成小缝，每当他心情好的时候，他就那样。

"整个儿他妈的一个冤案，是不是？"油饼慢悠悠地说，"不光抓赌把你跟大葱抓错了，那丢车的事儿，他们，不是在外地把奥迪车找着了吗？跟你们有什么关系？"

"是呀！"瑞宾说，"我们家对门那个姓万的，那奥迪车的司机，带着执照、单位支票去石家庄了嘛，说在那儿大修完了，再开回来，我问他偷车的究竟是谁？他说，咳，管他妈是谁，车又不是自己的，公家的车,找着就成了,反正不管花多少修理费,都是公家掏钱,单位里头头们关心的只是有没有漂亮的小轿车坐,能坐上就行……他说他还没去石家庄取车哩,就有俩头跟他订下了用车时间,催他快去快回……"

"听说你不想当'托儿',也不想单枪匹马练摊儿,去了个什么东洋鬼子的厂子,要当领导阶级啦?"

"那儿挣得多,还白吃两顿饭……"

"嘿嘿,"油饼整个儿一个皮笑肉不笑,挖苦他说,"你投奔那资本主义干什么呀?那工厂是东洋鬼子开来剥削中国人的呀,你去那儿卖命,不怕丢了你的国格、人格呀!就为白吃两顿呀?我这儿能让你白吃三顿!你瑞宾真是有出息!……"

瑞宾惶恐起来。说实在的,他都记不清,是怎么一来二去的,认识了油饼。最初,油饼混在一大群人里,其貌不扬,少言寡语,打牌搓麻还老是手气不好,输多赢少,瑞宾好长一段时间里根本没把他当回事儿,但渐渐地,瑞宾发现,敢情在这个圈子里,油饼是个王爷,像大葱什么的,浑得不行,跟谁都敢横,可一到油饼跟前,就老实了。油饼凭什么有这样的威风,瑞宾不懂,原来他也不打算闹那么明白,因为在那个圈子里,他不过是个边缘人物,深入到"神仙窝"里的时候,少而又少——人家原来基本上也不让他深入进去,他有时候想找上门深入,可那窝儿不断地换地方,没人引着,你踏破铁鞋也无觅处。现在面对着油饼,瑞宾意识到是油饼要找他,大葱不过是帮油饼跑腿而已,而以往油饼从未跟自己这么正儿八经地聊过,眼前的油饼既然对自己那么不满意,那么,别说摆脱油饼他们不容易,就是顺从油饼他们,也不一定好混了!

瑞宾再喝不下什么,而且觉得肚胀。他的思绪有几缕飞到了别处,妈和大姨他们还在逛动物园吗？妈和大姨总以为别跟大葱什么的来往就行了，有那么容易吗？大葱找上门，我能不理吗？……仲哥又还能帮什么忙呢？麻烦人家已经够多的了，难道把他引到这个圈子里头，让他跟油饼决斗吗？连公安局，拿油饼一帮还没办法哩！那位叫王逸的居士，也许能通过念佛，把油饼什么的降服？别逗了！……

油饼喝着一杯白酒，不时从打开的一口袋鸡味酥里拈出一片丢入口中，慢慢地咀嚼着。油饼那胖得起褶子的脖子上，挂着足金的水波纹项链；他用一双细长的眯缝眼盯着瑞宾，瑞宾简直看不见他的眼珠，但是却能感觉到他眼中射出的两股压力。

"听说你有个同学，剑把儿？"油饼问。

"是呀，他叫蒲如剑。"瑞宾很感诧异，油饼怎么会提到他？

"哼哼，"油饼不知道是气恼还是赞美，悠悠地说，"那剑把儿，真能干呀，给劳咪练，练得不错嘛……"

劳咪这人瑞宾没见过，但耳朵眼里没少灌他的名字，这是个专会买公家书号搞"合作出书"的家伙，他弄出来的那些个书大都不在北京上市，专到南方一些中小城市的个体书摊上销售，有时候一本书就能赚几万十几万的钱。瑞宾万没想到剑把儿那么清高一个人，也会给劳咪那号人练去。

油饼又喝了口酒，不说了，给大葱使眼色，大葱便问瑞宾："剑把儿他们家，是不是进了台电脑？"

瑞宾前几天办妥了进松下厂的事儿，顺路去剑把儿家玩过一回，当时，剑把儿不光让他看了画出的那些个画儿，也带他去看了那台电脑，剑把儿这家伙虽说清高，对家有电脑的事儿忍不住还是要显摆一番……也全靠剑把儿给瑞宾解释，瑞宾才明白，时下文化人用来写作的，一种是中西文打字机，虽有电脑装置，可以打出中文来，但还算不上是正经电脑；一种是有电视机模样的监视器的，除带键盘的主机外，还有驱动器、打印机等等部件，可以用硬盘储存一两千万个汉字的文章，那是比较高档的电脑；另一种介于上述二者之间，不光可以选字打字，还可以用软盘储存信息（字数大大小于硬盘），也有重复打印的功能，这就是剑把儿家的电脑，严格来说，应当称为中文文字处理机。按说这都是高层文化人咕瞅的东西，大葱油饼问它干什么呢？

瑞宾便点点头，反问说："是呀，那又怎么样呀？跟咱们有什么关系呀？"

大葱便一眼紧闭，一眼睁开，睁开的眼又使劲眨了两下，现出一个肮脏的笑容说："什么关系？什么关系也没有！不过是想借来玩玩……就跟有人借你们对门那个姓万的开的奥迪车一样，玩够了，不就物归原主了吗？"

瑞宾心里咯噔一下，脊梁骨发凉，他下意识地朝油饼望去，油饼却站起来，缓缓地蹭到卫生间里去了，瑞宾再望望大葱，大葱满脸的笑纹都像爬动的蛆，瑞宾感到恶心，可又无可奈何。令他震惊的还不在于大葱赤裸裸地向他公开要"借"剑把儿家电脑的事，而是从大葱的话语里，他明白了那辆奥迪车的失窃果然与这群人有关，他一颗心怦怦乱跳起来。

大葱脸上的笑纹渐渐全消失了，他下命令似的对瑞宾说："没你多少事儿！下星期三上午，剑把儿他爹要去单位领工资，他妈在医院，就他可能在家里头胡涂乱抹，别的你全不用管，到时候你把他引出家离开楼出去玩就行，练这个你还不是白练？……"

瑞宾一身的毛孔都在冒汗。那回往外扔沙发，只不过是浑练，这回要是往外骗剑把儿，可就是明知故练了，这不成参与犯罪了么？事情败露了怎么办？让公安局逮去怎么办？妈怎么受得了？……那绿树丛中奶白色楼房的松下厂的流水线，怎么着也比局子里那铁栅门铁栅栏窗的滋味儿好受啊……

油饼从卫生间里出来了，慢悠悠坐回到折叠桌边，一张扁平的圆脸对着瑞宾，没有表情，一对眯缝眼也对着瑞宾，看不见眼珠。

瑞宾觉得身下的楼板在往下塌陷……

雷家姊妹从动物园回到家里，很久都不见小宾子回来，她们没等他，先吃了饭，后来又让他的外甥先睡，过夜里十点半，小宾子还没有影儿，姐儿俩有点慌了。

雷秀花原来觉得自己家的生活，总算有了转机，丈夫可望提前回家，小宾子的工作也有了着落，唯一的问题，只剩下自己心胸中一股对仲哥欲罢不能、欲泄不可的恋情，郁结着，蠢动着，常使她痛苦，并且使她令别人不可理解地失态……现在小宾子又出现深夜不归的表现了！姐姐的关心，表现为令她已不能再忍受的絮叨，她突然恐惧，并且暴躁起来，她心中暗想：那是不是……老天爷对她纠缠仲哥的一种报应？她这一辈子为什么这么悲苦，掉在了这么个沉不下也浮不出的泥塘中？

"你看你，"姐姐其实是挠痒痒般地批评她，"要依着我的意思，把小宾子拉上去了动物园，不就没这出戏啦？都是你，把他惯的，由着他性子，爱干吗就干吗……"

"你好！你对！你能！"雷秀花突然冲着姐姐发作起来，"我该死！行不行？"她一跺脚，泼哭起来。

46

也许是王逸居士修炼得还不到家,关于陈新梦的去向他没有算准。陈新梦并不在安定医院。她自从父亲去世后,尽管确实有过心神恍惚、癔症发作、意识障碍等等比较严重的症状,但还不到精神分裂的程度,而她的同父异母哥哥陈胜利,还有那位与陈胜利一个鼻孔出气的嫂子,也都并不愿意她以精神病发作住进安定医院来结束陈老去世后他们之间的遗产之争——那样会引出社会舆论对陈新梦的广泛同情,并会给陈胜利夫妇带来无穷尽的麻烦,所以,陈新梦自己一说想找个"世外桃源"休养一阵,陈胜利夫妇便连声称好,陈胜利还说一定要帮妹妹找个最好的高干疗养所,嫂子也说她入住后起码一个月内他们一定为她坚持保密,使得任何外界的干扰都不能达于她的身边;陈新梦希望并感谢他们代为保密,不过,她说她不想去疗养所,她要去远郊农村,找小时候的保姆周婶。

与外界某种传闻相反,陈新梦的神经系统一脱离紊乱状态而哪怕是暂时地宁静一阵,她对父亲遗产的继承意识,便相当地强烈。所谓陈新梦放弃一切遗产继承权,乃至于陈新梦打算到天主教的修道院中当修女,等等一个比一个离奇的说法,显然都是善于拿别人家的事当作茶余饭后谈资的那些碎嘴子的想象和创造。陈新梦从宫自悦那里破灭了对人生和人性的玫瑰色幻想后,也懂得去法律事务所,咨询的结果,是她得以挺直腰肢,坐在兄嫂面前明确地表态说:"除了父亲捐赠国家的东西,剩下的遗产,无非三样,一是存款和现金,我们当然是平分，各自一半；一是实物，主要是书籍、次等书画古玩、家具等等，我想留下作纪念的，都挑在我的房间里了，你们可以去过目，有异议的，我们可以商量。你们也可以把你们打算留作纪念的，挑去。剩下的，我看都卖掉吧，所得款项，我们也平分；第三样，就是这所住房，这住房是国家的，不能算父亲给我们的遗产，但我们国家的风俗如此，父亲既然住了它，我们也便有了一定的租用权，短时间内，大概不会撵家属走，一旦让家属移舍，分到的房子，也总比社会上一般人要分得好，像简珍她父亲死了以后，她就分到现在的小院，当然很不错，跟自己的房产差不多。这些年来，是我在这个单元里伺候父亲，你们只不过逢年过节，或是拣个不想到别处玩的星期日，来应个礼儿罢了，所以，一旦单位里提出来让我调房，那么，我就一定要他们给我调换个胡同里的独门独院。我知道，有那样的小院子，开门进去，也就三两间屋子，小小的，简简单单的，我喜欢那种小院，这个事，你们不要来插手，行不行？这事的发言权、主动权、应该在我，对不对？调房以前，这个单元里，爸爸原来住的那　大间，你们可以使用，住人，放东西，都随便，别的各间，都归我用、我管。要是有必要，我们可以让公证处，来做公证……"

陈新梦说这话那天，她嫂子比她哥哥更为吃惊，事后她对陈胜利说，真没想到，你妹妹简直变了个人，到底是老处女，不厉害的时候活像一块海绵，厉害起来可真如同一块冷铁！陈胜利说从此可得对新梦刮目相看。

陈新梦去远郊周婶家以后，陈胜利夫妇暂住父亲生前的居室，他们反复商量各种有关事宜，一是对付公家——尽管他们交上了大部分父亲捐赠单上开列的遗物，但仍留存了若干，例如一幅齐白石的真迹，一只明代景德镇青花大瓷盘，一部清人用金粉抄写的《金刚经》，以及全部抗战日记，等等，他们应当设计出怎样的说辞，才能推迟上交这些遗物或终于留下不交？二是对付陈新梦——经过反复研究，陈胜利夫妇取得了共识：他们不能让陈新梦留在中国，他们应当以陈新梦的名义同陈新梦的生母取得联系，建议她把陈新梦接到美国去，在那里为陈新梦"开辟一个新天地"。他们本来是不愿与陈新梦生母联系的，因为该妇人并没有与陈老正式离婚，他们害怕引出对陈老遗产的新瓜分人，后来他们请教了懂中、美两国法律的人，得知该妇人的这种状态，应算作事实离异，自动丧失了对陈老的遗产继承权，所以无妨同她联系。他们想天下的母亲到头来总是疼爱亲生女儿的，陈新梦三十八岁尚独身未婚，一来引人同情，二来移民美国也轻舟简便，因此，便由陈胜利老婆出面，模拟陈新梦的口吻，给那位妇人写了一封短信，提出丧父后想赴美的意向，投石问路；依他们想来，如果对方置之不理，或冷淡拒绝，那么，也就罢了；如果对方母爱勃发，热情呼应，那么，就是一旦知道这信是嫂子代写，也不会怪罪到哪儿去——问题只在于要说服陈新梦本人，让她能生出国之心。

不是当事人，是无法明晰陈胜利夫妇心理的，那样的分析，也只有他们二人在枕头上，才喁喁成诵。陈胜利说："……不成文的规矩，是父亲去后，上面总要从子女中，挑出一个来，或承继原有头衔，或减一等承继，如原是全国政协委员，则子女安排为省市政协委员，最不济也捞个青联委员，而上面在挑选之中，往往优先考虑女性，因为无论是哪个层次的组织、机构、会议、活动，总爱计算妇女占百分之多少，认为百分比越高越好，这样看来，新梦的优势，就超过我了！"他老婆则夫唱妇随，紧跟着说："可不！她的编制，又现成地在你老子那个单位里，上下的人都熟悉她，如果考虑'政治接班'，那是非她莫属！咱们怎么能让她把便宜占尽？……"

　　陈新梦一去远郊，他们就发出了那封寄往三藩市的航空信，他们估计如回信，总会在陈新梦休养归来之前抵达，他们拆阅知其结果，当很方便——倘是拒绝，他们便撕掉了事；倘是欢迎，则他们可以交给陈新梦，婉陈原委，谁知信发出后的第八天，便有从三藩市打来的越洋电话，那位母亲感情冲动地要找女儿通话，听说下乡疗养，更为焦心，并明确表态，她可立即为陈新梦提出财产担保并联系语言学校，欢迎她飞赴三藩市骨肉团聚，开拓新的局面！

　　撂下那电话后，陈胜利夫妇真是心旷神怡，好说好散，恭送女神，一了百了，独享父荣，妙极了！现在只剩下最后一道题目要解——劝说陈新梦出国，估计并非一道难题，如今多少青年男女，乃至中年的勇夫痴妇，向往着出国，尤其是飞往美国啊！现在已将舒适的滑梯为陈新梦架设好，只待她屁股一坐闭眼一滑，便可达于世人所向往的地方，她难道竟会反常地拒绝吗？

　　这天陈胜利夫妇风尘仆仆，提着大包小包的水果、点心、罐头、饮料，去往远郊的周婶处，"看望亲妹妹新梦"。

　　周婶是陈新梦上小学时，在她家做事的保姆。那时候新梦已然失母，父亲又仕途和事业都正火，很少在家，因此她平日最亲近的人，便是这位周婶。

　　同许多电影、电视中的保姆形象大不一样，周婶是个尖嘴猴腮的妇人，她手脚麻利，嘴皮子也麻利，而且常有许多惊人的见解，陈新梦至今对那一件事记忆犹新——父亲从国外访问回来，给她带了一个小小的纪念品，是一只狐狸形状的转笔刀，在那个年代的中国，人们很难想象削铅笔的转笔刀能制作成那个样子，陈新梦把它带到学校去，同学们艳羡自不必说，就是老师见着，也觉惊奇。有一回上数学课，陈新梦在课桌上摆弄那转笔刀,老师认为她听讲不用心,便点了她的名,而且走到她跟前,要没收她的转笔刀,陈新梦不干,紧紧用拳头攥住那转笔刀不放,并且哭了起来……放学回来,陈新梦同周婶讲起这件事,那周婶就尖声给她主意说:"你呀,明儿个还把小狐狸带去,他愣要没收呀,我告诉你吧,你就把它往衣领子里头一扔,让它落在你胸脯上肚皮子上,看他敢不敢伸手掏!告诉你吧,小梦,咱们女人,有俩地方,没胆的男人,他就不敢瞎碰,一个是咱们的胸脯,那两个咂儿;再有就是咱们裤裆子里头——他要敢瞎摸瞎碰,咱们嚷嚷一声'流氓!',他准得叽哩咕噜地滚蛋!……"这话很怪,当时陈新梦不懂,但印象极深,事隔多年以后,周婶早已离去,陈新梦回想起来,才朦朦胧胧地悟出些什么,脸儿涨得通红。

周婶不在陈家做事以后,偶尔进城,也来过陈家,主要是看陈新梦。陈新梦高中毕业以后,也曾去过远郊周婶家,看望周婶,并领略一下乡村生活的风味。那一回的郊游,给陈新梦的印象,最深的并不是乡村的景物,以及周婶家炕桌上的一堆可口的乡村菜肴,而是在那个炎热的日子里,周婶竟同她男人一样,坦然地赤裸着上身,显示出她那穿上衣服显得平淡无奇甚至于瘦的身躯上,有着怎样雄伟的咂儿。周婶对于陈新梦来说,是一位未能完成课程的启蒙者;也是陈新梦内心深处,被城市中她那一阶层的外在规范所沉沉压抑住的潜欲的一个外显符号。

周婶对于新梦的降临,乐不可支。她家已然盖起了两层小楼,早已去掉了土炕改睡了同城里人一模一样的席梦思软床,家具也是一色的组合柜、转角沙发、玻璃茶几,举凡彩电、冰箱、洗衣机、收录机、电风扇……家用电器一应俱全,厨房也用上了煤气罐,落差大的,只有厕所一项,还在楼外院中,还得蹲坑待淘,但拾掇得也还干净。她丈夫、大儿子、二儿子全外出，奔料去了——原来她家父子三人合伙承包了一个生产塑料薄膜的小厂，早在几年前便成了村中首屈一指的大富户，周婶尖着嗓子说："万元户那算个啥！这村里哪家没个一万两万！跟小梦咱用不着避讳，实说吧，这个数的存折我也有哩！"说着伸出两个巴掌，晃了晃。周婶早想让三亲四友，七竿子八竿子凡打得着的人们，都来见见她家如今的火爆场面，陈新梦从天而降，不仅满足了她向其炫耀发财的心理，还提供了她向邻里乡亲们炫耀家有贵戚的大好话题，陈新梦到达的当晚，村路上便响起了她尖脆的声音："没看头些天电视吗？那陈老爷子升天，中央首长去保驾，还把多少的金银财宝，捐献给了国家……这不，他闺女，来我们家啦！心里头不好受，到乡下来养养不是？那还有错！她叫我婶，她就是我亲侄女，打小带大的，能不好好招待？……"

周婶家的两层小楼，呈 L 形，她跟老伴，还有俩儿子俩媳妇一个孙子一个孙女儿八口人住，一点不觉得拥挤，陈新梦掐指一算，上上下下足有十六间屋子！周婶专为陈新梦拾掇出楼上的一间，推窗就是碧绿的田野，还能看见远处黛色的山影，陈新梦往窗口那么一站，便把种种的烦忧，起码是暂时全忘到爪哇国去！

周婶原来每天跟两个儿媳妇一起，下地种他们家的责任田，这村里几乎全是妇女、老人和儿童在种庄稼，男子汉们不是搞小厂子，就是做小买卖，最没本事的，也南下去城市当临时工。陈新梦来了，周婶便不再下地，除了陪陈新梦说闲话解闷，就整天给她张罗好菜好饭。她知道陈新梦爱吃苦瓜、爱吃芸豆、爱喝鸡汤、爱嚼甜杆儿，有的村里找不到，她就到集上去买，甚至老远地到邻村亲友那里去要，只要陈新梦开了口，比如说想吃山里红，那时候当年的山里红还没结出来，周婶就不惜满村挨家挨户去问，着哪家还存得有头年的山里红，到了还是给陈新梦找来了一笸箩。陈新梦只尝了两三口，说不仅酸，还有点涩，有点苦，便不吃了，周姊就把那些山里红用井水拔过，又切成小片，去掉籽儿，用蜂蜜炒了，盛在木碗里，再让陈新梦吃，陈新梦一气吃了半碗，周姊便尖声欢笑起来……

周姊阔了，人却没有发福，还是那么尖嘴猴腮，生活习惯上，也还保留着往日的许多粗俗之处，例如天气一热，便在家里赤膊上阵——当然如今不是全赤，而是套上个松松的兜兜，但那暴露的程度，仍远在时下彩印大挂历的那些个女明星之上。陈新梦望去，赫然发现周姊的两个哑儿不仅没有瘪落，反倒更显丰硕雄奇，她没说什么，可自己的脸却发烧了。

夜深人静，娘儿两个喁喁谈心，周姊便把以往中断的启蒙课程，浓缩地向陈新梦接续灌输。听说陈新梦到可以抱孙子的年龄了，竟然还没有出阁，周姊大表惊奇，而当陈新梦向她坦述对一位有妇之夫偏有种卸不去的心理时，周姊便凑拢陈新梦耳边问："你把他偷到手了吧？"及至听明白陈新梦与那位宫某人竟然连脸蛋嘴儿也没咂上一个，周姊不由得拍着巴掌叹息说："我的妈也！你就那么点胆儿？搁上我，既然卸不下那段心事儿，我就豁出去，人不知鬼不觉地把他偷到手！……"

经过周姊的点拨，陈新梦如梦初醒。她在城里那个表面高雅内里委顿的生活圈子里，光知道女人得有个漂亮脸蛋，得有时髦的发型、精心的化妆、高档时装和金珠宝饰，再不就只讲究个什么风度、身段、修养，却全然不懂得即使脸蛋如周姊般欺收，也完全可以靠别的更重要的补回不足乃至于大获丰收！周姊秘传了许多在她那个圈子里不可能使她听到的作为女人的绝非海淫而是正当的生存方式和谋求幸福的手段，周姊尖细着嗓音对她说："你搜搜（她把'叔叔'总说成这两个音）为什么能让我拴住？你要敢问他，我估摸他就敢跟你直说！……"别看周婶尖嘴猴腮，这位已经抱了孙子的妇女，却对自己作为男人老婆的魅力，充满了自信与自豪！

在周婶那里只住了一周多，陈新梦便整个儿变了个人，她不再总觉得头痛、胸闷，不再失眠、便秘，不再自卑也不再自怨自艾。早上她能喝一大碗玉米楂粥，中午她能吃一整碗白米饭和许多的菜，晚上她能吃拌得浓浓的一碗炸酱面和两三瓣大蒜；她能一个人散步到村外的苗圃林里，来回兴致盎然，她也能与周婶相伴去往四里地外的集上采购；她不嫌上厕所和洗澡不如家里方便，就连周婶她丈夫和儿子承包的那个厂子，排出含有化学毒素的废液污染了村边小溪，她也不再频频发出批评性意见；她白天帮周婶喂鸡、浇园子、掐豆角、摘茄子、洗衣服、做饭，晚上同周婶一起织毛活、聊闲天。她的身体一天天地壮实，灵魂也一天天地充实，噫！真是没有想到！她怎么直到这时候才来找周婶？那又怎舍得像来时候说的那样，十天半月就离开？……

那一天，当陈胜利夫妇提着大包小包，大汗淋漓地找到周婶那个村子，并在村民指点下，推门进入周婶家的院落时，他们头一眼便看到了一个红光满面的女子，穿着一条便裤，趿着一双拖鞋，上身只穿着个套头衫，笑得前仰后合地看着两只公鸡在自发地立冠跳斗，他们简直惊呆了，那摇发欢笑的女子，看上去那么样地像陈新梦，又那么样地不像陈新梦……

他们要找的陈新梦在哪儿呢？

47

绕了一大圈,《青春的门槛》最后还是采取了最早的构图,只是那圆拱形的门墙外,以简莹为模特儿的少女不再是一个简单的象征符号,蒲如剑倾注了全部心血,打算画出一个充盈着冒险精神的青春形象,她不是用外在的形体,而是用内在的魅力,向仍在门槛内游移的少年人发出召唤。

蒲如剑画疯了,画架前,他蓬头垢面,工作服上溅满油彩,持调色盘的左上膊已然酸痛,右手中不断调换的画笔仍不愿停止工作……

蒲如剑也一点没有发觉,家中来了客人。

家庭主妇回到家中,只见儿子在自己屋里管自作画,丈夫在书房中埋头摆弄电脑,便自叹受累的命,到厨房里操持起晚饭来。

门铃响了,儿子、丈夫竟都依然故我地在他们那画架、电脑前不挪窝儿,她只好把切菜刀往案板上一拍,走去开门。

打开门,吃了一惊。来的是鲍管谊的妻子。

最怕开饭前来客,最怕不先电话约定突然造访的来客,更何况又是久违的来客,而且,有那一千块钱的过节儿在,鲍家的人怎么还要来做客?

然而面对着满脸笑容的来客,她也只好表示欢迎。

鲍管谊的妻子进到门厅后,说话的声音挺大,蒲志虔闻声,这才离开电脑走了出来,招呼,让座,倒茶。

自然问她吃过饭没有,竟然说"没哩",不由得说"那在我们这儿随便吃点吧"，又竟然并不推辞，蒲氏夫妇心中好不诧异。

鲍太太把一个大兜子搁在沙发边，且不坐，站在那儿，红着脸，预先设计好的一番话语，相当从容地说了出来："……知道不合适，事先也没给你们打个电话征得同意，可实在是该来，不来，良心上过不去……我跟管谊，要没你们，能有今天吗？咱们是什么关系？不光是朋友，得算亲戚，就说你们是我们的恩人，也不为过……这两年管谊是不像话，利欲熏心，一天到晚在那儿奔正处，奔大单位，奔高层次，把你们给怠慢了！我说过他多少次，喝水不忘挖井人嘛，你再忙，也该还到蒲大哥蒲大嫂那儿走动，他光让我来，我说我去代替不了你去，特别是蒲大哥，人家要跟你聊，我去了聊不上来……"

说到这儿，经蒲氏夫妇坚请，她才落座。落座后且不喝茶，继续娓娓说明来意："……本来就挺对不起你们的了，没想到，这不，最近又出来两档子事，不知道你们心里头怎么记恨他哩！把我也给连累了！这个鲍管谊，整个儿是个浑球！就爱瞎张罗，乱帮忙。这不，他想调到匡二秋、宫自悦他们那个单位，谋个正处，匡二秋就让他帮着转卖电脑，嘱咐他别说是谁谁谁往外让，要说成是有一小批优惠，他那人你们还不知道？有个什么路子？想来想去，也就只想出来个蒲大哥你，所以就找上你，让你买那电脑……结果那天就有那方天穹的闺女，不知怎么的跑到大饭店里人家单位的酒会上，当着好多人的面，说鲍管谊在这当中坑了你们家一千块钱，把那姓匡的气得摔酒杯子，鲍管谊调动的事，自然黄了……鲍管谊回到家来，饭也吃不下，觉也睡不着。要说他诓了你们，没把卖主匡二秋说出来，那是事实，要说他坑你们一千块钱，那我能给作证，真没那么回事儿！那姓匡的最早说的，确实是八千，倒是鲍管谊提着那玩意儿去咨询了四通公司，人家说这型号的目前新货也就七千，他就想给你们省下一千，但还得跟姓匡的讲妥了才行，所以，他后来当面跟姓匡的讲了，姓匡的也就说七千算了，他才给了姓匡的七千，留下了一千。这一千他搁在信封里头，全是你们给的原票，一张也没动，他确实想着得便给你们送来，让你们欢喜一下……可他为什么不早送来呢？又干吗不早给你们挂个电话呢？他那个人呀，心眼儿细得没治！他是怕匡二秋反悔，又打电话向他要那一千，他想沉一沉，等匡二秋确实认头了，他工作也调成了，再来你们府上……唉，这些年管谊混事由也确实不容易，你们别把他看成一点心肝都没有的白眼狼，他是个糊涂虫，可也还能知错改错，这不，我在家把他狠数落了一通，他就鼓起勇气，要上门负荆请罪，给你们送上那一千块钱，打算让你们把他狠批一溜够！……"

鲍太太一篇话里的逻辑，漏洞不少，但看得出，她也是豁出一张脸，坐在那儿为修补两家的关系竭尽全力，她脸庞涨得通红，嘴唇掀动得幅度过大，嗓音也过粗，从表情上看得出，她很怕经过这样的努力，仍遭遇白眼和排斥。蒲氏夫妇面对着这不速之客和突然倾泻出的一篇解释，把本来对鲍管谊的深恶痛绝和决不原谅的心理定式，不由得冻结了起来。他们回想到多年前猫洞传书的往事，毕竟，眼前的这位护士长，是他们将其命运与鲍管谊拴系到一起的，现在人家坐在你面前，全然是赔罪和乞求的面容口吻，你怎能报人以冰雪或雨雹？

蒲志虔便且不接过话茬儿，只是说："你别着急，先喝口茶……"

蒲太太便说："你们先聊，我正切菜哩，我得接茬儿做饭……"

鲍太太松了一口气，看来主人总算容下了她，但她的使命，还远未完成，她用手帕揩揩脸庞、脖子，从羞愧心中挣扎着继续冒出事先准备好的话语："……也不能都怪鲍管谊，我也有毛病！一件事出来，也不细察细想，就先冲动，一冲动就行动，一行动，闹不好就成了蠢动！前几天，我跟他吵了一架，憋着要揭他的短儿，我就一赌气，到你们这儿往门缝里塞了一封信……"

蒲志虔不禁望望妻子，蒲太太也正望过来，俩人都一愣，俩人又都去望鲍太太，鲍太太立即有所意会，便乖巧地接着说："……其实我现在跟你们说了也是一样，管谊接到国际……学会的邀请信，让他出席十月份在意大利米兰召开的第……届学术讨论会，信上说因为经费有限，所以中国方面只请一位，为什么请他？因为蒲大哥您写的那篇论文，那时候为了帮管谊调工作，发表时候署了你们哥儿俩的名字，还把他的名字，搁在了头里……蒲大哥你头几年是不断地出国，这类事儿不稀罕了，可管谊他从来还没出过国门，自然当成天大的事，他就蔫不叽儿地办上手续了！这事让我知道了，我心里头不踏实，我还不知道他那点水儿？那个科研课题，他狗屁不通！临时抱佛脚，也应付不了人家的提问，所以，我就气不忿儿，要他老老实实给国外那边写信，说您是那论文的真正作者，让那边请您去开那个会，而且，我跟他说，你不好意思去跟蒲大哥讲，那我去……当然管谊也有他的苦衷，经我劝说，他确实也很想当面跟蒲大哥来个竹筒倒豆子……"

蒲志虔皱起了眉头，蒲太太也暂且不去厨房，他们心里都很不愉快，原来还有这样的事！但面对着已然坐稳了沙发的鲍太太，一时也不知道说什么才好。

"真不该这么打扰你们，可我想，你们要真跟鲍管谊掰了，那我，也真没什么意思了，这么多年，我算白赔在里头了……我跟鲍管谊，也只能是掰了。说真的，鲍管谊他真不是个东西，这几年我们吵了多少次，我跺了多少次脚，咬牙，不是说着玩儿，真是想跟他离婚，散了算！……可孩子都这么大了，我身体又不好，还有房子的问题，单位里的人们怎么说的问题……唉，我心里头真乱透了！你们哪知道，我想来想去……下不了决心……心里头好难过、好难过……"

鲍太太说到这儿，流出了眼泪，泪水不多，但泪漪很明显地溢出眼眶，从颧骨那儿斜流向了耳边。她这天到蒲家来，有做戏的成分，有权变的成分，但占上风的，却是深思熟虑后对自己命运的无奈与对修补生活的真诚企求……

蒲志虔心软了。他最见不得女人的泪水。女人的泪水一出现，他心必软。蒲太太赶忙本能地劝慰："别难过，别着急，总会过去的，总能解决的……"

这时候鲍太太才说："你们真是好人！世界上像你们这么好的人，真是不多了！你们不轰我走，你们还希望鲍管谊他改邪归正，希望我们就和下去……那我，我们，也就不怕你们笑话，自己上门来做客了，鲍管谊他就在楼下等着哩，你们容得下他，我就下去把他叫上来，蒲大嫂你也不用再做什么，我已经买好了大量熟食、豆制品，还有酒跟饮料，这，不，都提上来了……要是你们还能像十多年前那样，接待我们，该多好呀！……"

原来在她和鲍管谊那一面，是早都筹划好了。鲍管谊自从那天"酒会事件"后，面临着深深的危机，在这危机面前，他决定同妻子修好，并动员妻子打头阵，来修补同蒲志虔的关系，他想这个补丁如果打好了，那么，他就不仅有可能摆脱危机，而且，说不定还可以失之东隅、收之桑榆。

蒲如剑画完一个部位，累了，脱下工作服，出屋去卫生间洗手，这才发现家里来了客人，而且是鲍氏夫妇，令他尤为吃惊的是，那对夫妇显然已来了多时，父亲同鲍管谊对坐谈心，意态竟相当谐和，而厨房里，鲍太太同母亲并肩操持饭菜，有说有笑……他开头几乎怀疑自己所见所闻，那是不是一种幻觉？后来他便觉得心灵又受到一次意想不到的刺激，创作那《青春的门槛》的兴头，又一次委顿！

鲍管谊主动招呼他,并不怪罪他那只以一个含混的笑容和点头替代"鲍叔叔"的称呼,并且就仿佛这几年什么情况也没有发生过一样,乐乐呵呵地问他又在画什么,明年是不是还打算向工艺美院冲击,以及毫无来由地预言他今后必是一个新的吴冠中或韩美林……鲍太太也主动地从厨房里跑出来,一迭声亲热地称呼:"小剑!"说什么"知道你正画传世之作哩,没敢打搅",又毫无根据在说他"胖了","要注意少吃糖啊",还笑嘻嘻地责怪他"怎么没叫我阿姨?"。蒲如剑只好叫她一声"阿姨"。

饭桌上铺排开了以后,大家围坐一起,四位中年人很有点久别团圆的味道。蒲如剑冷眼旁观,心中好不是滋味。

表面上,蒲如剑陪着父亲和鲍管谊喝啤酒,实际他是在暗自探究:父亲那样的人,为什么那么容易抛弃明明是惨痛的教训,而滥施原谅与和解?又岂止是原谅与和解,三杯白酒过去,蒲如剑只见父亲用指头点着鲍管谊的胳膊肘说:"米兰我不稀奇!八五年那回我不光去了米兰,还去了罗马、威尼斯、佛罗伦萨,还有维罗纳,就是罗密欧与朱丽叶双双殉情的地方!印象深得很哩!……人家经费有限,只请一个,那是实情,你就去吧!真写信告诉人家,论文作者与署名不符,那不也丢咱们国家咱们这一行的脸?你多准备准备就是了,有什么对付不了的,你只要事先估计到了,尽管找我,我都可以告诉你……其实讨论当中,洋人的提问也好对付,有的你可以给他一个暗示,就是那对于我们中国来说属于国家机密,无可奉告……"

父亲那清癯的面容,罩上了一层亢奋的淡红,眼睛里充满了莫可名状的活泼,那是任怎样的绘画高手,也难以描摹出的一种神情。透视父亲的心灵,蒲如剑意识到,这些日子里父亲是太落寞太空虚太无所作为太无可奉献了,所以甚至于面对着鲍管谊这种败类显然是别有用心的上门修好，他也宁愿麻醉自己的正确感知判断而沉溺于猥琐的虚荣与廉价的礼奉……

对付父亲这一辈人，这一茬儿的知识分子，这一号的外僵而内懦的人物，真是很容易的啊！蒲如剑喝下一大日啤酒，咽进去，心中暗想，我的血管里，流的是父亲传来的血，我是不是到头来，也要成为这么一个角色？我迈过那青春的门槛以后，所应奋力挣扎的，不正是从父亲的这种遗传控制中，蜕变出去吗？我将绝不原谅鲍管谊这号忘恩负义、见利忘义、背信弃义的坏蛋！绝不！哪怕他跪下给我磕头，磕响头，我也决不能再接纳他为朋友，为座上客，哪怕是一时的饭友与谈伴！

那位鲍阿姨也很令他吃惊。她不是从门缝里塞进来过那样一封信么？怎么现在全然是另外一副嘴脸？并且从丢给他的眼色里，仿佛已经猜出是他拆阅了那封信，并且秘存了下来而未交给父母，因此向他深致谢忱哩！鲍阿姨反宾为主，擩了一大块素鸡腿到他碗里，笑眯眯地说："这比真鸡腿还有营养，全是卵磷质，补脑的，你画一幅画儿得消耗多少脑细胞哇，快补充补充！"蒲如剑嚼着那卵磷质，暗想：当她写那封信时，她的灵魂大概是展平的，而当她下决心同丈夫来这里打补丁时，她的灵魂，便显然是蜷成一团了！一个人的灵魂，为什么不能一直坦然地展平，而总不免为了极其琐屑的生活目的，蜷曲乃至扭曲起来呢？画一个人，你又怎样画出他的灵魂，怎样体现出他的灵魂状态呢？

鲍管谊夫妇带来的那一千块钱，显然是不得不吐出口的赃款；所谓鲍管谊要写信给那个米兰会议的主持者，说明真相并吁请他们改邀蒲志虙到会，不仅绝对不会付诸行动，连说法也是虚伪透顶的，这都并不需要特别的睿智，便可作出明确的判断，但人家一上门，一说软话，一露软相，再加上忆旧、怀旧、奉承、谄媚，父亲和母亲便起码是暂时地心平气和、既往不咎了，这是怎样的人生图啊！撕毁自己那些自鸣得意的画作吧！折断画笔！砸烂调色板！蒲如剑只觉得喝下的啤酒全都朝喉头反涌上来，他离开饭桌朝自己的屋子踉跄而去，一进去，他就伸手抓那精心绘制了多日的《青春的门槛》，抓不动，他便操起刮刀，毫不留情地将其割破，当面布被割破，发出哧哧的声音时，蒲如剑忽然感受到一种大轻松，他扔下刮刀，走到床前，把自己掷到床上。开始，他瞪大双眼凝望着天花板，后来，他闭上眼睛，睡了过去……

48

终于召开了，那个关于方天穹的会。会名几经更易，曾打算叫作"纪念方天穹创作生涯研讨会"，强调学术色彩，并企图对方天穹"盖棺论定"，以增加与会者的权威地位；后又打算只称"纪念方天穹茶话会"，体现完全的联谊性质，不过是大家借方天穹之名，找一笔钱，聚一聚，乐一乐，这样既不会引出多余的麻烦，也同样可以在报上发一则消息，给许多与会者一个列在名单中，并冠以"著名人士"头衔以过其瘾的机会。最后照例是折中，定名为"纪念方天穹研讨会"，假座于一所庭园式宾馆内的大会议厅举行。

研讨会定于下午三点半召开。这样既可保证与会者有一个充足的午睡，又可与会后核心人物的"工作晚餐"衔接紧密。三点一过便有与会者陆续到来，一位宫自悦的助手频频过去握手，恭请来宾在一个展开的册页簿上用毛笔签名,服务员则立即递上揩面香水巾,并沏好香茶奉上。先到的来宾大都互相认识,很为能有这样一个机会聚聚高兴,有的一见面便打起哈哈来,与纪念一位空难中殒命的才子这样一个主题,很不相称。

宫自悦是主持者,但他照例迟到。他在三点三十七分才一阵风地卷进会议厅,照例在人们的哄然笑责中以颠连步走拢出席者中身份最高的某老,弯腰与其握手,谦卑地笑着道歉,然后又与其他人一一握手,至于那些一般的记者、编辑及天知道是以什么身份跑来混吃混喝的红男绿女,他只抱拳、合掌,旋转身子拜几拜,便算礼到。

会场正面墙上有"纪念方天穹研讨会"的大字横幅,来宾们分坐于七张圆桌上,最大的一张圆桌放置在横幅之下,每张椅子前都早已放好名签;其余六张圆桌三三对称地斜置在首桌两翼,是自由组合的入座方式。桌上已摆放了若干干鲜果品,每人面前都有一盅香茶。首桌旁有一落地麦克风,算是重要发言的站位,另有三支连有长线的移动麦克风,供坐在原位的发言者使用。

宫自悦站到麦克风前,搓着双手,满面春风地主持会议。他首先介绍来宾。这是他最乐意做的一桩事。他首先介绍坐于主桌主位的某老。某老并无文化方面的身份,而且说实在的,方天穹写的任何东西哪怕是一篇短文他也没有读过,并且今后也绝不会补读,但宫自悦几次上门,不仅是恳请,简直是哀求,他才为支持这样一个有意义的活动,勉为其难地莅临了会场。宫自悦介绍某老时,请来的电视台摄像师扛着机器,打灯的打开了强光灯,先给宫自悦来了个近景,再摇过去给某老吊了个特写,大家劈劈啪啪一阵掌声,也都录了进去。某老的到会,意味着这个会已达到一定的规格。某老确是这个研讨会的堂皇门面。

但这个研讨会之所以能开起来，还是要靠企业家作支柱。宫自悦紧接着介绍的，便是三位经理，一位是某大企业的总经理，他那企业所生产的东西，方天穹从不曾在他的作品中写到过；一位是某贸易公司的经理，方天穹曾写过一篇赞美他的报告文学；一位是外地某乡镇企业的经理，宫自悦通过八竿子以外的关系拉到了他的赞助。第一桌上的来客还有一位金发碧眼的西洋人，他那连鬓胡子又浓又密又卷曲，格外引人注目。宫自悦说他是一位在京从事学术研究的汉学家，用英文报了他的名字，他却站起来向大家用北京话说："我叫艾儒道。请各位多多指教！"说完一鞠躬，逗得边桌上一些年轻人笑出声来。其实他才二十多岁，不过是一位来华短期进修的硕士生，宫自悦把他拉来也是以壮这个研讨会的声容，他直到被宫自悦邀请后才临时抱佛脚地读了两篇方天穹十年前发表的小说。宫自悦介绍完艾儒道，又指指艾氏旁边的空座位说："我们今天还很荣幸地请到了香港出版家冯宣一先生！他实在太忙，现在还没有来，不过他是一定要来出席这个会的，因为他已经决定在香港出版方天穹的文集，向海外华人社区发行……"他又介绍了两位颇有名气的学者后，便将位于主桌末位的一位年轻女士指点给大家："这位是方天穹的女公子，方莹！"简莹闻声站了起来，转向大家，微微躬了躬身。人们都颇为好奇地打量她。她这天穿了一身黑色连衣裙，头上戴了个银色的发箍，面色沉静，略带忧戚。她坐下后，仍有一些人头凑头地小声议论着她父母的离异，有人在问："她生母不来吗？"有人作答："那怎么好来！"又另有人问："夏之萍怎么不来？"……宫自悦仿佛听见了这种窃议，在介绍另外几桌的来宾前，解释说："方夫人夏之萍女士，今天本是要来的，但因天穹罹难后她一直身体状况欠佳，今天上午又突感心脏不适，所以遗憾地不能到会了……她委托我代她向各位今天到会的领导、前辈、朋友以及各新闻单位的人士深致谢忱……"

宫自悦一桌桌地介绍过去，有"著名评论家"和"著名学者"，有"著名诗人"和"著名小说家"，有副主编但他介绍时略去"副"字，有副教授他不略去"副"字但冠之以"年轻的"、"成就斐然的"等形容，还有"大记者"、"文坛新秀"、"影坛骁将"、"某大编"（刊物编辑）、"热心读者"等等非规范的称谓……最边上两桌他略去不作介绍，因为是司机、关系户及一些他也说不清道不明是怎么坐到那儿的衣着格外鲜艳奇特、吃喝得尤其大方爽利的青年男女。

介绍完来宾，宫自悦便请某老讲话，某老自然无力走到落地麦克风前讲话，便早有服务员拿来移动式麦克风，安放在某老面前。某老年事虽高，思维却还清晰，他指出方天穹的不幸遇难，是文化界的一大损失，他由这次的空难，谈及严格管理的重要性……他讲话时会场颇为安静，又一次亮起强光灯，摄下了他讲话的近景，并据宫自悦事先指示，给了三位出钱的经理各几秒钟的特写镜头，然后摇拍，拍到宫自悦时，宫恰好正与那金发碧眼连鬓胡子的外宾凑拢小声交谈，显示出这个活动的某种国际性色彩。某老讲话完毕，又是一阵掌声。

宫自悦请三位经理讲话，三位互相推让，竟推让了足有半分钟之久，最后还是都谦逊到底，都说是来学习的，宫自悦便只好笑说："那就最后再请三位指导。"这时会场上各桌来宾只顾就近交谈，并喝茶、吃零食。会议厅里"嗡嗡嗡"的如群蜂飞临花圃。宫自悦便请某"著名评论家"发言。那中年评论家倒是认认真真地准备了一份发言稿，共十二页之多，从方天穹十年前的创作一路评析到近期的新作，中间有若干小标题，全用现成的唐诗句子构成，如"忽如一夜春风来""道是无情却有情""轻舟已过万重山"，等等；他为郑重起见，起身离桌走到落地麦克风前念他的论文；这样正儿八经的发言竟大受冷落，人们那"嗡嗡嗡"的群蜂采蜜声更响亮也更无间断了,中年评论家倒还识趣,念到第四页后便不断偷工减料,终于一边用手帕揩着颜面上的汗一边结束了他那推崇方天穹为"当代杰出的世情小说家"的发言。

宫自悦意识到再这样下去会非开瘟了不可,便不再"论资排辈"地按秩序请发言者,而把目光投向了中青年聚集的那一桌。果然,早有一位三十郎当岁的"新秀"按捺不住,一同他目光相接,便嚷了一声:"我说几句!"那"新秀"把麦克风拿到手后,立即声音洪亮地亮明观点说:"我认为不必为死者讳,纵观方天穹的创作,他不过只是一只没蜕完壳儿的知了……"此语一出,惊动四座,"嗡嗡嗡"的声音即刻没有了,仿佛群蜂遇上了英国的黄标"必扑","必扑一声,飞虫落地",会议厅里变得异常雅静。

宫自悦眉开眼笑,满脸"允许齐放,欢迎争鸣"的表情,还朝那"外国汉学家"飞了一眼,仿佛说:"瞧瞧,我组织的这个研讨会,够气派吧?"

"新秀"侃侃而谈:"……刚才的发言,以政治社会道德人生的古典批评模式,切入了方天穹的创作,固然不乏真知灼见,听后颇受启发,但,文学就文学,小说就是小说,小说既由一个一个、一串一串、一片一片的文字符号组成,那么,我们的批评,就必须切实进入到小说的文本,即小说的符号系统本身……方天穹的创作,可谓有着清醒的政治意识、强烈的社会感应、饱满的道德激情、透彻的人生体味乃至于细腻的人性解剖,这些,的确都使得方天穹成了一个相当优秀的、并有着广泛社会影响的作家,但——"他每当说到"但"的时候,嘴唇便格外贴近麦克风,使得扩音器发出"嘭嘭"的杂音,能使人联想到炸弹一类的东西,"——方天穹对小说文本的自觉意识,即小说语体和文体的自觉意识,直到他最后一篇作品,很遗憾,我不得不在这里说——是始终没有确立起来的!当然,他后期的某几篇作品,如《转过墙角》《眼中刺》《只有一只翅膀的天鹅》,透露出了他在文体选择中的某种苦闷,和半自觉的挣扎,但——他确实活像一只没能从原有的壳子里挣脱出去的知了,他憋得好难受,也挣扎得好痛苦!……"

正当"新秀""但"得来劲的时候,会议厅大门被推开了,一男一女走了进来,宫自悦的目光移过去定睛一认,不禁先喜后惊。

49

从会议室被服务员打开的门外,走进来的两个人,一位男士,是宫自悦切盼来临的香港冯先生,宫自悦一见他露面,自然欢喜;另一位,是女士,宫自悦乍望去没有认出,待猛地认出后,不禁大吃一惊——那是欧阳芭莎!

欧阳芭莎这天梳了个复古的发型——电影《乱世佳人》中,好莱坞大明星费雯丽所饰演的女主角郝思嘉,头一回露面时的那种贵族小姐的披肩发;她穿了一身红得耀眼的时装连衣裙,系了一条粗大的黑腰带;脚上是一双黑色的时髦高跟鞋;欧阳芭莎固然绝没有费雯丽那样的美丽姿容,她颧骨微突,鼻子过大,嘴唇肥厚,肤色偏黑,腰身欠细,小腿过粗,然而浑身上下洋溢着自美和自信。那位坐在宫自悦身边的洋硕士一见欧阳芭莎迈步向前,便不由得轻轻吹了一声口哨——这意味着他认为她十分性感。

欧阳芭莎到底还是闯到会上来了!这对于宫自悦来说,倒还并不完全出乎意料,令人再望几眼便大为震惊的是,欧阳芭莎和冯先生看上去不像是偶然地同时到达，因为，那欧阳芭莎竟轻挽着冯先生的胳膊，而冯先生也满脸得意地显露出他甘心当欧阳芭莎的骑士。天哪！他们是几时挂上钩的？冯先生电话里通知宫自悦说，自己实在是因为有一桩紧急的事必须立即处理，所以万分抱歉，研讨会要迟到一阵，难道他那所谓"紧急的事"，便是与欧阳芭莎的会晤？好一个欧阳芭莎！好一次漂亮的奇袭！

尽管宫自悦满腹狐疑满腔不快，他也只好强作镇静强颜欢笑，不顾那"新秀"的"但——"论正说至关键之处，站起身来离桌迎了上去，并大声对大家说："好好好！总算来了！诸位，这位，便是香港著名出版家冯宣一先生！而这位，诸位，什么头衔也没有，她那名字本身至尊至贵——那便是鼎鼎大名、威震九界的欧阳芭莎女士！"人们的注意力全转到了两位迟到者身上，"新秀"极为扫兴，但也只好自动中止了他的宏论。

欧阳芭莎简直不拿正眼去同宫自悦接触，她径直走向主桌正中的某老，俯身搂住他肩膀，并使劲吻了一下他的脸颊；某老并不以为怪，她小的时候，某老常把她抱于膝上。对于其他人，包括那位身板魁伟的金毛老外，欧阳芭莎连眼皮也不睞一下，但独独对坐于末位的简莹，欧阳芭莎不仅冲她一笑，还眨了眨左眼；简莹便对欧阳芭莎判断力的准确迅捷佩服得五体投地——她们以前尽管通过一次电话，却并未谋过面，而欧阳芭莎一眼便认出了她并以一个眼神同她达成了默契。

会场上正乱着，某老又站起来表示已感疲倦要先行告退。他的秘书和司机忙从最边上一桌赶过来搀扶他，而宫自悦不得不亲自把他送到会议厅门外，直至上车。这时冯先生已在虚席以待的座位上落座，欧阳芭莎呢，便毫不客气地坐到了某老原来的那个座位上。她略作环顾，便一把拔下席前托架上的麦克风，将其握在手中，随后站起来，走到席外，歌星般地将麦克风凑拢唇边，笑吟吟地说："咱们甭等宫自悦了！咱们继续研讨！刚才你们怎么发言的？怎么一个游戏规则？我看这样吧，这么多人，人人都该说两句，可人人都只允许说两句，一句回答：喜不喜欢方天穹的小说？一句回答：为什么？好，我看，就从您这儿开始——"说着她已将麦克风伸向主桌上的一位白发苍苍的大学者，那大学者被欧阳芭莎这么猛不丁地一将军，不禁愕然，但欧阳芭莎轻松自如地像记者采访般地问他："您喜不喜欢方天穹的小说？"那大学者愣了愣神，本能地回答说："看得不多。有的喜欢，有的不喜欢。"欧阳芭莎咬着话音一声嚷："好极了！"又快嘴快舌地问："那么，请您告诉大家：喜欢他什么？不喜欢他什么？"大学者毕竟是大学者，便应声答曰："喜欢他的一片天籁，不喜欢他的忽东忽西！"会场上的人一听，全笑了，方天穹的创作确有摇摆不定的一面，前面那位写成十二面发言稿的评论家，也论及了这一点，但费去许多唇舌，倒不如这位大学者，一句"忽东忽西"，极传神地点出了方天穹创作中的这一弱点，所以得到喝彩。这样大家就把欧阳芭莎临时宣布的游戏规则，无形中认可了下来。欧阳芭莎便兴冲冲地继续往下提问，妙在她并不按一定的座次顺序组织，而是彩蝶般地飞翔在各桌之间，一会儿将麦克风凑拢己唇，一会儿将麦克风伸向他人，煞是活泼灵动；那位杂志的副主编是首发方天穹作品的人，并且也曾当过欧阳芭莎诗作的责编，他满以为欧阳芭莎会"采访"到他，欧阳芭莎却问了他左右的人，偏仿佛没意识到他的存在……当一位著名诗人说："不喜欢方天穹小说的哲思多于诗思"时，欧阳芭莎一声尖叫："对极了！"叫完却又摇晃着披肩发向大家宣布："不过，方天穹的最新力作大有突破！他刚刚完稿的长篇《蓝石榴》，绝对地诗意盎然！"

　　宫自悦送某老上车离去后回到会场，没想到主持权已经完全陷落于欧阳芭莎手中,而且满会场的人竟都兴致勃勃地随她游戏,欧阳芭莎不时仰颈发笑,宫自悦心中叫苦:"她那'好玩,真好玩'的劲头又上来了,而一旦她玩上了瘾,你就只好任她拨弄蹂躏,这个女人!"

宫自悦毕竟不是吃素的。他站到落地麦克风前,先用手指敲了敲话筒头,以引起全场的注意,然后便以极自然的口吻接着欧阳芭莎的话茬儿大声地说:"诸位注意!欧阳芭莎女士提到了方天穹的遗作《蓝石榴》,说那是有突破性的诗意盎然的作品,也许,那真是从旧壳儿里蜕出身子飞上高枝儿的一只大知了——可是,我却不得不在这里非常痛心、非常遗憾地向大家披露这样一个事实,除了最后几章以外,方天穹的这部遗稿,眼下已荡然无存了!"

全场哗然。注意力全被宫自悦牵引了回来。

简莹最为吃惊。宫自悦找她来,本是想利用她,与欧阳芭莎争夺《蓝石榴》手稿的继承权。据宫自悦告诉她母亲和她,那手稿全在欧阳芭莎手中,里面有个角色,影射她母亲简珍,描写极为不堪;固然简莹在接到欧阳芭莎的深夜电话以后,淡薄了与欧阳芭莎争夺遗稿的斗志,却怎么也没想到,宫自悦早已掌握了书稿基本上已不复存在的真相。既然如此,你宫自悦何不早对我说?挑动我同欧阳芭莎相争,其真实用意何在?简莹瞪视着宫自悦,几乎就要嚷出质问抨击他的话语来。

香港冯先生也不禁愕然。固然他的所谓出版方天穹文集、出版方天穹遗著《蓝石榴》的计划,原本只有三分是实,虚着七分,但宫自悦做经理人,代夏之萍同他签订的合同,却是货真价实的,因此,不管他到头来出不出、何时出,《蓝石榴》遗稿落到他手,本已不成问题。没想到在这会场之上,却由宫自悦自己宣布出来,那遗稿基本上已然灰飞烟灭!

欧阳芭莎这才在进入会场后,头一回正眼朝宫自悦望去。他妈的!

好玩透顶！没想到宫自悦来了这一手！难道自己虽有方天穹亲自签署的委托书，也终于还是拿不到《蓝石榴》的前几十章了吗？难道自己对简莹的征服，以及巧妙而及时地在会议召开前找到冯先生，同他议定，假如他拿到了夏之萍手中的那前几十章《蓝石榴》，她将以最后的五章，对等地与他合伙在香港出书，并以自己那山高水深的背景，使得冯先生巴不得与她粘上，这种种的努力，一下子都成为了瞎忙胡搅吗？

宫自悦站在落地麦克风前，搓着手，欧阳芭莎站在隔着两张桌子的地方，手持活动麦克风，两人以眼光对峙着；满屋子的人都来回望着他们二人那无言的搏击，但大多数人都并不清楚他二人究竟争的是什么夺的是什么……

宫自悦见伶牙俐齿、吵吵闹闹的欧阳芭莎哑了场，心中着实称快，他便望定她，爽性把"包袱"抖到底："那是在十多天以前，在我们单位的办公室，夏之萍当着我的面，把她手里的那几百页《蓝石榴》手稿，一摞摞塞进了日本原装电动碎纸机，毁成了一大堆纸面条儿……"

宫自悦脸上现出一个胜利的笑容。他为自己的机智应变而自豪。这比让简莹站起来当众与欧阳芭莎争夺遗稿继承权精彩多了！欧阳芭莎你玩吧！你手头只有那兔子尾巴般的五章残稿，你还能玩出个什么名堂来？

欧阳芭莎心中一道闪电划过，她雄狮抖鬃般地把披肩发一甩，盯死宫自悦，把麦克风凑拢嘴边，放鞭炮般地说："噢哈！宫先生，您宣布的消息真差点儿让我晕死过去！不过，您所差的那一点儿，您是再怎么着也补充填塞不上的！《蓝石榴》真成了一部只有天国里才能出版的杰作吗？我手里那最后的五章，真成了只配在我个人书房的抽屉里喷上香水聊作纪念的废纸了吗？NO！噢哈，宫先生，真好玩！好玩死了！你万万不会想到，世界如此奇妙，生活如此多彩，人生如此丰富……"

　　说到这儿，欧阳芭莎才把目光从宫自悦脸上移开，开始炯炯逼人地环视着会场上的其他人，她一边走动着一边摇头摆脑地说："诸位！今天大家聚在这儿，玩的是一回纪念的游戏！纪念谁？据说那人是方天穹，对不对？可我敢说，这会场上有一多半的人，要么连一篇方天穹的东西也没读过，要么就大概只读过十年前他那几篇成名作而已，既然如此，在座的衮衮诸公，你们又所来为何呢？噢哈，为的就是嗑一点瓜子，喝一点茶水吗？当然，你们有比这更高尚一点的趣味，那就是跟熟人，跟半生不熟的人，在这个派对中可以聚一聚，聊一聊，传播和打听一点儿小道消息，散布和增添一点儿流言蜚语，压低嗓门发一点儿牢骚，咬着耳朵发泄一点儿情绪……

　　"噢哈！从这位先生的眼神里，我读出来了——他在向我抗议！不错，他，或者还有您，还有那边那位，以及更远的那位，你们是读方天穹作品的，你们评论过他，吹捧过他，言不及义地分析过他，隔靴搔痒地批评过他，可是，你们究竟有什么创见？你们的那些文字垃圾，究竟对方天穹，以及别的作家，有什么意义？你们应约作文，随潮而动，现实主义吃香的时候，你们就说方天穹坚持着现实主义的正确方向，现代主义时髦的时候，你们就说从方天穹的小说里发现了可贵的现代主义因素……"

　　欧阳芭莎这歌星般的做派、喜剧台词般的口齿，令全场兴奋。有人生气，有人惊奇，有人茫然，有人窃喜，"嗡嗡嗡"的声音又浮现出来，不过不再像群蜂采蜜，倒像蚊蝇成阵，中青年聚集的那一桌上有人发出响亮的笑声，似乎是在对欧阳芭莎的快语淋漓喝彩。

　　欧阳芭莎却立即把目光投向了发笑的青年新秀，嘴下依然绝不留情地说："噢哈！我是不是该向那边的杰出人物致敬？因为，我知道，您,还有您的同道,您的哥儿们和姐儿们,早对方天穹的创作,嘴角一直撇到了耳根!方天穹,过时人物!落伍者!绊脚石!徒有虚名!令人憎恨!方天穹懂什么文体、文本、文字?整个儿一个守旧的大傻帽!噢哈,您,您们,美国杜克大学教授德里达解构主义的追随者!詹明信后现代主义理论的信奉者!您们满嘴'语言的颠覆',可您们自己,究竟能不能写出哪怕仅仅一篇摆脱时髦潮流的文章,实在还得画上一个斗大的问号!噢哈,您们每年一到秋天,便狼奔豕突地打探,诺贝尔文学奖颁给了谁?一旦消息发布,您们便得风气之先,看不到也看不懂原文,便从译文杂志上的那些萝卜快了不洗泥的翻译介绍中,大胆地模仿起来,克洛德·西蒙啦!布罗茨基啦!仿佛他们就是您家亲戚似的,引以为荣,步其后尘!实在可笑!让人恶心!⋯⋯"

这时有人鼓掌,有人发出嘘声。宫自悦站在落地麦克风前,目瞪口呆,无可奈何。简莹被欧阳芭莎迷住了,她想,有这样气派的人,什么码头不敢闯啊!明天飞秘鲁,就得有她的这股劲头!

欧阳芭莎又一个箭步来到首桌上那位金发碧眼连鬓胡子的洋硕士面前,先问他:"还有您,这位老外,您大概是顶着汉学家的名儿,到这儿凑热闹来的吧?您能不能跟大家伙说说,您对方天穹其人其文,究竟有多少了解?您到这儿来,为的是要发表一个什么样的见解?"说完便将麦克风伸向洋硕士鼻下,洋硕士开心地笑着,毫不示弱地说:"汉学家的名儿,是会议主持人白送给我的,我接受,并表示感谢!说实在的,很抱歉,我对方天穹先生其人其文,都非常缺乏了解!我今儿个是带着眼睛和耳朵来的,我很高兴,看到了这样有趣的场面,听到了这样有趣的发言。我今儿个带来的嘴巴,是只用来嗑一点儿瓜子,喝一点儿茶水的,并不想发表什么见解⋯⋯我希望大家原谅!"这位艾儒道是跟中国相声演员练过相声的,一篇话语不仅流利波俏,而且字正腔圆,把大家都逗笑了。欧阳芭莎也不禁连声赞好:"棒极了!盖了!盖了帽了!官盖了!"

简莹正跟着大伙发笑,冷不防欧阳芭莎已经逼到她身前,大声地问:"方小姐,倘若您父亲还活着,您有何感想?"麦克风已凑拢简莹唇前,简莹没料到突然出现这样一个问题,但她不想表现出迟疑和愚钝,便凭心中浮出的念头作答曰:"那我想他一定会重写《蓝石榴》,并且能写得比毁掉的那部稿子更好!"

欧阳芭莎欢呼起来,她原地跳跃一下,猛甩两下头发,快步走到落地麦克风跟前,当众把宫自悦赶回他的座位,将手中的麦克风和落地麦克风合并使用,向大家宣布说:"诸位,这个游戏应当结束了!这个会议的名称,'纪念方天穹研讨会','纪念'两个字完全用错了!因为,方天穹并没有死!他并没有在空难中遭殃!他还活着!……"

会场上发出参差不齐的惊叹声,有人瞪圆了眼睛,有人本能地摇头,有人问旁边的人是说方天穹还活着么,有人自言自语地说那怎么可能……

欧阳芭莎继续宣布:"……不错,方天穹那天确实该搭乘那架飞机飞回北京,不过,由于一个纯粹是偶然的原因,他赶到机场时,已经过了验票换取登机牌的时间,他坚持要求换牌登机,而服务小姐称因为他未按规定时间前往办理手续,已将他的位子卖与了等候空位的人,因此只能是给他退票,两个人因此争吵起来,后来,方天穹赌气退出了机场,叫上辆 TAXI,爽性到朋友净云居士那儿躲了起来,埋头写完他的长篇……净云居士那里不订报纸,没有广播电视,没有电话,也没有闲人串门聊天,方天穹一住就是八天,写完了《蓝石榴》的最后五章,好不得意,这才到附近镇上散步,从邮电所给我挂了个长途,我这才知道他既没有升天堂也没有下地狱,于是我决心去那里同他会合。这些天我们两个人一直待在净云居士那个世外桃源里，直到三天前我们才秘密地住进了城里的 HOTEL……方天穹暂且不想惊动诸位不管是真的还是假的对他表示悼念、思念、纪念、怀念的人们，他打算过些时候，再返回现实社会，重构他的生活……女士们，先生们，这就是我今天来这里的目的，方天穹委托我，向你们发布这一也许令你们极度扫兴的消息，然而这是活生生的事实，诸位必须接受，并且面对！……"

全场震惊，一时哑然。拍电视的二位在欧阳芭莎说到一半时，忽然意识到应当将这场面拍下来，便一个高举强光灯，一个扛机拍摄。当强光灯熄灭后，人们才"轰"地一下开了锅般地同时发出声音来，宫自悦高声嚷着："我不信！开什么法国玩笑！"三位经理互相询问："怎么？是说姓方的没死？""咱们还坐这儿干吗？""这算咋回事呢？"有人觉得上当受骗，埋怨着宫自悦；有人觉得格外开心，这会真没白来！冯先生像吞了一只苍蝇，满脸起皱。简莹为欧阳芭莎拍起了巴掌，喊出："好啊！妙哇！"……

欧阳芭莎满脸放光，两眼闪闪地望着与会的人们，整个灵魂在快乐中颤抖着：好玩！真好玩！好玩死了！

50

停机坪上，飞机已经并上舱门，舷梯车已经开走，座舱里满满当当坐满乘客，空中小姐已经检查过两遍，所有乘客都系上了安全带，但飞机还没有发动，还在等待指挥塔的起飞指令。

没有人议论到并不太久以前在同一地点发生的特大空难,甚至没有人头脑中升浮着关于那次空难的有关记忆,人们照样生活,照样旅行,照样坐飞机,并照样忍受着关舱后过久的滞留等候。

　　等候起飞。

　　在座舱尾部,靠近舷窗的地方,坐着一位精神焕发的中年男子。他从西装内兜里取出了一个精致的记事簿,打开,在封里的透明塑料夹层中,有一张女人的照片,他注视着那张照片,仿佛面对着一个崭新的世界,脸上现出一个淡淡的然而内涵丰富的笑容。

　　那照片上的女人,大约三十岁上下,剪着一头男孩式的短发,穿一身杏黄的短衫短裤,依在一堵雪白的墙壁上,显现出一种富于弹性的活力,满脸浑身洋溢着青春的气息。中年男子久久地玩赏着那张彩色照片。

　　指挥塔仍然没有下达起飞指令。

　　飞机座舱里满载乘客,却仍在停机坪上停着,没有发动,没有驶向跑道开端。

　　不知道为什么。

　　需要耐心地等候。等候起飞、升空。

1991年8月26日写完
于北京安定门绿叶居